文春文庫

禿鷹の夜

逢坂剛

目次

禿鷹(はげたか)の夜

禿鷹の夜・登場人物リスト

禿富鷹秋　神宮署生活安全特捜班員・警部補
青葉和香子　経堂図書館司書。禿富の恋人
碓氷嘉久造　渋六興業の社長
碓氷笙子　碓氷の一人娘
谷岡俊樹　渋六興業の専務
水間英人　渋六興業の総務部長
野田憲次　渋六興業の営業部長
坂崎悟郎　碓氷の筆頭ボディガード
間宮和巳　坂崎の配下。笙子の用心棒兼運転手
ミラグロ　マスダ（南米マフィア）の殺し屋
金井国男　マスダの構成員
柴田博満　同構成員

プロローグ

突然車に鈍い振動が伝わり、ハンドルを左に取られた。

車体が、まるで磁石にでも吸いつけられるように、強い力で引きずられる。

何が起こったか分からず、青葉和香子は半ばパニックを起こしながら、必死にハンドルにしがみついた。進路を立て直そうと、やっきになる。しかし、ハンドルに伝わる力は異様に強く、制御できそうもない。

和香子は、とっさにギヤをドライブからローにシフトダウンし、さらにフットブレーキを断続的に踏んで、少しずつ速度を落とした。同時にウインカーを点滅させ、後続車に左に寄る合図を出す。

降りしきる雨に、ヘッドライトが勢いよくバウンドして、視野の左手にコンクリートの側壁が迫った。和香子の車のすぐ右側を、後続車がけたたましくクラクションを鳴らしながら、すごいスピードで追い越して行く。

和香子は、全力を振り絞ってハンドルをまっすぐにキープし、どうにか路肩に停車した。フロントグラスが、滝壺にでもはいったように激しい雨でおおわれ、何も見えない。ワイパーは、まったく役に立たなかった。

一息つくとともに、どっと冷や汗が噴き出す。

危ないところだった。雨のために、さほどスピードを出していなかったのが、幸いした。もし雨が降っておらず、いつものように高速走行中にこんなトラブルを起こしたら、無事ではすまなかっただろう。

破裂音は聞こえなかったが、タイヤがなんらかの理由でバーストしたらしい。それ以外に、車がこのような状態に陥る原因は、考えられなかった。

雨の中に出るのはいやだが、確かめなければならない。後部シートからレインコートを取り、すわったまましっかりと体に巻きつける。

傘を構えて、運転席のドアをあけた。それだけで雨が降り込み、たちまち顔がびしょ濡れになる。風がないのが、せめてもの救いだった。これで、傘が役に立たないほどの強風だったら、車から出る気も起こらなかっただろう。

傘の下に体を縮め、車体に沿って後部に移動する。

反対側に回り、街灯の明かりを透かして見た。案の定、左の後ろのタイヤがバーストし、車体がかしいでいる。

和香子は、唇を嚙み締めた。

最近はゴムの品質が向上し、釘や鋲を踏みつけたくらいでタイヤがバーストすることは、まずないと聞いている。いったい、何が起きたのだろうか。初めての経験だけに、途方に暮れてしまう。

　ふと、ＪＡＦに加盟していたことを、思い出した。

だいぶ前に、バッテリーが上がって世話になった覚えがあるが、それ以外にＪＡＦに助けを求めたことは、一度もない。免許証入れに、会員証がはいっているはずだ。こんなときに利用しなければ、会員になった意味がない。

　運転席にもどり、ハンドバッグを探る。

　免許証入れは、すぐに見つかった。しかしその中に、会員証は見当たらなかった。これでは、連絡先が分からない。

　電話番号案内に聞こうと思い、携帯電話を取り出した。

　愕然とする。電池が切れ、パイロットランプが消えている。昨夜長電話をしたあと、充電し忘れたのだ。

　あまりの間の悪さに、思わずため息が出る。どうしたらいいだろう。

　そうだ、高速道路には不慮の事故などに備えて、非常用の電話があるはずだ。

　体をひねって、道路の前後を見渡す。ふだん走っているときは、よく見かけるような気がしたが、こんなときに限ってそれらしい標識は、目にはいらなかった。

　電話が見つかるまで、歩くしかないのだろうか。それとも標識を探しながら、のろのろ運転でこのまま走るか。しかし、あまり気が進まなかった。たとえ短い距離でも、バーストしたタイヤで高速道路を走るのは、願い下げにしたかった。

走行車線を追い越して行く車が、ときどきウインドーに激しいはねを上げる。

とにかくだれかの車を停めて、電話のあるところまで乗せてもらうしか、方法はなさそうだ。和香子は、ともすれば滅入りそうになる気持ちを励まし、エンジンキーを抜いた。

もう一度車をおりて、後部へ回る。アスファルトに打ちつける雨で、パンプスもストッキングもすでにぐずぐずだった。情けなさが込み上げてきて、その場にうずくまりたくなる。

和香子は車道に体を乗り出し、近づいて来るヘッドライトに手を振った。

車は、和香子に目もくれない感じで、スピードも落とさずに走り過ぎた。見えなかったのかと思い、今度は傘を高く掲げながら、別の車に手を振って合図した。しかし、結果は同じだった。ドライバーが、意外に薄情なのに驚く。

五台の車に無視されたあと、六台目の黒い車が一度通り過ぎてから、急停車した。

バックしてくる気配に、和香子はほっとして手をおろした。

車は下がりながら左に寄り、和香子の車の少し前に停まった。急いで、運転席に駆け寄る。

ウインドーが、するするとおりた。

「どうしました」

街灯の光に、やや髪が薄くなった中年の男の顔が、ぼんやりと浮かぶ。人のよさそうな丸顔だった。

和香子は、ウインドーの上に傘を差しかけ、息をはずませて言った。

「すみません。タイヤがパンクしてしまって。ＪＡＦを呼びたいんですけど、電話のあるところまで乗せていただけませんか。携帯電話の電池が、切れてしまったんです」

男は和香子の顔を見上げ、ぱちぱちと瞬きした。

「パンクですか。今どき、珍しいな」

「初めてなので、どうしていいか分からなくて」

男は和香子を見つめ、それから急に思いついたように言った。

「じゃ、ぼくがタイヤを交換してあげますよ」

和香子は驚き、尻込みした。

「いえ、そこまでしていただかなくても。電話のあるところまで、乗せていただければいいんです。すぐに、ＪＡＦが来てくれると思いますから」

「この天気じゃ、すぐには来てくれませんよ」

男はドアをあけ、外に出て来た。用意のいい男とみえ、黒いゴム引きのコートとパンツを、身につけている。

男は、和香子の手から傘を取り上げると、背中を押した。

「終わるまで、車の中にいなさい。後ろの席がいい」

勝手に決めつけ、和香子の車の後部ドアをあけて、顎をしゃくった。

「わたしも、お手伝いします」

「だいじょうぶ、一人でできますから」

和香子は、ためらいながらも言われたとおり、後部シートに乗り込んだ。

そのとたん、強い力で後ろから腰を押され、反対側のドアまで突き飛ばされる。和香子は悲鳴を上げ、体を仰向けに立て直そうとした。その上に、男がのしかかってくる。

「やめて。何をするんですか」

男は後ろ手にドアをしめ、和香子の肩に手をかけた。

口調が、突然変わる。

「タイヤを交換する前に、ちょっと楽しませてもらうよ、ねえちゃん」

和香子は、濡れたストッキングのふくらはぎに、ごつごつした指を感じた。恐怖と嫌悪感が、急激に突き上げてくる。

「やめてください。やめないと、大きな声を出すわよ」

「出してみなよ。この雨じゃ、だれにも聞こえないし、車だって停まりゃしないさ」

男の手が、レインコートの裾を巧みに割って、スカートの奥に侵入してきた。

「やめて。助けて」

和香子は金切り声を上げ、死に物狂いで男をはねのけようとした。しかし男の体は重く、びくともしない。

男は、左腕を和香子の背中に回すと、左の手首をつかんで背後にねじった。和香子は、自分の体で左腕を折り敷くかたちになり、苦痛のあまり声を上げた。右腕は、男の体に押さえられて、動かすことができない。体の自由が、まったくきかなくなった。

男の右手が、さらに深く這いのぼってくる。和香子は太ももをよじり、男の手から逃げようとしたが、うまくいかなかった。指の先が、下着にかかる。

「助けて。やめて」

和香子は、前後の見境もなくわめき、膝を引きつけた。

男は、まるでその動きに合わせるように、指を巧みに下着の裾にからませて、引きずりおろそうとした。

そのとき、和香子におおいかぶさった男の体が離れ、突然重圧がなくなった。

まるで、巨大な掃除機にでも吸い込まれるように、男が後部シートから引き出される。いつの間にか、ドアが開いていた。男は、濡れたアスファルトの上に落ち、罵声を漏らした。

和香子は体を起こし、急いで身繕いをした。

開いたドアからのぞくと、トレンチコートにレインハット姿の痩せた男が、路上に横たわる男の脇腹を、勢いよく蹴り飛ばすのが見えた。レインハットの男は、計ったように五秒ほどの間隔をおいて、それを三度繰り返した。そのたびに、和香子を襲おうとした男は悲鳴を上げ、和香子は自分が蹴られるような痛みを感じて、体をすくめた。

レインハットの男は、うめきながらもがいている相手の襟首をつかみ、路肩の方へ引きずって行った。

もどって来ると、落ちた傘を拾ってドアの上に差しかけ、和香子に言った。

「どうしたんですか」

「すみません。タイヤが、パンクしてしまって」

そこまで言って、和香子は喉を詰まらせた。安堵のあまり、体が震え始める。

「あの人に、直してやると言われたものですから、つい信用して」

われ関せずとばかり、次つぎと走り過ぎて行く車のヘッドライトの中に、相手の顔がぼんやりと浮かんだ。レインハットのつばから、平べったい額と極端に薄い眉がのぞき、その下で落ち窪んだ暗い目が光っている。

男は、うなずきながら言った。

「そうしたら、急に襲いかかってきたわけですね」

「はい」

気持ちを落ち着け、こうなったいきさつを手短に説明する。

「危ないところを、ありがとうございました」

そう言って話を締めくくると、男は少し考えてから口を開いた。

「スペアのタイヤとか、ジャッキはあるんですか」

「はい。トランクにはいっています」

男は、手を差し出した。

「それじゃ、わたしが交換してあげましょう。キーを貸したまえ」

和香子は、一瞬躊躇（ちゅうちょ）した。今の今、その手でひどい目にあったばかりだから、相手を信用していいものかどうか、とっさには判断ができない。

男はいらだったように、指先を動かした。

「早く、キーを。わたしも、急いでるんでね。あなたは、中にいていいですから」

そこまで言われると、信用しないわけにいかない。

和香子がキーを手渡すと、男は傘を車の中にほうり込んで、後部へ回って行った。トランクを開く気配がする。

ほうっておくわけにもいかず、和香子も思い切って車をおりた。傘を差して、後ろへ回る。男のものらしい別の車が、五メートルほど後方に停まっているのが見えた。

「重ねがさね、申し訳ありません。おかげで、助かりました」

感謝と不安の念が入り交じって、それ以上何も言えない。

男は、雨が降っていることなど気にもかけぬ様子で、トランクの中に首を突っ込んだ。まず、非常停止板を手に取って、路上に置く。それから工具箱を取り出し、ジャッキやレンチを点検した。

次にフラッシュライトを点灯し、和香子に渡して言う。

「手伝うつもりなら、これで手元を照らしてください」

男は、スペアタイヤを抱えおろして、路上に寝かせた。

ジャッキをセットし、作業に取りかかる。

和香子は、フラッシュライトを向けながら、その仕事ぶりに感心した。まるで、毎日タイヤ交換の練習をしているような、手際のよさだった。

途中で、前に停めてあった車が突然エンジンをふかし、ねずみ花火のように発進した。

和香子は驚いて、そのテールランプを見送った。

和香子に襲いかかった男が、痛めつけられた体でなんとか自分の車に這いもどり、逃げ出したのだと分かる。

どうしていいか分からず、和香子はレインハットの男を見た。

男は、エンジンの音がしたときちょっと顔を上げたが、仕事の手は休めなかった。ごきぶりが逃げたほどにも関心を示さず、まったく気に留めない様子だった。

男は二十分足らずで、レインハットのつばから雨の滴を払い落とし、作業を終えた。

差しかけた傘はほとんど効き目がなく、男のトレンチコートはずぶ濡れになっていた。

バーストしたタイヤと、工具箱をトランクにしまった男は、キーを和香子に返した。

和香子は、同じように雨に濡れそぼちながら、男に頭を下げた。

「ありがとうございました。後日あらためて、お礼を申し上げにまいります。お名刺を、頂戴できないでしょうか」

男は、レインハットのつばに手をやり、和香子を見た。

「お礼なんか、必要ありませんよ。早く行きなさい」

「でも、それでは、あまり。せめて、お名前だけでも」

和香子が言いかけると、男は指を立ててそれをさえぎった。

「ただ、今後は人にものを頼むときに、油断しないことだ。悪いやつがいますからね。警察に届けるなら、証人になりますよ。車のナンバーも、覚えていますから」

冷静で、頭の働く男だと思う。

和香子は少し考え、首を振った。

「いえ、やめておきます。わたしにも、落ち度がありましたから」

男はうなずいた。

「天気予報によると、これから風も強くなるらしい。それでなくても、全身びしょ濡れだ。早く帰って、シャワーでも浴びた方がいいですよ」

そう言い捨てるなり、きびすを返して自分の車にもどって行く。トレンチコートが、ほとんど真っ黒に見えるほど、たっぷり雨を吸い込んでいた。

「ありがとうございました」

和香子が、われに返って頭を下げたときは、男はもう車に乗り込むところだった。

車はウインカーを出し、何ごともなかったようにスタートした。脇を通り過ぎるときに、和香子はもう一度頭を下げた。

それから、ふと車のナンバーを見ておこうと思い、顔を上げた。

しかし、そのときはすでに遅く、男の運転する車は高速道路の流れに乗って、たちまち見えなくなった。

和香子は急に寒気を覚え、思わず身震いした。

襲って来た男の顔は覚えているが、助けてくれた男の顔はもう思い出せない。

ただ、薄い眉の下で暗い光を放つ鋭い目だけが、記憶に残っていた。

第一章

1

碓氷嘉久造は、渋い顔をした。

「ナイフとフォークを、かちゃかちゃ鳴らすもんじゃない。行儀が悪いぞ」

小声でたしなめると、笙子はうんざりしたように肩をすくめた。

「今さら、しつけをしようったって、無理だわよ」

「まったく、しょうのない娘だな。母さんが生きてたら、けつを叩かれるところだ」

「叩きたかったら、あんたが叩けばいいじゃない」

碓氷は、さらに声を低くした。

「こういうお上品なレストランで、親のことをあんたなどと呼ぶんじゃない。その辺の焼き鳥屋とは、わけが違うんだぞ」

笙子はぶすっとして、添え物のポテトにフォークを突き立てた。

碓氷はため息をつき、サラダをつついた。

妻が死んでから、もう五年になる。四十を過ぎてできた一人娘ということもあって、碓氷は笙子を少し甘く育ててしまった。もう二十四にもなるのに、まだ中学時代のスケバンの意識が抜けず、親のすねをかじっている。しかも、どうやら碓氷が築いた組織の跡目を、継ぐ気でいるらしい。

碓氷は、渋谷にオフィスを構える株式会社渋六興業の、代表取締役社長を務めている。一応会社組織になっているが、実質的には渋谷、目黒一円を縄張りにする暴力団の、れっきとした組長だった。風俗店、不動産斡旋業のほかに、ビルや家屋の解体業、産業廃棄物の処理など、表向きは合法的な事業を、いろいろとやっている。とはいえ、むろん税金を納めない事業の方が、はるかに多い。

碓氷はまだ六十代の半ばだが、ここ十年ほど狭心症の持病があるので、いつお迎えがくるか分からない、と覚悟している。それに最近、新宿から渋谷へかけてマフィア・スダメリカナ(南米マフィア)と呼ばれる、国際的な非合法組織が勢力を伸ばしてきたのが、頭痛の種だった。

マスダと略称されるこの組織は、ペルーやパナマ、ボリビア、コロンビアなど、中南米から渡って来た日系三世、四世のやくざが中心になっている。当然、主たる資金源は麻薬の密輸、密売だった。無鉄砲で残虐なことにかけては、台湾や韓国、ロシアのマフィアにもひけをとらず、このところ過激な拡大作戦を展開しつつある。複数の組織が、勢力争いに明け暮れて、近ごろは新宿でも渋谷でも、暴力沙汰が絶えない。

国内勢力が互いに連携して、こうした国際勢力に対抗しようという動きもあるが、中には暴力団もグローバル化を進めるべきだ、と主張する組織も出てきて、足並みがそろわない。

それやこれやで、碓氷はこのところ頭を悩ましていた。そろそろ、娘をどこか堅気の家へ嫁に出し、跡目をだれか適当な幹部に譲って引退したい、というのが本音だった。

しかし、笙子にはまったくその気がなく、自分で父親の跡目を継ぐつもりらしいのだ。

「ちょっと」

笙子が呼びかけているのに気づき、碓氷はあわててナプキンで口元をふいた。

「なんだ」

「人の話を、聞いてないの」

「悪かった。ちょっと考えごとをしてたんでな」

「まったく。久しぶりに、父娘で食事しようって言うから、付き合ってあげたのに」

「すまん。で、なんと言ったんだ」

「あっちのテーブルにいる男が、あたしのことをじろじろ見るのよ」

笙子はそうささやいて、小さく顎をしゃくった。

碓氷が目を向けると、少し入り口寄りのテーブルに男が一人すわり、食事をしているのが見えた。紺サージのスーツを着た、三十代後半から四十くらいの男だった。広い額と薄い眉の下で、引っ込んだ目が洞窟にひそむ猛禽のように、ぎらぎら光っている。細くとがった鼻梁と、一本の線のように結ばれた薄い唇が、酷薄な感じを与える。痩せた体格なのに、肩幅だけが妙に広い。パンをちぎる手も、体に似ず大きかった。

男はパンを頬張りながら、確かにじろじろと笙子を見ている。人目もはばからぬ、無遠慮な視線だった。

碓氷は、なぜか男の様子に気後れがして、笙子に目をもどした。

「おまえが、そんな格好をしてるからだ」

その夜の笙子の服装は、大胆なVネックの黄色いサマーニットと、膝上二十センチの茶のミニスカートに、透かし模様入りの黒のストッキングだった。ただでさえ発育がいいのに、このいでたちでは人目を引くのが当然だ。

「関係ないでしょ。とにかく、失礼きわまりないわ。襟首をつかんで、つまみ出してよ」

碓氷は苦笑した。

「こんなとこで、もめごとを起こしたくないよ」

「だったら坂崎を呼んで、礼儀を教えてやるように言って」

坂崎悟郎は、碓氷専属の筆頭ボディガードで、今は入り口のウエイティングルームに控え、万一の場合に備えている。ふだん碓氷が外出するときは、もっとたくさんのボディガードが周囲を固めるのだが、今夜は娘と二人おしのびの食事なので、目立たないように配慮したのだ。

碓氷は、真顔にもどった。

「いいか、笙子。お父さんは、駆け出しのちんぴらじゃない。気に入らんことがあるからといって、いちいち堅気の衆にいちゃもんをつけるわけにはいかんのだ。おまえももう少し、おとなになったらどうだ」

「だってあいつ、あたしのこと目で裸にするように、見るんだもん」

もう一度、男に目を向ける。

なるほど、笙子の言うとおりだった。

碓氷は少し表情を険しくして、男を睨みつけた。男が、やっとその視線に気づいたというように、見返してくる。口元に、小馬鹿にしたような、薄笑いが浮かんだ。

さすがの碓氷も、ちょっと気分を害した。男の態度物腰から、ただの勤め人ではないような気がする。笙子の言うとおり、礼儀を教えてやった方がいいかもしれない。

少し考えたあと、指を立ててマネージャーを呼ぶ。

碓氷をよく知るマネージャーは、ほとんど全力疾走するようにフロアを移動して、そばへやって来た。

「表にいる坂崎に、ここへ来るように言ってくれ」

「かしこまりました」

マネージャーは、同じくらいのスピードでフロアを引き返し、ウエイティングルームへ姿を消した。

五秒とたたぬうちに、坂崎の大きな体がスクリーンの陰から現れ、碓氷の方へやって来た。

坂崎は、身長が百八十五センチあり、体重も百キロを超える。黒のスーツの胸が、はち切れそうだ。元プロレスラーで、碓氷の命令ならショベルカーとでも取っ組み合う、頼りになるボディガードだった。

坂崎は、碓氷の方へ身をかがめた。

「なんでしょうか」

こういうときに、大きな声を出さないだけの礼儀は、ちゃんと教えてある。

「おまえの斜め後ろのテーブルに、一人で食事をしている男がいる。外へつまみ出せ」

「分かりました」

碓氷の命令に対して、坂崎は一度も理由を聞いたことがない。つねに、言われたとおりのことを、忠実に実行する。そこが坂崎の、いいところだった。

高級なフレンチレストランで、たまたま客の数も少ないことから、坂崎は碓氷がどの男のことを言ったのか、すぐに見当がついたようだ。

紺サージのスーツの男の前にかがみ込み、低い声でぶっきらぼうに言う。

「ちょっと顔を貸してくれ」

男は、フォークに刺したステーキの切れ端を、口に持っていくところだった。その手をちょっと止め、坂崎の大きな体を見上げる。なんの感情もこもらない、壁を眺めるような目だった。

男は坂崎に目を据えたまま、ステーキを口に入れた。それが、当面の最大の関心事であるかのように、丹念に嚙み締める。

笙子が、二人の様子を横目で見ている。

碓氷もそれとなく、なりゆきを見守った。

普通、坂崎のような体格と人相の男に見下ろされると、だれでもひるむものだ。しかし、紺サージのスーツの男はそばで子猫が鳴いたほどにも、動じる様子がない。

碓氷はふと、不安を覚えた。

「おい、聞こえなかったのか」

坂崎が少し大きな声で、押しかぶせるように言う。

碓氷は目の隅で、スクリーンのそばに立つマネージャーの顔が、緊張にひきつるのを見た。店内のざわめきが、潮のように引いていく。

男は坂崎の言葉を無視して、またステーキを切りにかかった。

坂崎は、ナイフを持った男の右の手首を、グローブのような左手で、むずとつかんだ。大男に似ない、すばやい動きだった。

碓氷の目には、坂崎が男の腕をねじり上げたように見えたが、実際には五センチと動いていなかった。坂崎のこめかみに青筋が立ち、スーツの下で肩の筋肉が盛り上がるのが分かる。

しかし、男の腕はそれ以上、びくともしなかった。

今や店の中は、しんと静まり返っていた。わずかに、男のすわったテーブルの脚が床にこすれて、耳障りな音を立てるだけだった。

坂崎が右手を振り上げ、つかみかかろうとした。

次の瞬間、男はつかまれた右手を〈の〉の字を書くように回し、あっけなく坂崎の左手をはずした。同時に、握ったナイフで振り下ろされた坂崎の右の手のひらを、下からすくうように切り裂いた。

笙子が、ひっと喉を鳴らす。碓氷も、どきりとした。

坂崎は、わずかに声を漏らして右手を引いたが、たじろぎもせずもう一度腕を上げて、男につかみかかろうとする。

そのとき、厨房につながる奥のドアが、音を立てて開いた。

碓氷は反射的に、ドアの方へ視線を向けた。

チェックのジャケットに、パナマ帽をかぶった浅黒い顔の男が、滑るようにはいって来た。目が緊張のあまり、きらきら光っている。外国人のようだった。

碓氷と目が合うと、男は上着の裾をさっと開いた。ベルトに差した拳銃を抜き、ものも言わずに銃口を向けてくる。

一瞬の出来事に、碓氷は身を伏せる余裕もなく、体を硬直させた。

そのとたん、くるりと向き直った坂崎の大きな体が、スローモーションフィルムのように動いて、自分と銃口の間に割り込むのが見えた。

碓氷は、われ知らず立ち上がった。

鋭い銃声が鳴り響き、店内に悲鳴が満ちた。

碓氷の目には、パナマ帽の男の姿は坂崎の巨体の陰に隠れて、見えなかった。坂崎は、おう、と唸ってよろめいたものの、その場に踏みとどまった。パナマ帽が、坂崎の体を避けるようにして、碓氷に銃口を向け直す。

碓氷は、心臓に刺すような痛みを感じて、その場に立ちすくんだ。

「パパ」

笙子の叫び声が、遠いところから聞こえる。

紺サージのスーツの男が、突然椅子から体を起こすのが、目の隅に見えた。

まるで、空中浮遊のマジックのように、食器類がテーブルごと床から浮き上がり、パナマ帽の男を目がけて殺到する。皿やカップ、ワインのボトルやグラスが、雨あられと男の体に降りかかった。二発目の銃声が響き、天井の漆喰が砕ける。

パナマ帽はテーブルに押しつぶされ、床にどうと仰向けに倒れた。帽子が吹っ飛び、割れた皿やグラスが、あたり一面に散乱する。

紺のスーツの男は、裏返しになったテーブルごと外国人の体を踏みつぶし、右手に握られた拳銃を蹴り飛ばした。ついで、床に転がったワインのボトルをつかむと、外国人の頭に無造作に叩きつけた。ボトルが砕け、飲み残したワインが血しぶきのように、あたりに飛び散る。

外国人は白目をむいて、そのまま動かなくなった。

ほんの数秒の出来事だったが、碓氷はまるで映画のシーンを見るように、それを眺めていた。若いころは、これでもずいぶん修羅場をくぐったものだが、自分がトップに収まってからは、一度も命をねらわれたことがない。ボディガードを連れ歩くのが、単なる形式的な習慣になってしまい、警戒心が薄れていたことに気づく。

坂崎の体が、ゆらりと揺れた。

ゆっくり碓氷の方を向き、苦しげに頭を下げる。

「おやじさん、怪我はありませんか」

碓氷は、われに返った。

「ああ、おれは無事だ。おまえは、だいじょうぶか」

「どうってことはありません。役立たずで、すんません」

腹を押さえた太い指の間から、じわじわと血が噴き出す。

坂崎はそのまま、ぐらりと床に倒れ伏した。

碓氷はあわてて、マネージャーに合図した。

「おい、救急車だ。救急車を呼んでくれ」

笙子が、すがりついてきた。丸みを帯びた体が、がたがた震える。

碓氷は、これで笙子が跡目を継ぐのをやめる気になればいいが、と妙に醒めた頭で考えた。

ふと気がついて、碓氷はあたりを見回した。

いつの間にか、紺サージのスーツの男の姿が、その場から消えていた。

2

水間英人は、傘を差して店を出た。

降りしきる雨の中を、野田憲次が車を停めて待つ東急文化村の方へ、足速に歩いて行く。

月に一度、縄張りの中にある主だった風俗営業の店を回って、みかじめ料を取り立てるのが、水間と野田の仕事だった。運転役と集金役は、適当に交替してやる。

むろん、だいぶ前から警察がうるさくなっているので、おおっぴらな取り立てはできない。しかし、方法はいくらでもある。

渋六興業では、これとねらいをつけた風営店を、傘下のレンタルビデオショップ《アルファ》の友の会に、入会させる。

会員になった店は、好きなビデオを何本でも借り出すことができるが、そのかわり規模に合わせて月に五万から十万の会費を、払わなければならない。借りても借りなくても同じことで、むろん利用する店はほとんどない。

集金は、五のつく日に行なわれる。合わせて五十軒ほどの、バーやキャバクラなどを五日、十五日、二十五日の三日間に割り振り、集金して歩くのだった。集めて回る額は、毎回百万から百五十万程度のはした金だが、若い者の小遣いくらいにはなる。

松濤郵便局前の交差点に出ようとしたとき、水間は後ろから呼び止められた。

「ちょっと待て」

振り向くと、黒っぽいスーツに黒い傘を差した男が、背後に立ちはだかっていた。

水間は本能的に警戒して、金のはいったアタシェケースをすばやく背後に回し、持った傘の柄を少し突き出した。

「なんだ、てめえは」

「おまえ、渋六の者だな」

相手の男は、百七十五センチある水間よりいくらか背が低く、しかも痩せている。ただし肩幅が、人並み以上に広い。キャバレーの、立て看板のようだ。

「だったら、どうした。人にものを聞くときは、てめえから名乗るもんだぞ」

「おれは、神宮署の者だ」

ぎくりとする。デカだというのか。

神宮署は、表参道から少し南に下りた明治通りにある警察署で、渋六興業はその管内にある。

「神宮署には、何人か顔見知りがいる。どこの課ですか」

水間が、少し下手に出て探りを入れると、男はぶっきらぼうに応じた。

「すぐやる課だ。ちょっと来い」

水間は傘を上げ、男の顔をのぞき込んだ。逆光になって、よく見えない。

「ふざけるのも、いいかげんにしろ。そんな課が、警察にあるか。ほんとにデカなら、証拠を見せてみろ」

水間が言うと、男は無言で内ポケットから黒い手帳を出し、傘の下でかざしてみせた。金文字が、闇にきらりと光ったような気がしたが、確認できなかった。

水間は首を振った。

「見えねえな」

しかし男は、それにかまわず手帳をポケットにもどし、かわりに拳銃を取り出した。

「ちょっと来い」

そう繰り返し、銃口を軽く動かす。

水間は、あっけにとられた。

雨降りの深夜で、たまたま人通りが途絶えているとはいえ、路上で刑事が人に拳銃を向けるなど、聞いたためしがない。この男は本物のデカではなく、拳銃はただのモデルガンなのではないか、という気がした。

しかし、水間は男の落ち着き払った態度や口のきき方に、危険のにおいを嗅ぎ取った。ただの脅し、とは思えないものがある。本物のデカだろうと偽刑事だろうと、危ないことに変わりはない。

水間は、そっと唾をのんだ。

「気でも狂ったのか。何もしてない一般市民に、そんな物騒なものを突きつけるなんて、どういうつもりだ」

「ちんぴらのくせに、一般市民が聞いてあきれるぜ。こっちへ来い」

男は三たび言って、銃口をぐいと持ち上げた。

水間は、ためらった。

ちんぴらと呼ばれて、頭に血がのぼるほどの駆け出しではない。

しかし、相手がこっちを渋六興業の身内と承知していることに、漠然とした不安を覚える。どこか別の組織の人間が、みかじめ料を奪いに来たのだろうか。それならそれで、こっちにも覚悟がある。

しかし、実際にデカだったらどうしよう。

それを考えると、恐怖心よりも当惑の方が先に立った。

「そこの路地へはいれ」

やむなく、体を動かす。

男は銃口で水間を誘導し、駐車場の横の細い路地に連れ込んだ。

そこは、ちょうどビルの陰になった場所で、街灯の光は直接届いてこない。しかし、周囲のネオンの照り返しがあるので、わずかながら見通しがきく。

男が言う。

「アタシェケースを置いて、金網の方を向くんだ」

水間は、傘の柄を握り締めた。

「お断りだ。こんなところで、チャカをぶっ放す度胸があるものか。あんたがほんとにデカなら、丸腰の人間を撃ったというだけで、懲戒免職だ。それに、おれの相棒がこの近くにいる。銃声を聞いたら、すっ飛んで来るぞ」

そうあってほしい、と願う。

「おれがぶっ放すときは、おまえが死ぬときだ。だれがやったかなんて、永久に分からんよ。おまえの相棒も、同じ目にあうだけさ」

傘の下の暗闇で、男の目が野獣のように光った。

「おれは、渋六興業の水間だ。おれに万一のことがあったら、ただじゃすまねえぞ」

水間はすごんでみせたが、男は動じる様子もなく応じた。

「覚えておこう。渋六の事務所は、神宮署の管内だからな」

いかにも、本物のデカのような口をきく。水間は、頭が混乱した。

「いったい、どうする気だ」

向けられた銃口がわずかに揺れ、水間はひやりとした。

この男は、何者だろうか。かりにデカでないとしても、やくざ者のようには見えない。だいいち、これが対立する他の暴力組織のやつらなら、こんなに時間をかけたりしない。後ろからずどんと一発食らわせ、金を奪って一目散に逃げるはずだ。

男は、何を思ったか右手に握った拳銃を、ゆっくりとふところへ入れた。

水間はかたずをのんで、上着の内側へ消えた手を見守った。

拳銃は音が出るだけに、人の注意を引きやすい。しかも、よほど至近距離でないと命中しないから、それほど怖くはないのだ。むしろ怖いのは、ドスやナイフだった。男が、拳銃のかわりに刃物を取り出したら、こちらも肚を据えなければならない。

しかし男の手は、空になって出てきた。

それを確認するが早いか、水間は左手に握ったアタシェケースをすとん、と地面に落とした。同時に、前へ倒した傘を盾にして、肩から男に突っ込む。

男は、自分の傘を上から水間の傘に叩きつけ、横へ体をかわした。

傘の陰になって、一瞬相手の姿を見失った水間の横顔に、思わぬところから男の拳が飛んできた。

水間はこめかみに、スタンガンの電撃を食らったようなショックを受け、雨でぬかるんだ砂利道へ倒れ込んだ。

ほとんど間をおかず、みぞおちにつるはしを打ち込まれるような、鋭い痛みを感じる。蹴られたと悟ったときには、もう胃の中のものが喉元をついて、口から噴き出していた。

水間はむせ返りながら、死に物狂いで砂利をつかんだ。

頭をぐい、と踏みつけられる。

「金が惜しけりゃ、神宮署まで取りに来い」

「待ちやがれ」

水間はわめき、這いつくばったまま男の影をめがけて、砂利を投げつけた。

「往生際の悪い野郎だ」

男はうそぶき、必死に立ち上がろうとする水間の頭上に、金のはいったアタシェケースを、無造作に叩きつけた。

目の中で火花が散り、水間はそのまま意識を失った。

3

「おい、しっかりしろ」

体を揺り動かされて、水間英人は意識を取りもどした。

目の前に、ぼんやりと野田憲次の顔が見える。何が起こったのか、とっさには思い出せない。濡れた尻のあたりに、砂利が当たって痛い。野田が、水間の上体を支えている。

水間は、自分がぬかるんだ砂利道にすわり込み、駐車場の金網にもたれているのに気づいた。唐突に、記憶がよみがえる。

「アタシェはどうした」

声を絞り出すと、野田が首を振った。

「おれが来たときは、もうなかった。何があったんだ」

水間は、頭を抱えた。

「くそ、やられた。あとをつけられたらしい。だれか見なかったか」

「いや、見なかった。あまり遅いから、様子を見に来たんだ。そうしたら、おまえがここに倒れていた。だれにやられたんだ」

　水間は、野田の腕にすがって、立ち上がった。頭ががんがん鳴り、みぞおちにも激痛がある。体中びしょ濡れで、気持ちが悪い。

「分からねえ。神宮署の者だ、と名乗った。私服だったが、警察手帳らしいものを、ちらりと見せやがった」

「まさか。デカが、こんなことするかよ」

　野田はそう言って、拾い上げた傘を水間に差しかけた。

「たぶん、偽デカだろう。くそ、暗くて顔がよく見えなかった。やけに目だけが、ぎらぎらした野郎だった」

「一人か、相手は」

　たった一人にやられたのか、というニュアンスに聞こえた。

「デカだ、と名乗るやつにチャカを突きつけられたら、とりあえず逆らうわけにいかんだろう。それからここへ連れ込まれて、好き勝手にぶちのめされた。飛び道具を突きつけられてちゃ、どうしようもない」

　つい、弁解してしまう。相手が最後は素手だった、とはさすがに言えなかった。

「ほかの組の、縄張り荒らしじゃねえのか」

「だったらしょっぱなから、おれに一発ぶち込んだはずだ。アタシェを奪うだけなら、それがいちばん手っ取り早いからな」

野田はハンカチを出して、水間の顔をぬぐった。

「ぶっ放す度胸は、なかったんだろう。どっちにしても、すぐ事務所へもどろうぜ。おまえを、こんなふうにぶちのめしたとなると、よほど腕の立つやつに違いねえ。手配を回さなきゃ」

水間は野田の肩を借りて、車の方へそろそろと歩き出した。

金が惜しけりゃ、神宮署へ取りに来い。あの男は、そう言った。

ばかにするにも、ほどがある。今度出会ったら、ただではおかない。

渋谷駅の東口から、明治通りを少し北へはいった右側に、渋六興業のビルがある。

野田は地下の駐車場に車を入れ、水間をエレベーターで五階の事務所へ、運び上げた。

事務所では、床に敷いた畳の上で腹巻き姿の若い者が四人、花札をやっていた。

泥だらけになった水間を見ると、四人はあわてて花札を投げ捨てた。

何も聞かずに湯をわかし、救急用の薬箱を持ち出して、長椅子を並べ替える仕事を、手分けして始める。よけいな穿鑿(せんさく)をしないように、日ごろから言い聞かせてあるのだ。

長椅子に寝かされた水間は、野田に言った。

「とりあえず、専務をつかまえてくれ。報告に行かなきゃならねえ」

専務の谷岡俊樹は、社長の碓氷嘉久造の右腕だった。ふだんから、携帯電話を持ちたがらない男なので、探すときに一苦労する。

若い者の一人が、恐るおそる言う。

「専務は今夜、《コリンデール》で飲む、とおっしゃってましたが」

　それを聞いて、水間は野田にうなずいた。《コリンデール》は、渋六興業直営の高級クラブだった。幹部が飲みに行ったときは、午前二時くらいまでベテランのホステスを残し、相手をさせることになっている。

　野田は腕時計を見て、すぐに携帯電話を取り出した。

　うまい具合に、谷岡はまだ《コリンデール》にいた。

　電話口に出た谷岡に、野田が固い声で言う。

「すみません、お呼び立てしまして。これから水間と一緒に、おじゃましていいですか」

　受話口から、谷岡が野太い声で何か言っているのが、かすかに漏れてくる。

　水間は唾をのみ、その声に耳を傾ける野田の緊張した横顔を、じっと見た。

「実は、今夜の《アルファ》友の会の集金のことで、トラブルがありまして。……最後の店を出たあと、水間が神宮署のデカと名乗る男に、チャカで脅されましてね。……ええ、金を召し上げられたんです」

　野田は、ちらりと水間に視線を向けて、話を続けた。

「はい。確かにデカと名乗った、と水間は言ってます。……自分は、離れた車の中で待機していたので、見てないんですが。……ええ、だいぶやり合ったらしくて、頭にちょっと怪我をしました。なにしろ、向こうはチャカを持ってたわけですから、へたをすればやられてたかもしれません。……自分がぼんやりしてなければ、こんなどじは踏まなかったと思います。申し訳ありません」

若い者が水間に、固く絞った熱いタオルを渡す。

水間は顔をふきながら、相棒をかばおうとする野田の応対に、内心感謝した。

野田が送話口を押さえ、水間にわざとらしく聞く。

「出られるか、電話に」

「ああ、だいじょうぶだ」

伸ばした水間の手に、野田が受話器を載せる。

「水間です。申し訳ありません」

「おまえらしくもねえな、おとなしく、金を引き渡すとはよ」

谷岡のダミ声に、さほど怒りも非難の色も感じられなかったので、水間は少しほっとした。

「面目ありません。チャカはどうってことないんですが、相手が神宮署の者だとぬかして、手帳をちらつかせるものですから。ついこっちも矛先が鈍って、先手を取られちまいました」

「どんな野郎だ」

「暗くて、顔はよく見えませんでした。自分よりちょっと背が低くて、痩せているくせに妙に肩幅の広い、目のぎらぎらした野郎です。態度もでかかった。専務がご存じの神宮署のデカに、そういう人相風体のやつはいませんか」

谷岡はちょっと考え、ぶっきらぼうに応じた。

「知らねえな、そんな唐変木は」

「どっちにしても、そっちへちょっとご報告に上がります」

「いや、話はあした事務所で、ゆっくり聞く。怪我の方はどうだ」

「たいしたことは、ありません。ちょっと頭が、ふらふらするくらいで」

「今夜はもう休め。あしたになったら、その野郎の特徴をできるだけ詳しく書き出して、管内の主だった店に配るんだ。サツに届けるわけにいかねえし、こっちで落とし前をつけるしかねえだろう」

谷岡は警察にならって、縄張りのことを管内と呼ぶ。

「分かりました。申し訳ありません」

水間はもう一度わびを言って、受話器を野田の手にもどした。

谷岡俊樹は、ママの麻以子にコードレス電話を渡し、シートにもたれた。かわりに麻以子が、ブランデーグラスを差し出す。谷岡はそれを一口飲み、顎をなで回した。少し、憂鬱な気分になる。

金額はたいしたことはないが、水間英人がみすみす集金した金を奪われるとは、信じがたい話だった。水間は、中堅幹部の中でも度胸がすわり、腕の立つ方だ。たとえ、相手が拳銃を持っていたにせよ、そんなことでひるむ男ではない。一つ間違えば、弾を食らう覚悟で向かっていく、無鉄砲な男なのだ。

神宮署のデカか。

そんなはったりに乗るほど、水間はうぶな男ではないはずだ。その水間が迷ったとすると、あるいは本物のデカだったのかもしれない。いや、いくら最近警察官の質が低下したとはいえ、そこまで無謀なまねをするデカがいる、とは思えない。

そのとき谷岡は、十日ほど前に社長の碓氷嘉久造に降りかかった、レストランでの狙撃事件のことを、ふと思い出した。外国人のヒットマンが、娘の笙子と食事をしていた碓氷を撃とうとして、失敗した事件だ。

あの夜、異変を聞いて谷岡が店に駆けつけたときは、すでに現場検証が始まっていた。碓氷と笙子は事情聴取のため、神宮署へ連れて行かれたあとだった。

谷岡は結局、二人の事情聴取が終わるまで二時間かそこら、署の廊下のベンチで待つはめになった。最終的に、事件の詳しい経過を知ったのは、翌日の夕方以降のことだ。

碓氷を狙撃した外国人は、メキシコ政府が発行したビクトル・ソモサ名義のパスポートを、所持していた。しかしその後の警視庁の調べで、ソモサは南米の三か国から殺人容疑で指名手配中の、アルベルト・モラレスというボリビア人であることが判明した。

背後関係は不明だが、いずれはマスダの日本支部が碓氷を亡き者にしようとして、差し向けた殺し屋に違いない、と碓氷も谷岡も睨んでいる。渋谷から目黒にかけて、渋六興業が取り仕切る縄張りに目をつけたマスダの、過激な行動の現れだった。もっとも警視庁と神宮署は、それについて何もコメントしていない。

ボディガードの坂崎悟郎は、碓氷の盾になって腹に一発銃弾を食らったが、幸い命は取りとめた。一週間ほど入院したが、今は退院して伊豆にある会社の保養所で、療養に専念している。復帰したら、給料を上げてやらねばなるまい。

ちなみに、モラレスの二発目の銃弾から碓氷を救ったのは、たまたま近くのテーブルに居合わせた、見知らぬ男だった。男は、モラレスをテーブルごと床に押しつぶし、ワインのボトルで頭をかち割った。警察病院にかつぎ込まれたモラレスは、いまだに意識不明のままベッドに寝ている。

問題は、碓氷を助けた男がどこのだれとも分からない、ということだった。

男は、その場にいた者が警察だ、救急車だと右往左往している間に、姿を消してしまったという。しかもごていねいに、手にしたボトルの割れ残った部分と、ナイフ、フォークを全部持って行ったらしい。碓氷の意見によれば、指紋を現場に残すのがいやだったのだろう、ということになる。

警察の事情聴取に対して、碓氷も笙子も役に立つことは何もしゃべらなかった、と谷岡は聞いた。ねらわれる覚えはない。狙撃者に心当たりはない。助けてくれた男の正体も知らない、というわけだ。

しかし、その碓氷も谷岡に対しては、命の恩人について詳しく話した。体は痩せているのに、人並み以上に肩幅が広い。態度物腰が傍若無人で、目だけがまるで猛禽のように、ぎらぎらしている、云々。

水間の話を反芻したとき、谷岡の頭になんの脈絡もなくその男のことが、思い浮かんだのだった。むろん、自分の目で見たわけではないから、二人の男が同一人物かどうか分からない。そもそも、ボリビア人の頭をかち割って姿を消した男が、神宮署の刑事かもしれないと考えるのは、あまり現実的ではない。

ただ、碓氷と水間の話を両方聞いたところから判断して、二人の外見や印象がよく似ていることは、確かだった。どちらの事件も、渋六興業の縄張り内で起きたものだし、ともに神宮署の管内ということもある。同じ男ではない、とは言い切れない気がする。

それはともかく、どこをどう探したらいいのか。水間に人相書きを作らせ、息のかかった店にばらまいて、気長に網にかかるのを待つくらいしか、思いつかない。

神宮署でも、問題の男を事件の重要参考人として探しているはずだが、足取りをつかんだ形跡はない。碓氷も含めて、男の人相風体をだれも正確に言えなかったか、言えないふりをしたようだ。したがって、警察はあまりあてにできない。

そうなると、二つの事件に関わった男が同一人物か別人かは知らず、渋六興業の手で独自に探し出すほかはないだろう。

一つには、礼を言うために。

一つには、落とし前をつけるために。

4

午後五時。

野田憲次は、地下鉄銀座線の渋谷駅の改札口を出て、西口につながる出口へ向かった。階段をおりようとしたとき、途中の踊り場で通行が滞っていることに気づく。人の流れが壁際を避け、手すりの側へ偏っているのだ。

何げなくのぞき込むと、踊り場の隅に敷かれたダンボールに、色とりどりの週刊誌がうずたかく、積み上げられているのが見えた。

週刊誌の、安売り露店だった。通勤客が読み捨てた新しい週刊誌を、駅のゴミ箱や電車の網棚から拾い集め、百円均一で売っているのだ。

今、乗降客がそこを避けて通るのは、だれかと露店のおやじがもめているからだった。

グレンチェックのスーツを着た、すらりとした体格の男がおやじの前に立ちはだかり、横柄な口調で言う。

「返事をしろ。だれがここに、店を出していいと言った」

野球帽の下から、胡麻塩の長い髪をはみ出させたおやじは、顔も上げずに応じた。

「だれの許可も得てないよ。ここは天下の公道だからな」

「しゃれたことを言うな。この建物は、JR東日本と帝都高速度交通営団、それに東急百貨店の共同管理下にあるんだ。おまえは、人の家の庭先に勝手にはいり込んで、店を出してるんだぞ」

ほんとうかどうか知らないが、男の言うことは一応筋が通っているようだ。

おやじも、負けずに言い返す。

「もう三年もやってるけど、どっからも文句を言われたことはないよ」

「おう、そうか。それじゃ、おれが文句を言ってやる。こんなところで汚い店を広げられたら、通行人の迷惑になる。さっさと立ちのけ」

「汚かないよ、うちの週刊誌は。きれいなのだけ、よって集めたんだ」

野田は、そのまま階段をおりて行こうかと思ったが、足が動かなかった。

こうした露店のおやじは、だいたいが路上生活者のベテランか、そこから成り上がった男たちだ。おやじ連中は、別の路上生活者を拾い屋に使って、週刊誌を集めさせる。それを一冊二十円か二十五円で買い取り、百円で売るという寸法だ。

駅も警察も、よほど通行人の迷惑にならないかぎり、この種の露店を黙認している。ダンボールを盾に、構内に住みつかれることを思えばまだまし、ということなのだろう。

渋六興業の対応も、同様だった。いくら縄張りの中とはいえ、この程度のささやかな利権に文句をつければ、落ちぶれたものだと後ろ指を差される。目に余ることさえしなければ、見て見ぬふりをしても実害はない。むしろ、ときどきちんぴらがショバ代を巻き上げたりするのを、たしなめてやるくらいのものだ。

それを、どこのおっちょこちょいだか知らないが、正面切って脅しをかけている。

男は無造作に足を上げると、積まれた週刊誌をぐいと踏みつけた。

「これでも、汚くないか」

おやじは血相を変えて、男の足を払いのけようとした。

男はすばやく足を引き、今度は週刊誌ごとおやじの胸を、容赦なく蹴りつけた。おやじは、崩れた週刊誌の山と一緒に後ろへ倒れ、石の壁に頭をぶつけた。野球帽が飛び、ざんばら髪が顔をおおう。

「いてて。何すんだよう」

おやじは悲鳴を上げ、頭を押さえてその場にうずくまった。

男は、きちんと積まれた週刊誌の山を丹念に崩し、靴の底で汚していく。おやじはなすすべもなく、頭を抱えた腕の下からうらめしそうに、それを眺めていた。

野田はさすがに見かねて、男の肩に手を置いた。

「おい、いいかげんにしておけよ」

そのとたん、男の肩が人並み以上に広いことに、初めて気づいた。どちらかといえば、華奢な体つきに見えたのだが、手の下にあるのは予想外に引き締まった、強靱な筋肉の感触だった。

男は、週刊誌の山から足をもどすと、ゆっくり首をねじ曲げた。

まず、肩に置かれた手をじっと見下ろし、それからなめ上げるような粘っこい視線で、身長百八十センチの野田の顔を見据える。

野田も、それなりに度胸のすわった方だと思っているが、どこかに大学出のインテリの弱さを自覚する部分がある。男の、爬虫類のような冷たい目にたじろぎ、つい手を離してしまった。

自分より、はるかに大柄な相手に見下ろされながら、男はまったく動じる様子がない。野田には理解できない、底なしの無鉄砲さのようなものが、ひしひしと感じ取れる。

男は、野田と同年配か少し年上の、三十代後半に見えた。日本人には珍しい奥目の持ち主で、薄い眉は張り出した岩棚の端に生えた、まばらな雑草のようだった。鼻は細くとがり、唇は驚くほど薄い。七三に分けた髪は、まるでかつらをかぶったようにきちんと、櫛目が通っている。

「何か言ったか」

男は、ほとんど唇を動かさずに、言った。牡蠣(かき)の身を、殻からナイフで丹念にえぐり出すような、耳障りな声だった。

「あんな年寄りをいじめても、しかたがないだろう、と言ったんだ」

男の口元に、薄笑いが浮かぶ。

「働けないほど、年寄りじゃないぞ」

「だからあのおやじも、こうやって働いてるんだ。大目に見てやれよ」

男は、露店のおやじにすっかり興味をなくしたように、野田の方に向き直った。いかにもわざとらしく、ネクタイの結び目に指先を添えて、顎を回す。その手は、体つきに似合わぬほど大きく、しかもがっちりしていた。

ちらりと、社長の碓氷嘉久造を狙撃者から守ったという、正体不明の男のことを思い出す。

専務の谷岡俊樹が、碓氷から聞いた話だと断って説明した男の人相書きと、風貌がよく似ていはしまいか。

「おまえは、どこのだれだ」

いきなりおまえ呼ばわりされて、野田はさすがにむっとした。

階段を行き来する通行人は、二人が醸し出す険悪なムードを避け、離れたところを逃げるように、のぼりおりして行く。

「渋六興業の、野田という者だ。そっちこそ、どこのだれだ」

野田が言い返すと、男の目に軽い驚きの色が浮かんだ。どうやら、渋六興業の名前を知っているらしい。

しかし、男の口調は変わらなかった。

「渋六か。このあたりの地回りだな」

その言い方に侮蔑を感じて、野田は思わず拳を握り締めた。

機先を制するように、男がスーツの内側に手を入れる。

はっとする間もなく、男が取り出したのは金文字の打たれた、黒革の手帳だった。

「おれは、神宮署生活安全特捜班の、トクトミだ。おれのやり方に文句があったら、署まで言いに来い」

野田は一瞬目を疑ったが、それは警察手帳に間違いなかった。

不意をつかれ、とっさには言葉が出てこない。まさか神宮署の私服とは、思いもしなかった。まして生活安全特捜班、などというごたいそうな名前を背負った刑事が、週刊誌の安売り屋をいじめるとは、どういう料簡だろう。

生活安全特捜班の、トクトミか。覚えておこう。あとでチェックしなければならない。

目の隅に、こそこそと週刊誌をずだ袋に詰め込む、露店のおやじの姿が映る。相手が悪いと見て、逃げ出すつもりらしい。できれば野田も、その場から消えたかった。

「どうも、神宮署のだんなとは知りませんで、失礼しました」

しいて言葉を絞り出し、いさぎよく頭を下げる。この程度のことで、警察とやり合っても始まらない。

トクトミと名乗った刑事は、乾いた笑い声を上げた。

「なかなか、神妙じゃないか。近ごろのやくざは、品がよくなったな。それとも、根性がなくなっただけか」

トクトミは、野田を挑発しようとしているようだ。

野田は、じっとこらえた。社長の碓氷嘉久造から、警察には決してたてつくな、と固く言われている。

トクトミが続ける。

「そのありさまじゃ、たとえみかじめ料を横取りされるような目にあっても、泣き寝入りするしかないな」

野田はぎくりとして、トクトミの顔を見直した。

トクトミは、唇の端に薄笑いを浮かべたまま、野田の視線を平然と受け止める。

「どうも。ごめんこうむります」

野田はていねいに頭を下げると、そのまま小走りに階段を駆けおりた。心臓が、あばらの中で跳ね回っていた。

あの男だ。あの男に違いない。

水間英人を襲い、《アルファ》友の会の会費を奪い去ったのは、今の男だったのだ。それも、水間に自分で告げたとおり、実際に神宮署の刑事だった。警察手帳は本物だったし、だいいち襲った本人でなければ、さっきのようなせりふが出てくるはずはない。

どういうつもりか知らないが、トクトミは渋六興業を挑発している。そうとしか、考えられなかった。

その上トクトミは、碓氷を狙撃者から救った男の外見と、そっくりのように思える。碓氷と水間がトクトミを見れば、同一人物かどうか分かるだろう。

急いで、報告しなければならない。

5

青葉和香子は、受話器を取り上げた。

「もしもし、青葉ですが」

「ああ、おれだ」

和香子は、ふっと緊張を緩めた。この男はいつも、おれだ、としか言わない。

「こんにちは。ご機嫌いかがですか」

周囲の耳をはばかって、紋切り型の挨拶をする。

和香子が、司書として勤務するこの経堂図書館は、世田谷区の中でももっとも静かな図書館、といわれている。

「すまんが、今夜の約束はキャンセルさせてくれ。じゃあな」

それだけ言って、相手は電話を切った。

「分かりました。またご連絡します」

しかたなく、切れた電話にそう返事をして、受話器を置く。

あの男は、いつもこうなのだ。勝手に決め、勝手にキャンセルする。こちらがどう思おうと、まったく頓着しない。

最初の出会いから、そんな予感があった。

あれは二年前、深夜の東名高速で車がバーストしたのを、直してもらったときのことだ。親切ごかしに、和香子を襲おうとした変態男をしたたかにぶちのめし、かわりにタイヤを交換してくれたのだった。激しい雨をついて作業をする間、あの男は一言も口をきかなかった。作業が終わったあとも、名前すら告げずに走り去った。言ってみれば、あの男は嵐とともに来て嵐とともに去る、白馬の騎士のようなものだった。

和香子は、同僚に断って席を立つと、館内の休憩コーナーへ行った。自動販売機で、温かいお茶を買う。テーブルにすわって、缶をあけた。

あの雨の夜から、一週間後の夕方。

地下の倉庫で、廃棄図書の整理をしていた和香子に、同僚が面会者の来訪を告げに来た。警察の者だ、と名乗ったという。

心当たりがなかったが、和香子は礼を言ってロビーに向かった。

廊下を急ぎながら、一週間前に雨の東名高速で変態男に襲われかかった、あの出来事を思い出した。例の丸顔の男が余罪でつかまり、和香子のことを自白したのかもしれない。

しかし、あの男が和香子の素性を知っている、とは思えなかった。

結局、なんの用か見当がつかぬまま、ロビーへ来てしまった。

そこで待っていたのは、意外なことにあのとき和香子を助けてくれた、レインハットの男だった。帽子がないので、最初はそれと分からなかったが、照れたように上目遣いに見上げる、独特の光を秘めた目を見たとき、すぐに思い当たった。

男は、台東区の北上野署に勤務する刑事で、禿富鷹秋と名乗った。たまたま、仕事で近くに来る用事があったので、立ち寄ったのだという。

先夜の礼を述べたあと、和香子は正直に言った。

「わたしの名前や勤務先が、よくお分かりになりましたね」

禿富と名乗った男は、薄笑いを浮かべて応じた。

「車のナンバーから、割り出したんですよ」

しかたなく、和香子も笑い返した。

そういえばこの男は、和香子を襲った男の車のナンバーを覚えた、とあのとき言った。根っからの警察官なのだ。

禿富は、その夜食事でも一緒にどうか、と和香子を誘った。

別に予定もなく、あらためて禿富に礼をしたい気持ちもあったので、和香子はその誘いを受けた。

禿富は和香子を、代官山のフランス料理店に連れて行った。和香子が、一度も足を踏み入れたことのないような、高級なレストランだった。感謝を込めて、自分が勘定を払うつもりでいた和香子は、逆に禿富にごちそうになるはめになり、冷や汗をかいてしまった。

それが和香子の、禿富との付き合いの始まりだった。

禿富は、ただの刑事にしては着ているものや、身につけているものが洗練されすぎており、金遣いも荒いように思われた。しかしそれは、和香子がテレビに出て来るしょぼくれた刑事しか、知らないからかもしれなかった。

和香子はお茶を飲み干し、ぼんやりと自動販売機を見つめた。

あのときから数えて、ざっと二年がたつ。

その間に、和香子は父と母を立て続けに病気で失い、独り身になってしまった。こんなことなら、三十歳を過ぎるまで独身でいるのではなかった、としきりに後悔した。せめて結婚して、両親を安心させておけばよかった。

しかしこればかりは、どうしようもない。禿富は独身だが、和香子と結婚する気があるようには見えず、和香子にとってもその対象ではなかった。

和香子は、自分が優柔不断な性格であることを知っており、そこを禿富に適当に利用されているのだ、という気もする。しかし、禿富は和香子のわずかな貯金など、あてにする様子もなかった。むしろ、こちらが当惑するほど自分の金を、和香子のために遣った。

体を交えたのも、付き合い始めて一年以上もたってからだ。すでに両親を亡くし、心の中に空洞を抱えていた和香子は、酒に酔った禿富の要求を拒まなかった。もっと早く、そうなっていてもよかったのに、と思ったほどだった。なぜか禿富は、それまで和香子の体に指一本、触れようとしなかったのだ。

初めてのベッドは、期待以上でも以下でもなかった。和香子自身、たいした経験を持ち合わせていなかったし、禿富の行為もあっさりしたものだった。それは、だいぶ回数を重ねた今でも、たいして変わらない。

秃富を愛しているのかいないのか、和香子にはよく分からない。また、秃富に愛されているのかどうかも、はっきりしない。一か月、互いに音沙汰がなくても平気だし、会えば会ったで楽しくもある。不思議な関係だ、と自分でも思う。

その日の約束は、ほぼ三週間ぶりだった。最近、秃富の勤務先が渋谷区の神宮署に変わったため、しばらく連絡が途絶えていたのだ。

それをキャンセルされ、和香子は初めて寂しい思いをした。

6

ドアをあけて、野田憲次が顔をのぞかせた。

「社長、あの男が来ました。間違いなく、神宮署のトクトミです」

水間英人が、はじかれたようにソファから飛び立つ。顔が蒼白になり、頰の筋がぴくぴくしている。

碓氷嘉久造は、釘を刺した。

「水間。よけいな手出しを、するんじゃないぞ。やつが、おまえをぶちのめした男かどうか、まだ確証はないんだ。とにかく、やつがデカだということを、忘れんようにしろ」

トクトミが、神宮署の刑事だということに、間違いはない。碓氷が、自分で署に電話をして確かめ、当人と会う段取りをつけたのだ。トクトミが呼び出しに応じた時点で、人違いでないことがはっきりした。

水間は不服そうな顔をしたが、おとなしくソファにすわり直した。

渋六興業が借りた、ここ池袋のホテルメトロポリタンのスイートルームには、ほかに専務の谷岡俊樹と、娘の笙子がいる。

「どうも」

野田が短く言い、ドアを支える。

戸口に現れたのは、碓氷が狙撃された夜と同じ紺サージのスーツを着た、あの肩幅の広い男だった。

碓氷は、笙子をちらりと見た。

笙子が、小さくうなずき返す。間違いない、という合図だった。

碓氷を含めて、そこにいる者はいっせいにソファを立ち、男を迎えた。

碓氷は、戸口まで迎えに行き、頭を下げて言った。

「渋六興業の、碓氷です。わざわざご足労いただいて、恐縮です。その節はいろいろお世話になりまして、ありがとうございました。あらためて、お礼を言わせてもらいます」

「いや、ただの行きがかりでね」

男はぶっきらぼうに応じ、部屋にはいって来た。

野田はドアをしめ、入り口を背にして立った。

男が戸口に立ったときから、水間は顔を怒りにひきつらせていた。鎖を引きちぎろうとする、ドーベルマンのような形相だった。

その水間を目がけて、男は手にしたアタシェケースを無造作に、ほうり投げた。

水間は、危うく胸でそれを受け止めたが、蓋が何かに当たってへこんでいるのを見ると、かっとしたように食ってかかった。

「いったいこれは、なんのまねだ」

「落とし物を、届けてやったのさ。確かめてみろ」

碓氷は、男の傍若無人な振る舞いと口のきき方に、内心舌を巻いた。

これは、ただのデカではない。マル暴担当でもないのに、暴力団の幹部が集まる中へ単身乗り込んで、少しも怖じけづいたところがない。

水間は、少しの間男を睨みつけたあと、どさりとソファに腰を落とした。掛け金をはずし、アタシェケースの蓋をあける。

「くそ」

水間はののしり、おもしろくなさそうな顔をして、中身を碓氷に示した。集金したばらばらの一万円札が、そっくりはいっているようだった。

碓氷は黙ってうなずき、おもむろに名刺を抜いて、男に差し出した。

「一応、名刺をお渡ししておきます。今後のためにも」

男は、それをちらりと眺めただけで、ポケットにしまった。

「悪いが、おれは名刺を渡さない主義でね。神宮署生活安全特捜班の、トクトミタカアキだ。つい最近、台東区の北上野署から、異動して来た。こんなところへ呼び出したからには、それなりの挨拶があるんだろうな」

「とにかく、かけてください」

碓氷は、全員がソファにすわるのを確かめて、野田に合図した。

野田は、ワゴンに用意されたブランデーの口をあけ、五つのグラスに酒を注ぎ回した。

それを一つずつ、配って歩く。

「どういう字を書くのか、教えていただけませんか、トクトミさん」

碓氷が言うと、男は笙子に向けていた目をもどし、手短に応じた。

「禿げ頭の富士山に鷲鷹の鷹、春秋の秋だ」

碓氷は、ぽかんとした。鷹秋はかろうじて分かったが、最初の部分が聞き取れない。

「禿げ頭の富士山とは」

「禿頭(とくとう)の禿に、お富さんの富だ」

間髪を入れず、笙子が言う。

「おもしろい名前ね。徳冨蘆花の徳冨か、と思ったのに」

碓氷の頭の中に、やっと禿富という字が浮かんだ。

「確かに、珍しいお名前だ。どちらのご出身ですか」

「おれの戸籍調べより、用事を言ってくれ。だいじな約束を、キャンセルして来たんだ。やぼな話だったら、責任を取ってもらうぞ」

そう言いながら、禿富の目はまた笙子に向けられた。

笙子は、禿富の視線を跳ね返すように顎をそらし、高だかと脚を組んだ。

その夜の笙子のいでたちは、フリルのついた白のブラウスに、赤いタイトのミニスカートだった。親の碓氷の目から見ても、あかぬけた服装とはいえない。狼のように盛り上げた髪は、何年も前にすたれた古い髪型だ。

碓氷はブランデーを飲み、禿富の注意を引いた。

「あの夜、例のボリビア人の頭をかち割ったのが、禿富さんのしわざだということを、神宮署は知らないんですか」

「だれも知らんよ」

にべもなく言う。

「わたしと娘は、知ってますよ。禿富さんにナイフで手を切り裂かれた、ボディガードの坂崎もね。それから、レストランのマネージャーやボーイも、たぶん」

「それ以外にも、あなたをあそこで見たと証言する人は、たくさんいるはずよ」

笙子が口を挟むと、禿富は薄笑いを浮かべた。

「おれを、あそこで見なかったと証言する人間は、その倍以上いるさ」

碓氷は左手を上げ、禿富を制した。

「分かりました。禿富さんは、あの夜あそこにいなかった。それでいいですな」

禿富がうなずく。

「いい。あと一人、あのボリビア人が残っているが」

「あのボリビア人は、たとえ意識を取りもどしても、心配することはない。どうせ、殺人容疑で手配中の南米のどこかの国へ、引き渡される身ですからね」

「ねらわれる心当たりがあるのか」

「まあね。禿富さんにも、察しがついてるでしょう。あれは間違いなく、マスダに雇われてわたしをやりに来た、殺し屋ですよ」

禿富は、唇をすぼめた。

「マスダか。マフィア・スダメリカナの差し金なら、第二、第三のヒットマンがやって来る恐れがある。気をつけた方がいい」

「覚悟してますよ。その意味で、これからもいろいろと力になっていただけると、ありがたいんですがね」

水間が、不満そうに身じろぎする。

碓氷はそれを目で抑えて、言葉を続けた。

「その話はまたにするとして、もう一つお聞きしたいことがある。ここにいる水間をぶちのめして、わたしらが集金した金を奪い取ったのは、どういう料簡ですかな」

禿富は、水間が抱えるアタシェケースを、顎で示した。

「ちゃんと返したぜ」

「それじゃ、なんのために横取りして、なんのために返したんですか」

「警戒心が足りない、と教えてやったのさ。この界隈には、渋六興業のほかにマスダも含めて、複数の組織が勢力を伸ばしつつある。みかじめ料を集めるにも、もっと用心してやらなきゃだめだ」

「しかし、銀行振り込みってわけにも、いかんでしょう」

「おれがときどき、集金人の背後を見張ってやってもいいがね」

それを聞いて、碓氷はだいたいの察しがついた。

「ついでに、わたしの背後も見張ってもらえると、ありがたいですな」

水を向けると、禿富はにっと笑っただけで返事をせず、ブランデーを飲み干した。

碓氷は水間を見て、アタシェケースを禿富に渡すように、目で指示した。

水間が、ちらりと谷岡の様子をうかがう。谷岡は谷岡で、碓氷の顔を見た。

碓氷がうなずくと、谷岡も水間に向かって同じように、うなずいた。

水間は、不承不承立ち上がった。禿富の前にアタシェケースを置き、ソファにもどる。

「なんだ、これは」

とぼけた顔で、禿富が聞く。

「落とし物ですよ。神宮署へ、届けておいてもらえますか」

碓氷が応じると、禿富はグラスをテーブルに置いて、アタシェケースを取り上げた。

蓋を開いて、現金をつかみ出す。ばらけた札を、一センチほどの厚さに束ね、内ポケットにしまった。

碓氷は、押しかぶせた。

「預かり証は、いりませんよ」

秃富はそれに答えず、ソファを立った。

「落とし物は、定期的に出るんだろうな」

「そういうことです。それもだいたい、池袋のこの部屋あたりで」

秃富は、また声を出さずに笑い、きびすを返して戸口へ向かった。

野田が急いで先に立ち、ドアをあける。

秃富は振り向きもせず、そのまま出て行った。

「くそ」

水間がまたののしり、ソファの肘掛けをどんと叩いた。

終始黙ったままでいた谷岡が、青あおとした髭の剃りあとをなでながら、憮然とした口調で言う。

「食えない野郎ですね、社長。どうするつもりですか」

「分からん。しかし、一度奪った金を持って来たからには、おれたちと角突き合う気はないんだろう」

水間が、気色ばんで言う。

「だからって、あんな野郎とつるむことはないでしょう。いつ裏切られるか、分かりませんぜ」

碓氷はそれに答えず、笙子の方を振り向いた。

「笙子。おまえは、もう帰っていい。禿富の面通しのために、同席させただけだからな」

笙子は立ち上がり、ショルダーバッグを肩にかけた。タイトスカートのすわりじわを、両手で伸ばしながら言う。

「あたしはあの人が、気に入ったわ」

碓氷は苦笑した。

「気まぐれはよせ。レストランでじろじろ見られたときは、ぼろくそに言ったくせに」

「だけど、あの坂崎とやり合って、一歩も引かなかったもの。いい度胸してるわよ」

笙子はそう言い残して、すたすたと部屋を出て行った。

碓氷は、幹部たちの顔を一人ずつ、眺め回した。

「おれは、あの男を飼ってみようと思う。おまえたちの意見はどうだ」

谷岡たちは、互いの顔を見合った。

野田が、口を開く。

「どこまで役に立つか、怪しいもんですよ。昨日報告したように、週刊誌の安売り屋をいじめたりする、けちな野郎ですからね」

水間もうなずく。

「あんな野郎に、背中を守られたくありませんよ、自分は」

谷岡が、疑わしげな顔になって、碓氷に言う。

「どういう素性のデカなんですかね、あいつは。北上野署から来た、と言ってましたが」

それで碓氷は、思い出した。

「おう、そうだった。水間。尾車組の花輪に、電話してくれ」

尾車組は、上野浅草方面を根城にする組織暴力団で、碓氷は組長の花輪仁助と兄弟分の仲だった。花輪に聞けば、何か分かるかもしれない。

水間が、携帯電話で二、三か所連絡を取ったが、花輪はつかまらなかった。

碓氷は、明日にでも事務所の方へ電話をほしい、と伝言を残させた。

あらためて言う。

「おまえたちにも、いろいろ意見があるだろうが、しばらく様子をみようじゃないか」

谷岡が顎をこすり、あまり気の進まない口調で言う。

「社長がそうおっしゃるなら、あたしに異存はありませんがね」

水間も野田も、しぶしぶうなずいた。

碓氷は、弁解がましく続けた。

「あの男が、信頼できるやつかどうか、まだ分からん。しかし少なくとも、敵に回したくない相手であることは、確かだ。そうは思わんか、みんな」


電話が鳴った。

青葉和香子は、急いで洗面所からリビングへもどり、受話器を取り上げた。

自分からは、呼びかけない。電話がかかったら、相手が話し出すまでしゃべらないように、禿富鷹秋から言われている。

「もしもし、おれだ。飯でも食わないか」

ほっとして、受話器を持ち替える。

「夕方、キャンセルするって言ったでしょう。もう、すませちゃったわ」

「それじゃ、酒だけでもいい」

「でも、そろそろ九時半よ。今、どこにいるの」

「池袋だ。車で迎えに行く」

和香子のマンションは、経堂図書館から徒歩十分ほどのところにある。池袋からだと、車でも三、四十分はかかるだろう。

和香子は、小さくため息をついた。

「分かったわ。でも、近くにしてね。あしたも、仕事があるし」

「おれも同じだ。早めに切り上げる。約束するよ」

電話を切ったあと、洗面所へもどる。

化粧を落とすのをやめ、あらためて口紅を引いた。めんどうだと思う反面、心の底でうきうきしている自分に気づく。たとえどんな時間でも、あの男から電話で誘われると、気持ちがはずむのだ。

鏡の中から、どことい って取り柄のなさそうな平凡な女が、じっと見返してくる。

あの男は、わたしのどこに惚れたのだろう。若くもなく、人目を引くほどの美人でもないことは、自分がいちばんよく知っている。年のわりに、肌がきれいだということくらいしか、自慢できるものはない。

しかし、とにかくあの男が自分を大切に思ってくれているのは、間違いなかった。

そして今は、それだけで十分だった。

和香子は、いそいそと洋服ダンスに向かった。

7

翌朝。

出社した碓氷嘉久造が社長室にはいると、秘書の境キヌヨが新聞とお茶を運んで来た。

キヌヨはもう四十歳を過ぎているが、れっきとした大学卒だ。世話になった区議から、めんどうを見てくれと預けられた女で、死んだ亭主は陸上自衛隊にいたという。女には珍しく、公然と右翼的な発言をしたり行動に出たりするため、どこの職場でも長続きしなかったらしい。渋六興業とは水が合うのか、もう三年も居すわっている。

新聞を広げた碓氷は、社会面の片隅の記事に目を留めた。

例の、碓氷を狙撃しようとしたボリビア人の殺し屋、アルベルト・モラレスが昨夜遅く死亡した、というのだ。結局、意識を取りもどさないまま、息を引き取ったらしい。

これで、ボリビア人を背後で操っていたのがだれか、明らかにすることは不可能になった。むろん碓氷は、そしておそらく警察も、マスダのしわざに違いない、と見当をつけている。ただ、確証がないだけだった。

午前中のうちに、モラレスが死んだことについてコメントがほしい、と新聞と週刊誌が一つずつ、電話で取材を申し入れてきた。碓氷はキヌヨを通じて、体よく両方とも断った。

そもそも、警察からなんの連絡もないのが、おもしろくなかった。とにかくこっちは、狙撃された被害者なのだ。犯人が死にました、くらいの報告をよこしても、ばちは当たらないではないか。

そんなことを考えているとき、外線直通の電話が鳴り出した。

急いで受話器を取ると、聞き覚えのあるがらがら声が、耳に飛び込んできた。

「おう、花輪だ。ゆうべ、電話をくれたってな」

尾車組の、花輪仁助だった。

「ああ。久しぶりだな。元気か」

「相変わらずだ。世間並みに、景気が悪いよ」

しばらく無駄話をしてから、碓氷は用件を切り出した。

「つかぬことを聞くようだが、最近まで北上野署にいた禿富鷹秋という名前の、食えないデカを知らんか」

「トクトミ。おう、ハゲタカのことか」

虚をつかれる。

「ハゲタカ」

「そうよ。どうして、やつの名前を知ってるんだ」

「最近、北上野からおれの縄張りの神宮署へ、移って来たらしいんだ」

花輪は、さも楽しそうに笑った。

「そうか、そうか。神宮署へ行ったんだったな、そういえば。そいつは、ご愁傷さまなこって。やつが上野から消えてくれて、こっちじゃみんなほっとしてるんだ」

碓氷は、受話器を握り締めた。

「どういう意味だ。要するに、ハゲタカみたいに汚い野郎だ、ということか」

「それについちゃ、おれは何も言わねえ。ただ、苗字と名前の頭を一字ずつ取れば、ハゲタカになるってことよ」

禿富鷹秋。禿鷹。ハゲタカ。なるほど、言われてみればそのとおりだ。

花輪が続ける。

「ただし間違っても、ハゲトミなんて呼ぶなよ。ぶち殺されるぞ」

「根性の悪い野郎か」

「だから、それについちゃ何も言わねえ、と言ったろう。たとえ相手がデカでも、仁義ってものがある。付き合い方によっちゃ、役に立つ野郎だ。しかしその付き合い方は、あんたが自分で考えるしかねえ。おれに言えるのは、それだけだ」

電話を切ったあと、碓氷は考え込んだ。

ふだん、花輪はこんな奥歯にものの挟まったような、中途半端な言い方をする男ではない。逆に、花輪がそのような言い方しかできないとすれば、そこに禿富の本性がひそんでいそうだ。

茶を口に含んだとき、また同じ電話が鳴り出した。

受話器を耳に当てると、ぶっきらぼうな声が言った。

「ゆうべはどうも。禿富だ」

碓氷は、背筋を伸ばした。

「こちらこそ、失礼しました」

つい、ていねいに応じてしまい、自分で憮然とする。

「モラレスが死んだのを、知ってるか」

なんだ、そのことか。

「ええ。さっき、新聞で見ましたよ」

「ゆうべ遅く、だれかがやつの病室に忍び込んで、生命維持装置をはずしたらしい」

碓氷は驚き、受話器を持ち直した。

「ほんとですか。新聞には、何も書いてなかったが」

「むろん、マスコミには伏せたのさ。警察病院で容疑者が殺された、などという話が外へ漏れたら、面目丸つぶれだからな」

少しの間、考えを巡らす。

「もしかして、マスダのしわざでしょうかね」

「かもしれんな」

「あるいは、マスダのだれかに脅された、医者のしわざか」

「かもしれんな」

秃富は無感動な声で、そう繰り返した。

しばらく沈黙が続く。

碓氷は、思い切って言った。

「まさか、ハゲタカのしわざじゃないでしょうね」

受話器の向こうで、くっくっという妙な音がした。

秃富が、笑ったのだった。

「かもしれんぞ」

そう言って、秃富は電話を切った。

碓氷は呆然として、受話器を見つめた。

どうやらとんでもない男と、関わりを持ってしまったようだ。

第二章

8

ミラグロはハンカチを出して、額の汗をふいた。

まるで、服を着たまま蒸し風呂にはいったような、ひどい暑さだ。ミラグロが生まれ育った、ペルーのウアンカジョも暑かったが、これほど湿気は強くなかった。

上着を脱げば、いくらかしのぎやすくなることは、分かっている。しかし、どんなに暑い真夏の日でも、スーツを着たときは服装を崩さないのが、ミラグロの主義だった。もちろん、ネクタイをだらしなく緩めるなど、もってのほかだ。

ミラグロは日系三世で、まもなく二十九歳になる。

ミラグロの家は、祖父の代に日本からペルーへ移住した、貧しい農民だった。

小さいときから、ミラグロはトウモロコシ畑で夜昼なしに、働かされた。食べ物といえば、トウモロコシばかりだった。

成長するとともに、そんな暮らしにつくづく嫌気がさし、十五のときに家も家族も捨てて、首都のリマへ出た。それからというもの、靴磨きから始まって車の窓磨き、レストランの皿洗い、新聞売りにピザの配達など、ミラグロはおよそ十代の子供にできる、ありとあらゆる仕事を経験した。そして二十歳になるころ、マスダことマフィア・スダメリカナ(南米マフィア)傘下の組織にはいり、麻薬密売の下働きを始めた。

ほどなく、アメリカから来たギャングの一団と争いになり、初めて修羅場を経験した。そのときミラグロは、拳銃を撃ちまくる敵陣へ一人で飛び込み、黒人の大男を含む三人のアメリカ人を、ナイフでめった切りに切り裂いた。無我夢中で、だれをどう始末したのか覚えていないが、とにかく自分は一発も敵弾を食らわずに、三人を片付けた。

それがきっかけで、ミラグロ(奇跡)というあだ名がついたのだ。それ以来本名を捨てて、ミラグロで通すことにした。パスポートには本名が書いてあるが、めったに使うことはない。

ミラグロはハンカチをしまい、料亭《夜ざくら》の門に目を向けた。今しも、ほの明るい門灯の下に六十がらみの太った男が、悠然と出て来るのが見える。

明るいグレイのスーツを着た、唇の分厚い、見るからに尊大そうなその男は、ときどき新聞やテレビで顔と名前を目にする、国会議員の塚本吉之輔だった。

塚本のあとから、そろって仏頂面をした男が三人、門を出て来る。

一人は、塚本よりもいくつか年配の初老の男で、あとの二人はそれぞれ四十代後半に、三十代半ばといったところだ。

ミラグロは、三人の顔と名前を、全部覚えている。ここ一か月ほど、渋六興業の周辺をそれとなく嗅ぎ回った結果、自然に頭にはいってしまった。

初老の男は、渋谷を本拠にする組織暴力団渋六興業のボス、碓氷嘉久造だった。暴力団のボスというより、中小企業の社長といった方がぴったりする、冴えないおやじだ。

年若の二人は、いずれも黒っぽいスーツにぴたりと身を包み、やくざらしい危険なにおいを発散している。

一人は四十代で、碓氷の片腕といわれる渋六興業の専務、谷岡俊樹。背はあまり高くないが、やけに濃い髭の剃りあとが目立つ男だ。重戦車のように、厚みのある体格をしている。

もう一人の、三十代の男は水間英人。ミラグロと同じ、百七十五センチほどの身長で、引き締まった体と、険しい目の持ち主だ。ヤクショ・コウジとかいう、日本の俳優に似ているとだれかが言うのを、耳にしたことがある。しかしミラグロは、その俳優の顔を知らないので、イメージがわいてこない。いずれにせよ、なかなかの男前であることは、確かだった。

門の外に横づけされた車から、紺の制服を着た運転手がひょこひょこおりて来て、ドアをあけた。塚本は鷹揚にうなずき、車に乗り込んだ。

車が走り出すと、碓氷以下三人の男は遠ざかる尾灯に向かって、いっせいに頭を下げた。碓氷の頭がいちばん低く、水間の頭がいちばん高かった。

それは身長の差ではなく、気持ちの差のようだった。その証拠に、車が視界から消えるなり、水間は短く毒づいて、塀を蹴飛ばした。

碓氷と谷岡も、憮然とした表情でその場に立ち尽くす。塚本との間に、なんらかの話し合いが行なわれたらしいが、どうやら不調に終わったとみえる。

門の中に控えていた、用心棒らしい体格のいい男たちが数人外へ出て来て、三人を守るように取り囲んだ。ミラグロは、明かりの消えたビルの暗がりに身を引き、目だけ出して様子をうかがった。

用心棒の中で、もっとも体の大きい坂崎という男は、元プロレスラーらしい。

二か月ほど前、マスダの日本支部は碓氷を始末するため、小火器の扱いにたけた殺し屋アルベルト・モラレスを、東京に呼び寄せた。ボリビア生まれのモラレスは、S&Wマグナムからデリンジャーまで、あらゆる種類の拳銃に精通するといわれる、腕利きの殺し屋だった。

モラレスは、レストランで食事する碓氷を殺そうと、裏口から押し入った。

ところが、異変に気づいた坂崎が盾になったため、モラレスは碓氷の狙撃に失敗した。そのあげく、現場にいた得体の知れぬ男にボトルで頭を叩き割られ、命を落としてしまった。

失敗の原因は、モラレスが日本語を一言も解せず、入国してからストレスがたまって、仕事を急いだためだといわれている。

モラレスを叩きのめしたのは、碓氷の身内の人間ではないようだが、どこのだれかは分かっていない。警察でも、まだ調べがついていないようだ。

その事件があったあと、碓氷の周囲は当然のように警戒が厳しくなり、身内の人間以外そばに近づけない状態が続いている。実際、碓氷を付け回したこの一か月間で、ミラグロ自身が接近できそうだと判断した機会は、一度もなかった。多少なりとも警戒が緩むまで、まだしばらくかかりそうだ。

ミラグロは、マスダがモラレスの失敗に懲りて新たに送り込んだ、日本語の分かる殺し屋だった。子供のころ、家が貧しかったミラグロはろくに学校へ行けなかったが、死んだ祖母に厳しく読み書きを教え込まれたので、日本語にだけは不自由しない。今となってみれば、ミラグロにとってなつかしく思い出される家族は、祖母しかいなかった。

門の前にできた人垣が、ふたたび料亭の中へ吸い込まれていく。

今夜も、チャンスはなさそうだ。

あきらめかけたミラグロの目に、一人だけ門の外に残る男の姿が映った。

水間だった。

水間は、中にはいる碓氷と谷岡に軽く頭を下げ、坂崎に二言三言声をかけると、ミラグロのひそんでいる方へ足を向けた。

ミラグロは、急いでビルの横手の細い通路にもぐり込み、壁に背をつけた。

うまい具合に、通りとミラグロの間に植え込みがあるので、中にはいって来ないかぎりは、気づかれる心配がない。

水間は、急ぎ足でビルの前を通り過ぎると、道玄坂と呼ばれる坂の方へ向かった。

ミラグロは、ビルを出て水間のあとを追った。

水間に目をつけたのは、とっさの判断だった。

これまでの下調べで、ミラグロは水間が渋六興業の若手幹部のうち、いちばん力のある男だと感じていた。この男がいなくなれば、渋六興業にとっては痛手だろう。

だとすれば、碓氷をやる前に水間を片付けるのも、悪い考えではない。子供のころ、祖母に教わった日本のことわざに、《将を射んと欲すればまず馬を射よ》というのがあった。

水間がやられたとなれば、渋六興業はかならず動揺する。場合によっては、水間の次に谷岡を始末してもいい。

そうやって外堀を埋めていけば、渋六興業は直接碓氷を手にかけなくても、自然に壊滅するのではないか。マスダのねらいは碓氷個人より、渋六興業という組織にあるはずだ。したがって、何も警戒厳重な碓氷ばかりにこだわる必要は、ないように思える。

そんなことを考えながら、ミラグロは水間のあとを追った。

ゴム底の靴をはいているので、足音が聞こえる心配はないが、念のため通りの反対側を歩く。人間というのは、たとえ間があいていても真後ろを歩かれると、妙に気になるものだ。斜めにずれて歩くだけで、尾行する相手の警戒心がずいぶん弱まるのは、これまでの経験でよく分かっている。

水間が急に足を止めたので、ミラグロはぎくりとした。とっさに、電柱の後ろに身を隠す。水間は携帯電話を取り出し、歩きながら低い声で話し始めた。ミラグロには聞こえなかったが、どうやら呼び出しのベルが鳴ったらしい。

ミラグロはほっとして、尾行を再開した。携帯電話を使うと、どうしても背後に注意が回らないので、あとをつけるのが楽になる。

ミラグロは歩幅を広げ、少し水間との間を詰めた。水間が、だれかと話す声がかすかに耳に届くが、内容はさすがに聞き取れない。

このあたりは、ミラグロが念入りに地図を研究したかぎりでは、渋谷の円山町と称する地区だった。ペルーにはない、ラブホテルと呼ばれる特殊なホテルや、《夜ざくら》のような料亭と一般の住宅が混在する、一風変わった印象の町並みだ。

すでに、午後十時を回っている。行く手の道玄坂から、ときどき車の音が風に乗って流れてくるだけで、人通りはほとんど途絶えてしまった。

水間は背をかがめるようにして、熱心に携帯電話と話し込んでいる。

ミラグロは、ベルトで腋の下に吊ったシースに手を伸ばし、ナイフの柄を握り締めた。すでに水間との間隔は、十メートルほどに迫っている。

道玄坂へ出る少し手前で、水間が急に左へ曲がった。ちょうど道玄坂の方から、無灯火の自転車が走って来るところだった。

ミラグロは自転車をやり過ごし、水間を追って同じ角をはいった。

細い路地だった。街灯の光が遠くなり、水間の後ろ姿を一瞬見失いかける。ミラグロは、ナイフの柄をしっかり握り締めて、さらに距離を詰めた。

路地が少し開けて、そこに駐輪場が現れた。鎖で手すりにつながれた自転車が数台、置き捨てられたように並んでいる。

水間が、くるりと向き直った。

まともに目が合う。遠い街灯の明かりに、水間の瞳が鈍く光った。

ミラグロは、てっきり水間が驚きの色を浮かべる、と思った。しかし水間は、毛ほども表情を変えなかった。

そのことに、ミラグロはむしろ驚いた。

水間は、まだ携帯電話を耳から離さず、低い声で言った。

「マフィア・スダメリカナの殺し屋か」

電話の相手に言ったのか、それとも自分に話しかけたのか分からず、ミラグロはちょっととまどった。

しかし、自分の正体が水間に割れていると知って、すぐに肚を決めた。ここは、躊躇している場合ではない。

ミラグロは、シースからすっとナイフを抜き放ち、刃を上に向けて構えた。

水間も無意識のように、腰を落として身構えた。しかし、まだ携帯電話を離さない。

また口を開く。

「あんたの言うとおりらしい。見た目は日本人のようだが、着ているものや雰囲気は、ラテンアメリカ系だ」

どうやら水間は、電話の相手にミラグロのことを、話しているようだ。

相手は、渋六興業の仲間か。だとすれば、じゃまがはいらないうちに、片付けてしまおう。

ミラグロは一歩踏み込み、ナイフを水平に一振りした。

水間はわずかに体を起こしたが、飛びのくようなことはしなかった。

なかなかいいぞ、とミラグロはほくそ笑んだ。この程度の、甘いフェイントにあわてるようなちんぴらでは、始末する甲斐がない。

水間は、薄笑いを浮かべた。

「どれほどの腕か分からないが、油断しない方がよさそうだ」

そう言って、携帯電話のスイッチを切り、ポケットに突っ込んだ。

ミラグロは、水間が何か取り出した場合に備えて、じりじりと距離を詰めた。左手と左足を引き、ナイフを握った右手を突き出した右膝の上で、軽く上下させる。かりに、水間が拳銃を取り出したとしても、引き金を引く前にふところへ飛び込む自信がある。

水間は、からの手をポケットから出して、ゆっくりと言った。

「日本語が分かるか」

ミラグロは、返事をしなかった。

水間が続ける。

「今、おれが携帯で話していた相手が、おまえの後ろにいるぞ。後ろを見ろ」

ミラグロは、それも無視した。そんな手に引っかかるほどの素人なら、今日まで生き延びてはこられなかった。

ミラグロは右足から大きく踏み込み、ナイフを水間のがらあきの脇腹目がけて、斜めに突き上げた。

水間は飛びのき、流れたミラグロの右腕をつかもうと、左手を伸ばしてきた。

百も承知のミラグロは、すばやく右手を返してナイフの刃を立てると、水間の左手首を切り裂こうとした。手首の筋を断たれると、どんなに大きな男でも手が使えなくなり、戦意を喪失するものだ。

しかし、水間は思った以上に俊敏な動きで、腕を引っ込めた。ミラグロのナイフは、わずかに上着の袖をかすめただけで、空を切った。

「そろそろ、手を貸してくれても、いいんじゃないですか」

水間が、ミラグロの目をじっと見ながら、緊張した声で言う。なおも、ミラグロの背後にいるだれかに、話しかけるような調子だった。

その手は古い。

声に出して、そう言おうとしたミラグロは、突然うなじの髪が総毛立つのを感じた。

反射的に、くるりと向き直る。

ブロック塀にもたれていた男が、のそりと体を起こすのが見えた。黒っぽい服、黒っぽいシャツに、白いネクタイを締めた中肉の男だった。いつの間にそこへ来たのか、まったく気がつかなかった。

ミラグロは、二人の男を交互に視野に収められるように、体の位置を変えた。

駐輪場は行き止まりで、水間の背後に張られた金網の向こうは、マンションの裏庭のようだった。路地の出口に通じる道には、白ネクタイの男が立ち塞がっている。

ミラグロは、唇の裏側を嚙み締めた。

どうやら、退路を断たれたようだ。水間を片付けるつもりが、逆に罠にはめられてしまった。白ネクタイの男は、どこからか料亭《夜ざくら》を見張っており、ミラグロの動きを見て水間に電話をかけ、警告を発したのだろう。水間を尾行するのに気を取られて、自分の背後をおろそかにしたのが失敗だった。

二人の男が、そのあたりのちんぴらならば、どうということはない。

しかし、水間はなかなかの腕をしているようだし、白ネクタイの男もそれと気配を感じさせずに、ミラグロの背後に接近するあたり、ただ者ではない。

水間も白ネクタイも、その場にだらりと腕を垂らしたまま、じっとしている。二人とも、武器らしいものを取り出す様子がない。あくまで素手で、ミラグロと渡り合うつもりらしい。しかも自分からは手を出さず、ミラグロが仕掛けるのを待っている。

ミラグロは、本能的に危険のにおいを嗅いだ。

これは予想したよりも、手ごわい連中だ。二人を一度に相手にするのは、どう考えても得策ではない。若いころならともかく、今は頭を使わなければならない。

ミラグロは、体の力を抜いた。

アスファルトの上に、からりとナイフを投げ捨てる。

「メ・アン・レンディード。コモ・キエラン・ウステデス（おれの負けだ。好きなようにしてくれ）」

わざとスペイン語で言い、アスファルトの上に膝をついた。

9

水間英人は、体の力を緩めた。

道路に膝をついた男は、すっかり観念したように両腕を上げ、頭の後ろで手を組んだ。はだけたコードレーンのスーツの下から、ナイフのシースを吊ったベルトがのぞく。

見たところ、まだ三十そこその男だった。すべすべした褐色の肌に、ぴったりとなでつけられた黒い髪。顔つきは日本人によく似ているが、体からにじみ出るのは典型的なラテン系の匂いで、発せられた言葉もスペイン語のようだった。

水間は、男の向こうに立つ禿富鷹秋に、声をかけた。

「なんと言ったか、分かりますか」

「分からん。油断しない方がいい。汚いことを、平気でするやつらだからな」

禿富は抑揚のない声で言い、ゆっくりと半円を描くようにして、男の前へ回った。男から目を離さず、捨てられたナイフを靴の先で探り当てると、水間の方へ蹴り飛ばす。

水間は、ナイフを拾い上げた。

全長二十五センチほどの、細長いナイフだった。中ほどに、一文字の短いつばがついており、刃渡りは全長のほぼ半分ほどもある。

禿富は、もとの位置にもどった。

「息の根を止めてしまえ」

まるで、蠅を叩きつぶせとでもいうような軽い口調に、水間は驚いて禿富を見た。

「冗談でしょう」

禿富は無感動な目で、水間を見返した。

「どうしてだ。こいつは、おまえを殺すつもりだったんだぞ。ダンスに誘いたくて、あとをつけたんじゃない」

「殺したら、あとがめんどうだ」

「おれがうまく、正当防衛で処理してやる」

水間はためらい、ナイフを見下ろした。

「こいつを証拠に、殺人未遂で逮捕する手もあるでしょう」

「そんなことをしても、すぐ娑婆にもどって来るだけだ。おまえが、そいつで刺されて大怪我でもしていれば、話は別だがな」

「しかし、マスダが差し向けた殺し屋なら、前にボスをねらったモラレスのように、あちこちの国から手配が回ってるに違いない。そっちへ引き渡しちまえば、もうおれたちの目の前には現れませんよ」

　禿富は、冷笑を浮かべた。

「マスダはモラレスに懲りて、今度はおろし立てのワイシャツのように、きれいな殺し屋を回してきたはずだ」

　水間は、道路に膝をついたまま、不安そうに二人を見比べている男に、目を向けた。日本語が分からないのか、分からないふりをしているだけなのか。どちらにしても、殺し屋というよりは商社マンのように見える、おとなしそうな男だ。

「どうせ、ろくにやり合わないうちに降参するような、根性のない野郎だ。ほうっておいても、どうってことはないでしょう」

「マスダの殺し屋は、それほど甘くないぞ。こいつも、今夜のところは勝ち目がないと思って、あきらめただけだろう。ここで始末しなければ、こいつはまたぞろ碓氷嘉久造やおまえたちを、つけねらうことになる。それでもいいのか。今夜はともかく、おれも四六時中おまえたちの後ろに、目を配っているわけにはいかないんだ」

　水間は、禿富の相変わらずの大きな態度に、むかむかした。だいいち、いくら相手が警察官とはいえ、おまえ呼ばわりされるのはがまんがならない。

　しかし、禿富の言うことにも、一理あるような気がする。

そもそもマスダの殺し屋が、これほど手応えのない男であるはずはない。猫をかぶっているのか、それともマスダとはまったく関係ない、通りすがりの不良外国人にすぎないのか。一応、確かめておく必要がある。

水間は男の横へ回り、ものも言わずに脇腹に蹴りを入れた。

男が声を上げ、横ざまに倒れる。首の後ろで組んだ手がはずれ、アスファルトにしがみつくような格好になった。そのまま、起き上がろうともしない。

水間はそばへ行って、今度は反対側の脇腹を蹴った。男は短くうめき、体を縮めた。

相変わらず、抵抗する気配はない。すっかり、観念したようにみえる。

禿富が言う。

「そんな生っちょろい扱いでは、かえって恨みを残すだけだぞ。恐怖心を植えつけて、二度とちょっかいを出す気にならんように、徹底的に痛めつけてやれ」

水間は一歩さがり、皮肉な口調で言った。

「だったら禿富さんが、手本を見せてくれませんか」

禿富はふんと笑うと、その場で飛びはねるように勢いをつけ、水間が蹴ったのと同じ脇腹に、靴の先をめり込ませた。まったく容赦のない、すさまじい蹴りだった。

男は悲鳴を上げ、その場でのたうち回った。

禿富は顔の筋一つ動かさず、同じ箇所を同じ勢いで、さらに三度蹴った。男は、そのたびにエビのようにはね、最後には悶絶して動かなくなった。

それを確かめると、秃富は体の位置を男の頭の方へずらして、もう一度身構えた。秃富の意図を察して、水間はぞっとした。秃富は男の頭を、サッカーボールにするつもりなのだ。

「やめろ」

とっさに水間は声を出し、秃富の肘を引き止めた。

バランスを崩した秃富は、腕を振り放して水間を睨んだ。

「おまえがやれないと言うから、手本をみせてやるんだ。止めるのは筋違いだぞ」

「その勢いで頭を蹴ったら、死んじまいますよ」

「そう簡単に、死にはしない。頭を蹴られたやつは、蹴ったやつに頭が上がらなくなる。ほうっておいてもらおう」

水間は、唾をのんだ。

極道の世界にはいってずいぶんたつが、秃富のような男に出会ったのは初めてだった。やくざの無鉄砲さや、度胸とかいったものとはまったく無縁の、恐ろしい冷血漢だ。このような男が警察官になり、しかもいまだに警察官であり続けるという事実に、不信と恐怖を覚える。

秃富も、水を差されてやる気がなくなったのか、それ以上蹴るのをやめた。

少しの間、男を黙って見下ろしていたが、ふと何かに気づいたように、かがみ込んだ。男の背広の、後ろ襟の内側に手を差し入れて、何か細長いものを引き出す。

体を起こした禿富は、それを水間に見せた。

「見ろ」

水間はさすがに驚き、禿富が手にしたものを見つめた。

それは、さっき男から取り上げたナイフよりさらに細身の、いわゆるスチレットと呼ばれる刃物だった。

禿富が言う。

「この野郎が、頭の後ろで手を組んだのは、降参したからじゃない。おれたちを油断させて、そばへ引き寄せようとしたんだ。危ないところだった」

水間は憮然として、アスファルトの上に伸びた男の体を、見下ろした。

「くそ、ふざけやがって」

思わずののしったものの、怒りのもっていきどころがない。気を失った男を、それ以上痛めつけたところで、どうなるものでもなかった。

禿富は、薄笑いを浮かべた。

「おれが言ったとおりだろう。おまえたちは甘いんだよ。そんなことじゃ、渋六興業は早晩マスダに、縄張りを奪われる。やくざと警察は、張り合う相手になめられたら負けだ。それくらい、分かってるはずだぞ」

確かに、禿富の言うとおりかもしれない。

社長の碓氷嘉久造は、暴力団のボスとはいえ古いタイプのやくざで、警察に正面からたてついたり、堅気の連中ともめごとを起こしたりすることを、いさぎよしとしない男だ。自分の組を、いち早く会社組織にしたりする才覚はあるが、心臓に持病を抱えるようになってからは、ことさら闘争心が薄れてしまった。新興の暴力団や、マスダのような海外進出組織に縄張りをおびやかされるのも、そのせいなのだ。

秃富は、スチレットを手の中で一回転させると、水間に差し出した。

「まあ、それはおまえたちの問題だ。この男の処理は、おまえに任せる。息の根を止めるなり、このまま見逃すなり、好きにしろ」

水間がスチレットを受け取ると、秃富はくるりときびすを返して、その場を離れて行った。

水間は途方に暮れ、手の中に残ったナイフとスチレットを、見下ろした。アスファルトに倒れた男は、まだ気を失ったままだ。

事務所へ連れて行き、知っていることを吐かせるか。

しかし、言葉が分からなければお手上げだし、しゃべるかどうかも分からない。スチレットを隠し持っていたとすれば、秃富が言うとおり降参してみせたのはただの芝居に違いなく、甘く見るのは禁物だった。

正真正銘のマスダの殺し屋なら、何があっても口など割らないだろう。かりに、日本の組織を束ねるボスの居所を聞き出し、始末するのに成功したところで、大勢に影響はない。マスダはただ、新しいボスを送り込んでくるだけだ。

国内の暴力団と力を合わせ、マスダを海の向こうへ追い返すか。それとも、マスダと手を組んで、共存共栄を図るか。二つに一つしか、道はなさそうだ。この男を盾にして、交渉に行くという手もある。

しかし碓氷に相談もせずに、結論を出すわけにはいかない。

水間は迷いながら、結局倒れた男をその場に残して、路地を出て行った。


ミラグロは、アスファルトに顔を伏せたまま、遠ざかる足音に耳をすました。

脇腹が、金串を差し込まれたように、熱く疼いている。思った以上に、手ごわい連中だった。首の後ろに隠した、予備のスチレットを使う余裕もなかった。ふつうの相手なら、ミラグロがナイフを投げ出した時点で気が緩み、隙を見せるはずだ。

しかし二人は、必要以上にそばへ寄って来なかったし、脇腹への蹴りもいきなりだったから、抵抗することができなかった。

とくに、あとから姿を現した白ネクタイの男の蹴りは、かなり効いた。あの勢いで頭を蹴られたら、頭蓋骨が折れていたかもしれない。

水間が止めてくれたおかげで、危うく命拾いをした。殺そうとした男に、借りを作ってしまったかと思うと、妙におかしかった。しかし笑うと、肋骨がきりきり痛む。

それにしても、あの白ネクタイの男は、いったい何者だろう。

水間は確か、トクトミと呼んでいた。光のかげんで、顔をしっかり確認することができなかったが、全体の印象から前にどこかで一度か二度、見かけたような気がする。水間の口のきき方からして、どうやら渋六興業の身内ではないようだ。

水間の足音が消えるのを見計らって、ミラグロはそろそろと体を起こした。肋骨に鋭い痛みが走り、思わずうめき声を上げる。どうやら、骨が折れたようだ。

くそ。水間はともかくとして、トクトミだけはほうっておけない。

どこのだれかは分からないが、いずれこの手でたっぷり礼をしてやる。

10

エレベーターホールを出た山路啓伍は、人けのない明るいマンションの廊下を、いちばん奥の七〇八号室へ向かった。

ドアの真ん前の廊下に、パイプ椅子にすわった背広姿の男が見える。

男は、読んでいた新聞から顔を上げて、近づく山路をじっと見守った。

山路は緊張を隠し、男に近づいて頭を下げた。

「すみません。塚本先生の秘書の、赤垣さんでしょうか」

男は新聞を畳んで、立ち上がった。すわっているときに想像したより、はるかに背の高い大男だった。秘書というのは名ばかりで、実際はボディガードだということが、歴然としている。

「赤垣ですが、何か」

男は野太い声で、ぶっきらぼうに言った。

「わたしは、一階の一〇一号室に住んでいる千葉といいますが、塚本先生の運転手の太田黒さんに、赤垣さんを呼んできてほしい、と頼まれまして」

赤垣の顔に、不審の色が浮かぶ。

「太田黒が。なんの用だろう」

「車に、盗聴器らしきものがセットされているのを見つけたので、おりて来てチェックしてほしい、とお伝えするように言われました」

「盗聴器」

赤垣は、ちらりと七〇八号室のドアを見たが、すぐに新聞を椅子の上に投げ出した。

「分かりました。すみませんね、お使いだてして。携帯で、連絡が取れるはずなんだが」

そう言いながら、急ぎ足でエレベーターホールへ向かう。

山路も小走りに、そのあとを追った。

呼びボタンを押すと、十階に停まっていたエレベーターが動き出し、七階までおりて来た。

ドアが開くと、中に男が一人乗っていた。

赤垣はかまわず乗り込み、山路を乗せるためにわきへどいた。一階のボタンを押し、閉じたドアの前に立ちはだかる。

エレベーターが、動き出した。

山路は、赤垣の後ろに立った禿富鷹秋がスタンガンを取り出すのを、はらはらしながら横目で見た。

禿富はスタンガンのスイッチを入れ、火花が散った先端を赤垣の肩口へ押しつけた。

赤垣は声を上げ、背伸びをするように体を硬直させると、どさりと床に崩れ落ちた。

かすかに腕が触れた山路も、スタンガンの電撃の軽い余波を受けて、ちょっとよろめいた。すごい威力だ。

禿富はスタンガンをしまい、ガムテープで赤垣の手足をぐるぐる巻きにして、動けないようにした。猿ぐつわがわりに、口にも二枚ほど貼る。

一階に着くと、先にエレベーターをおりた山路は、管理人室のわきにあるユーティリティルームへ行き、ドアをあけて支えた。

禿富は、気を失ったままの赤垣の襟首をつかんで、ドアの中へ引きずり込んだ。モップやホースをどけ、床の上に寝かせる。へたに暴れられないように、後ろ手に縛った腕と折り曲げた脚の足首を、もう一度しっかりとガムテープでつなぎ留めた。

禿富の動きは、まるで何度も練習したかのように、てきぱきとしていた。あらかじめ打ち合わせたとおり、一つの狂いもなくやってのけるその冷静さに、山路は舌を巻いた。自分には、とうていできない芸当だ。

赤垣が意識を取りもどし、かすかなうなり声を上げる。

禿富は、もう一度スタンガンを赤垣の首筋に当て、スイッチを入れた。赤垣は、大きな体を痙攣させて、ふたたび意識を失った。

二分後、山路と禿富は七〇八号室へもどった。

ドアのわきのネームプレートは、《小島一郎》となっている。体裁を取り繕うための、偽名にすぎない。事実上の借り主は、国会議員で民政党の政調会長を務める、塚本吉之輔だった。

禿富が、山路を見てうなずく。

山路は、一呼吸して緊張をほぐし、インタフォンのボタンを押した。

二十秒ほど間をおいて、ようやく応答があった。

「はい」

若い女の声だった。

山路はインタフォンに顔を近づけ、わざと声を殺して話しかけた。

「赤垣です。先生に伝えていただけませんか。このマンションを、週刊誌に嗅ぎつけられたようです。カメラマンが、表に張り込んでいます。すぐに、裏階段から脱出してください。わたしがご案内します」

一息に言ってのける。

インタフォンの接続音が切れ、しばらく沈黙が続いた。

やがて、またインタフォンの受話器がはずされる音とともに、つぶれた男の声がささやき返してきた。

「赤垣、そこにいるのか」

秃富が山路を見て、返事をするなというように、首を振る。山路は黙っていた。

相手は、少しの間様子をうかがう気配をみせたあと、無言で受話器を置いた。

ふたたび静寂が流れる。

じりじりするような、数分間が過ぎた。秃富は、ドアの取っ手の側の壁に身を寄せ、山路はその反対側で待機した。マジックアイはついていないので、中から外の様子をうかがうことはできない。

やがて、ドアの内側でラッチのはずれる音がかすかに響き、取っ手が静かに回った。

十センチほど開いたところで、ドアががたんと止まる。さすがに用心深く、チェーンを掛けたままで、外の様子をうかがうつもりらしい。

秃富がすばやく、ドアの隙間に警察手帳を突っ込んだ。

「神宮署の秃富です。赤垣君が、カメラマンとやり合っています。わたしがかわりに、ご案内します」

中から太い指がのぞいて、警察手帳を抜き取った。

十秒ほどして、つぶれた声が漏れる。

「どうして神宮署の刑事が、こんな時間にこんなところにいるのかね」

「赤垣君に、応援を頼まれたんです。近所に住んでるものですから。赤垣君とは、大学が同期でして」

ドアが一度閉まり、チェーンのはずれる音がした。

ドアが開くと、山路も禿富と一緒に戸口から、中をのぞいた。

上がりがまちに立つ、塚本の太った体が見える。急いで服を着たらしく、ネクタイがねじれていた。

塚本は山路を見て、不安そうに眼鏡に手をやった。

「あんたも刑事か」

山路は首を振った。

「違います。週刊ホリデーのライターで、及川といいます」

正しいのは週刊ホリデーのライターだけで、週刊ホリデーも及川も嘘っぱちだ。

週刊ホリデーと聞くと、塚本は顔色を変えて立ちすくんだ。

禿富がその手から、警察手帳を取りもどす。

靴脱ぎには、塚本のものらしい大きな靴と並んで、白いパンプスがあった。山路はコンパクトカメラを取り出し、わざとらしくストロボをたいて、二足の靴を撮影した。

抗議しようとする塚本を、禿富は無造作に押しもどした。

「上がらせてもらいますよ」

そう言って靴を脱ぎ、ずかずかと上がる。

すぐ左手にドアがあり、禿富はそこをあけてスイッチを探った。中をのぞいてうなずくと、塚本をそこへ押し込んだ。

山路を見返って言う。

「奥へ行って、女を連れて来い」

「何の権利があって――」

言いかける塚本に、禿富の声がかぶさった。

「国民の知る権利だ」

山路は、禿富の背後を抜けて廊下を奥へ進み、突き当たりのドアをあけた。

そこは、趣味の悪い調度でごてごてと飾られた、リビングルームだった。

素足に、黄色いワンピースを着ただけのすっぴんの女が、脅えたように後ずさりする。

山路の娘とほぼ同じ年ごろの、長い髪をした女だった。女子大生だと聞いている。

これだけ若くて美人なら、あんな脂ぎった初老の国会議員など相手にしなくても、いくらでもボーイフレンドが見つかるだろうに、と思う。いや、ボーイフレンドはちゃんと別にいて、議員先生はただの金づるなのかもしれない。

自分には関係ないと分かっていながら、山路はやり場のない怒りと空しさを感じた。

「伊達芙美子さんですね、共栄女子大学社会学部の」

山路が尋ねると、女は目を伏せただけで、何も答えなかった。もっとも、答えを聞かなくても当人だということは、すでに調べがついている。

「一緒に来てください」

伊達芙美子は、テーブルに載った黒いバッグに、手を伸ばした。金具の隙間から、あわてて突っ込んだらしいストッキングの片足が、はみ出している。

芙美子は、さりげなくそれをバッグの中に押し込んで、おずおずと山路の方へやって来た。

とっつきの部屋にもどる。

そこは、リビングとは打って変わって殺風景な、狭い応接室だった。デコラの小さなテーブルと、布張りのソファしか置かれていない。

二人が中にはいると、禿富は無言で芙美子に塚本の隣の席を指差し、すわるように合図した。芙美子は、言われたとおりにした。塚本が、少しでも距離を置こうとするように、ソファの中で身じろぎする。

山路は、禿富に半ば強要されてこの役を務めることに、最初は自己嫌悪を感じないでもなかった。しかしこの政局混乱、国事多端のおりに与党の政調会長を務める幹部議員が、女子大生と密会を重ねる事実に直面すると、むらむらと怒りがわいてくるのだ。

山路が、隣のソファに腰をおろすのを待って、禿富は塚本に言った。

「このお嬢さんは、どなたですか」

塚本の顔は、土気色だった。

「親戚の娘だ」

禿富は、山路を見た。

「だそうだ。記念写真を、撮って差し上げろ」

山路はカメラを取り上げ、互いに顔をそむける二人におかまいなく、何度かシャッターを切った。若い娘にはかわいそうだが、これで少しは懲りるだろう。

　山路がカメラをおろすと、塚本は太い指を振り立てて、禿富に食ってかかった。

「さっきの警察手帳は、偽物だろう。これは、明らかに恐喝だ。ただではすまさんぞ」

「警察手帳は、本物ですよ。わたしは、神宮署の生活安全特捜班に所属する、禿富といいます。照会してもらっても、いっこうにかまいませんよ」

　塚本は、ごくりと喉を動かした。

「生活安全特捜班が、国会議員のプライバシーを嗅ぎ回るとは、不埒千万じゃないか。警視庁には、何人も知り合いがいる。むろん、週刊ホリデーを発行している、春潮社のトップにもな。記事にできる、とでも思っているのか」

　そう言って、恫喝するように山路を睨む。

　禿富は、せせら笑った。

「かりに記事になったところで、どうせあんたには蛙の面（つら）にしょんべんだろう。週刊誌が書いたスキャンダルなど、お上品でお偉い大新聞は取り上げもしないし、党内で問題にするやつもいない。痛くもかゆくもないはずだ」

　急に言葉遣いが、ぞんざいになった。

　塚本は眉をひそめたが、すぐに虚勢を張るように、顎を突き出した。

「そこまで分かってるなら、さっさと引き取ってもらおうか。このまま手を引いてくれれば、今夜のことは忘れてやる」

その口調から、いくらか余裕を取りもどしたことが、察せられた。

禿富はゆっくり立ち上がると、手の甲で塚本の頬を強く張った。

塚本は声を上げ、ソファの上で体を折った。眼鏡が床に吹っ飛ぶ。

芙美子は、小さく悲鳴を漏らし、体を縮めた。

山路もさすがに驚き、ソファの肘掛けをつかんだ。

現職の与党の政調会長を、まるでちんぴらでも扱うように張り飛ばすとは、いくらなんでもやりすぎではないか。禿富とはもう十年近い付き合いだが、そこまでやる男とは思わなかった。

山路は、落ちた眼鏡を拾って、塚本に返した。

塚本は、それを顔にかけ直そうとしたが、手が震えて二度も失敗した。おそらく、人前でこのような屈辱と苦痛を与えられたことは、生まれて初めてだったに違いない。

すわり直した禿富は、無感動な口調で言った。

「おれの言うことをよく聞け、塚本。あんたは渋谷の門脇ビルに、事務所を借りてるだろう。あの古いビルは、渋六興業が買収して建て直す予定になってるんだが、あんたがいちゃもんをつけて立ち退かないために、いまだに計画が頓挫したままだ」

塚本は脅えた顔で、喉を動かした。

禿富が続ける。

「あんたは渋六に、どうしても立ち退いてほしいなら二億円出せ、と理不尽なことを言ったそうだな。このご時世に、欲ばるのもたいがいにしろ。二百万で、手を打つんだ。今月一杯で、事務所を渋六興業に引き渡せ」

塚本は眼鏡を押さえ、声を震わせて言った。

「あんたは、渋六興業に頼まれて、わたしを脅しに来たのか」

「脅しじゃない。説得に来ただけだ。あんたがどこのだれと寝ようと、おれの知ったことじゃない。しかし、事務所を立ち退かないというなら、あんたとこの女をもう一度裸に引んむいて、からみの写真を撮ってやる。そいつをインターネットで流すんだ」

塚本は目をむき、芙美子は顔を両手でおおった。

禿富は、薄笑いを浮かべた。

「それでも懲りなければ、あんたの孫娘を引っさらって、北朝鮮へ売り飛ばす。向こうにも、幼児ポルノがあるらしいからな。どれだけ警戒しても、おれはやるぞ」

山路は気分が悪くなり、唾をのんだ。

脅しと分かっていても、禿富にはいざとなったらそれをやりかねない、底知れぬ恐ろしさがある。

塚本も、同じことを感じたらしい。

「わ、分かった」

「分かったら、ここで一筆書け」

秃富はそう言って、ポケットから紙とボールペンを取り出した。

山路は、そっとため息をついた。

秃富が、ただ暴力団の地上げの手伝いをするために、大物政治家を脅したにすぎないことを知って、心底から呆れた。

11

碓氷嘉久造は、驚いてコーヒーをこぼした。

「ばかなことを言うんじゃない。おまえ、気は確かか」

笙子は臆するふうもなく、昂然と顎を突き出した。

「ええ、確かよ。まあ、あまりハンサムとは言えないけど、それほどひどい顔というわけでもないしね。だいいち、あの人はうちの組のだれよりも度胸があって、頼りになるわ。この間も、水間をねらってあとをつけて来たマスダの殺し屋を、半殺しの目にあわせたっていうじゃないの」

碓氷は、苦い顔をした。近ごろの若い者は、おしゃべりが過ぎる。

カップを置き、隣のソファにすわる笙子を、まともに見据えた。

「笙子。親の遺言だと思って、よく聞け。やくざとデカにだけは、惚れてはいかん。おまえは堅気の男と所帯を持って、極道の世界から出て行くんだ。分かったか」

そう言いながら、下着のようなフリルつきのドレスを着た笙子が、おとなしく堅気に収まることができるかどうか、碓氷にも自信がなかった。

「やめてよ。あたしはあのハゲタカと所帯を持って、あんたの跡目を継ぐことに決めたんだから」

しれっとして言う笙子に、碓氷はあきれて首を振った。

「所帯を持つだと。ついこの間、輸入アクセサリーの店をやりたいと言って、駄々をこねたのはどこのだれだ。絶対投げ出さないという約束で、店を持たせたばかりじゃないか。少しでも、堅気の仕事を覚えてくれればいいと思って、わがままを聞いてやったんだ。もうあきた、とは言わせせんぞ」

一か月ほど前、笙子にせがまれて道玄坂にある小さなアクセサリー店を、居抜きで買ってやったのだ。どんな輸入アクセサリーを売るのかと思ったら、道端に店先を広げる怪しげな外国人が扱うのと、いっこう変わらぬ安物ばかりだった。それを見て、あきれるよりも情けなくなった。笙子は、たじろがなかった。

「あれはあれ、これはこれよ。お店の方はうまくいってるし、別に結婚のじゃまにはならないわ」

碓氷は笙子に、指を突きつけた。

「おまえ、二十四にもなって、まだ世間が分かっとらんようだな。やくざの娘と、デカが結婚するなんて、できるわけがないだろう。お巡りが結婚するときは、相手の女の家が過去に縄つきを出してないかどうか、徹底的に調べるんだ。自慢じゃないが、おれも若いころは臭い飯を食ったたし、おまえのじいさんだって同じだ。ハゲタカとなんか、結婚できるわけがない」

「だったら、ハゲタカがデカをやめて、渋六興業にはいればいいんだわ。あの人がボスになったら、あんたも安心して引退できるじゃない」

　碓氷はいらだちを隠し、噛んで含めるように言った。

「おまえが、ハゲタカのどこに惚れたのか知らんし、知りたくもない。とにかくあいつは、この世界に向いとらん。人間が冷たすぎるからな。やくざというのは、もっと身内に熱い血がたぎっていなければ、やっていけない生き方なんだ。やくざはな、ただの冷血漢じゃない。度胸があればいい、というものでもない。覚えておけ」

　笙子が、鼻で笑う。

「あんたも古いわね。組を株式会社にしたときは、けっこう先見の明があると思ったのに。実態は清水の次郎長のころと、全然変わってないわ。だから成り上がりの新興やくざや、マスダとかいう南米やくざに、してやられるのよ」

　碓氷はむっとしたが、図星をつかれたので言い返せなかった。

　コーヒーを飲み、あらためて口を開く。

「いいか、よく聞け。ハゲタカは、餌をやって飼っておくだけの、猛禽類だ。屋根にとまらせておけば、それで十分役に立つ。あれは、家の中で飼うものじゃない。あいつのことは、あきらめてもらうぞ」

「絶対、あきらめないわ」

笙子の断固とした口調に、碓氷は少し頭を冷やしてやった方がいい、と判断した。

「おまえがあきらめなくても、あいつにその気がなければどうしようもないだろう。独身といったって、女の一人や二人いないはずはないんだ。あきらめた方がいい」

実は以前、水間英人に禿富鷹秋の身辺を洗わせ、経堂のマンションに親しい仲の女がいることを、とうに突きとめてあるのだ。いつかはその事実を笙子に告げ、あきらめさせなければならない。

笙子が、まなじりを吊り上げる。

「いたっていいわよ。奪い取ってやるから」

碓氷はため息をつき、コーヒーを飲み干した。

すぐ頭に血がのぼるところは、死んだ母親とそっくりだ。禿富に、惚れた女がいることを言うのは、もう少しあとにした方がいいだろう。

そもそも、池袋のホテルメトロポリタンで禿富と会う、とうっかり漏らしたのが間違いだった。それを知れば、笙子が強引にくっついて来ることは、分かっていたのだ。

そのとき、ドアにノックの音がして、水間が顔をのぞかせた。

「社長。禿富さんが見えました」

部屋の隅の椅子にすわっていた坂崎悟郎が、のそりと立ち上がる。

マスダの殺し屋に襲われたとき、碓氷の盾になって腹に銃弾を食らった坂崎は、すでに傷も癒え、現場に復帰している。なんといっても、いちばん頼りになるボディガードだった。

坂崎は、碓氷が銃撃される直前に禿富とやり合って、右の手のひらを切り裂かれた。とうに傷はふさがったが、碓氷が禿富と会うときに同席する坂崎の態度を見れば、その恨みを忘れていないことは、すぐに分かる。坂崎はただ、禿富が碓氷の命を救ったという恩義を慮(おもんぱか)って、禿富に手を出さずにいるだけなのだ。もし禿富が、碓氷を裏切るようなまねをしたときは、遠慮なく復讐の牙を向けるに違いない。

戸口から、禿富鷹秋がはいって来た。

グレイのチェックのスーツに身を包み、ダークグリーンのペイズリのネクタイを締めている。生活安全特捜班の刑事には見えないし、どの課の刑事にも見えない。

突き出た額、引っ込んだ目、とがった頰骨、薄い一文字の唇は、若いころに見たハリウッドのギャング映画、『死の接吻』に出て来た殺し屋の風貌と、よく似ている。

碓氷は今でも、その役者が甲高い笑い声を立てながら、主役のヴィクター・マチュアの体に、至近距離から立て続けに銃弾を打ち込むシーンを、まざまざと思い出すことができる。禿富と会うたびに、そのイメージがいつの間にか頭の中で重なり、ぞっとするのだ。

禿富は、ドアのわきに立って威圧する坂崎に目もくれず、まっすぐ碓氷の方にやって来た。

黙って、向かいのソファに腰をおろす。

碓氷の隣にすわる笙子が、わざとらしく高だかと脚を組んでみせたが、禿富は犬に尾を振られたほどの関心も、示さなかった。

「どうも、このところいろいろとめんどうをかけて、申し訳ない。水間を助けてくれた件もそうだが、塚本政調会長の事務所を立ち退かせてくれたのは、非常にありがたかった。どうやったかは、聞かないことにするが」

碓氷が礼を述べると、禿富はちょっと肩を揺するようなしぐさをしただけで、何も言わなかった。

水間が、ルームサービスのワゴンから、ブランデーを配る。

碓氷は水間に、禿富の隣にすわるように合図して、話を続けた。

「それにしても、塚本は立ち退き料を二億と吹っかけていたのに、たった二百万でよく納得したものだな」

禿富が、ブランデーグラスを取り上げる。

「連中は都内のあちこちに、使ってもいない事務所をいくつも抱えてるんだ。密談するとか、賭場を開くとか、女と密会するとか、何かのときに役立つからな。一つや二つ追い出されたところで、どうということはない。あんな古事務所を解約するのに、二億円とは聞いてあきれるぜ。二百万でも高いくらいだ。けちな政治屋が、考えそうなことさ」

碓氷は、くすくすと笑った。この男にかかると、与党の幹部も形なしだ。

「二億とはいかないが、あんたにボーナスを用意した。受け取ってくれ。水間、お渡ししろ」

笙子が、足元に置かれたアタシェケースを取り上げて、水間に差し出す。

水間はそれを受け取り、禿富の前のテーブルに載せた。

禿富は、無造作に蓋をあけて、中を改めた。目で札束を数えている。

「八百万か。中途半端な金額だな」

「塚本先生には、一千万までなら払ってやろう、と考えていたんだ」

碓氷が応じると、禿富は口を小さくゆがめた。

「一千万マイナス二百万か。分かりやすい計算だ」

そう言って、アタシェケースの蓋を閉じると、立ち上がった。

戸口へ向かうその背中に、碓氷は声をかけた。

「マスダの動きに、目を配ってくれるのはありがたいが、あんた自身も気をつけてくれ。すでに連中は、われわれの関係を突きとめているかもしれん。こっちもできるだけ、あんたの手を借りずに対処するつもりだ」

禿富は振り向き、水間を見て言った。

「この前も言ったが、連中を相手にするときに仏心を出したら、一巻の終わりだ。やられる前にやることと、やるときにはかならずとどめを刺すこと。それを忘れるな」

水間は、ちらりと碓氷を見てから、あまり気の進まぬ様子で答えた。

「せいぜい、覚えておきましょう」

秀富が部屋を出て行くと、笙子ははじかれたようにソファを飛び立ち、あとを追うように戸口へ向かった。

「笙子。どこへ行くんだ」

碓氷の呼びかけにも答えず、笙子はドアをあけて出て行った。

水間が聞く。

「どうしたんですか、お嬢さんは」

碓氷は、ため息をついた。

「ばかな娘さ。どこがいいのか、あのハゲタカに惚れちまったらしいんだ」

水間が驚いたように、顎を引く。

「ほんとですか。それは、やめた方がいい。あの男は、抜き身のナイフみたいなやつですから、さわった人間は男でも女でも、かならず怪我をする。お嬢さんに、そう言ってやってください」

「もう、言ってやったさ。しかし、あのとおりの跳ね返りだから、親の言うことなど聞きもしない。おまえからも、言ってやってくれんか」

水間は、肩を落とした。

「社長が言ってだめだとしたら、自分がいくら言ってもむだでしょう。お嬢さんは気が強いし、火に油を注ぐようなものですよ」

碓氷はまた、ため息をついた。

「まったく、あんな蛇みたいな男の、どこがいいんだか」

水間は口ごもり、言いにくそうに言った。

「まあ、なんというか、怖いもの見たさみたいなものでしょうね。あるいは、崖の上から下をのぞくと、飛び込みたくなるような感じ、とか」

そのとき、ドアがばたんと音を立てて開いた。

坂崎が、反射的に椅子から飛び出し、ドアに突進する。

はいって来たのは、笙子だった。

笙子は目を吊り上げ、唇を嚙み締めていた。ものも言わずに、手にしたハンドバッグを床に叩きつけ、ソファに身を投げ出す。

水間が困ったような顔をして、碓氷の顔を見た。

碓氷は笑いを嚙み殺し、水間に片目をつぶってみせた。

どうやら笙子は、禿富に振られたようだ。

第三章

12

青葉和香子は、恐るおそるケースの蓋をあけた。

思わず、ため息が出る。

「すてき」

プラチナの台に、ダイヤが光っている。いや、本物かどうか分からないが、とにかく光り方はダイヤだと思う。

しかし、うれしさよりも、当惑が先に立った。

禿富鷹秋が、ワインを飲んで言う。

「はめてみろよ」

和香子はためらいながら、右の薬指にリングをはめた。

伸ばした手をすっとそらし、じっくりと眺める。ダイヤの周囲にあしらわれた、小さなルビーの赤が強いアクセントになり、目を楽しませてくれる。正直なところ、気に入ったことは否定できない。

「これ、本物のダイヤかしら」

つい本音を漏らすと、禿富は苦笑した。

「むろん、本物だ。なじみの宝石商から買ったんだ。おれに偽物なんかつかませたら、どうなるかよく知っている男さ。本物に見えないか」

「そうじゃないの。この石、大きすぎるもの。一・五カラットか、二カラットくらいあるんじゃないかしら。本物なら、相当高かったはずよ」

「安くはなかったが、精一杯値引きさせた。誕生日のプレゼントを、あまり値切りたくはなかったが」

和香子は、禿富を見た。

「値切ったと言ったって、これは十万、二十万のダイヤじゃないわ。わたしには、分不相応よ。もっと安いものと、取り替えてほしいくらい」

禿富の目に、ちょっと悲しげな色が浮かんだ。

「気にするなよ。ちゃんと、おれのふところから出た金だ」

お給料じゃないんでしょう、と言いかけて、和香子は口をつぐんだ。

むろん、給料だけでこんなみごとなダイヤのリングが、買える道理はない。これまでにも、禿富はいろいろと高価なものをプレゼントしてくれたが、今度はその極めつきだった。

その心中を読んだように、禿富が続ける。

「ちょっとした、ボーナスがはいったのさ。地上げの相談に乗ってやったら、話がうまく進んでね」

やはり、給料以外の収入があったのだ。

しかし、今さらそれを穿鑿してみても、始まらない。

和香子はリングを抜き、ケースにもどした。

「それじゃ、ありがたくいただきます。でもお願いだから、そんなに気を遣わないでね」

「気なんか、遣ってない。ただ、一つだけ頼みがある」

「どんなこと。言ってみて」

「そのリングを、いつもしていてほしいんだ。風呂とか、寝るとき以外は」

和香子は、含み笑いをした。まるで、子供のようだ。

「いいわ。いつもしていれば、太ったときにきつくなるから、すぐに気がつくしね」

「きみは、そう簡単に太らないよ」

ぶっきらぼうに言ったが、秃富は満足そうだった。

和香子は別に、ダイヤのリングや貴金属のアクセサリーが、ほしいわけではない。洋服やハンドバッグにも、それほど執着しない方だ。

しかし秃富は、女は単純にプレゼントを喜ぶものだ、と思い込んでいるらしい。和香子が、たとえ形だけでも遠慮してプレゼントを辞退すると、ふだんはきらきら輝いている秃富の目が、急に悲しそうな色に変わる。

逆に、和香子がプレゼントを受け取って大喜びすると、秃富はめったに見せない照れ笑いを浮かべて、うれしそうな顔をする。いつもは、ほとんど感情を表に出さないのに、そのときだけは別だった。

要するに和香子は、秃富の悲しそうな顔を見たくないがために、プレゼントを受け取るのかもしれなかった。その証拠に、プレゼントされたものを身につけて外へ出るのは、秃富と会うときだけだった。

二人はその夜、小田急線の豪徳寺駅から徒歩数分の、イタリア料理店にいた。前にも来たことがあり、和香子は秃富から午後八時に現地という約束で、呼び出されたのだ。

一緒に食事をするとき、秃富が和香子を都心へ連れ出すことは、めったにない。和香子も、どちらかといえば郊外の、ひっそりと目立たないセンスのいい店で、ゆっくり過ごすのが好きだった。山手線の内側で食事をしたことは、数えるほどしかない。

これまでの付き合いで、和香子にもある程度秃富という男の人柄が、分かってきた。なかなか本心をのぞかせない男だが、体を交えてからは少しずつ和香子に心を開き始め、最近は他愛のない無駄話にも、よく耳を傾けてくれる。今でもときどき、牡蠣のように自分の殻に閉じこもることはあるが、全体としては和香子に気を許すようになった、といっていいだろう。

もっとも、仕事の話は絶えてしたことがないので、秃富が渋谷の神宮署でどんな立場にあるのかは、まったく知らない。肩書も知らなければ、署の電話番号も知らない。知っているのは携帯電話の番号と、東急東横線の学芸大学駅に近い目黒区碑文谷の、自宅マンションの住所だけだ。まだ、行ったことはないが。

食事が終わったときは、すでに午後十時を回っていた。

店を出たところで、秃富が言う。

「マンションまで、送って行こう」

「いつも、すみません」

「いいんだ。明日は非番でね」

二人は、東急世田谷線の踏切を渡り、中央に緑地のある暗い道へ出た。車で来たとき、秃富はいつもその道に、駐車するのだ。

和香子のために、助手席のドアをあけた秃富が突然振り向き、キスしてきた。めったにないことなので、和香子はちょっと驚いた。しかしその道は、車が何台かひっそりと駐車しているだけで、ほとんど人通りがないことを思い出し、おとなしくキスを受け入れた。

秃富の体は華奢に見えるが、裸になると肩幅が人一倍広く、胸板も厚い。抱き締められると、そのことがまざまざと思い出されて、和香子は体の芯がうずくのを感じる。

今夜は、このまま帰すわけにはいかなくなりそうだ、と頭の隅で考えた。

「よくやるぜ、デカのくせしてよ」

運転席で、金井国男がハンドルを叩きながら、吐き捨てるように言う。

「まったくだ。公衆の面前でみだらな行為をした罪で、逮捕してやろうか」

助手席で相槌を打ったのは、柴田博満だった。

ミラグロは後部シートから体を乗り出し、前方の闇に浮かぶ二つの人影を見守った。

「あとをつけるんだ。気づかれないようにな」

金井がうなずく。

「分かってますって」

前にいる二人は、マスダの日本支部がミラグロにつけてくれた、日本人の若い助っ人だった。人の助けなど借りたくもないが、一度失敗した身には大きなことも言えない。折れた肋骨は、ほぼもとどおりにくっついた。しかし、まだ無理はきかない。そのときがくるまで、できるだけ体力を蓄えておく必要がある。

金井も柴田も、ミラグロの正体と使命を知っているはずだが、そのわりには態度が大きい。ペルーにある、マスダの本部からわざわざ派遣された殺し屋を、もう少し敬う気持ちがあってもいいはずだ。

しかし、文句を言うのはやめよう。とにかく、ミラグロの肋骨を蹴り折った例の男が、神宮署に勤務する禿富鷹秋という刑事だと分かったのは、この二人があちこち聞き込みをしてくれたおかげなのだ。

禿富のことを思い出すと、それだけで頭に血がのぼってくる。刑事だろうとだれだろうと、この間の落とし前はつけてやる。痛めつけられたおかげで、相手の力量や手の内も、だいたい分かった。

禿富にはハゲタカ、というあだ名がついているらしい。スペイン語でいえば《ブイトレ》、あるいは《コンドル》というところだろう。

どちらにしても、ぴったりのあだ名ではある。案の定、地元での評判も芳しくないようだ。この男を始末してやったら、みんなに感謝されるに違いない。

禿富と女を乗せた車が、ゆっくりと走り出した。

わずかな間をおいて、金井もヘッドライトを点灯しないまま、車を静かにスタートさせる。

そのとき、突然後ろから突き刺すようなヘッドライトと、鋭いクラクションの音を浴びせられた。後方に駐車していた車が、同時にスタートしようとしたらしい。

金井が、反射的にブレーキを踏む。

つぎの瞬間、あとから発進した白い車が三人の乗った車のわきを、すごい勢いで追い抜いて行った。

「くそ」

金井はののしり、急いで車を再発進させようとした。

とたんに、追い抜いたばかりの車がつんのめるように、急停車した。

エンジンが妙な音を立て、そのままストップする。車体は斜めに停まり、金井の進路をふさいでしまった。

「ばかやろう、このとんちきが」

金井はわめき散らし、狂ったようにクラクションを叩き鳴らした。

白い車はエンストしたのか、スターターを空回りさせながらかくん、かくんと浮き沈みする。その間にも、禿富の車は正面の路面電車の線路に沿って左折し、遠ざかって行く。

ミラグロは、ウインドーを下げて首を突き出し、大声を張り上げた。

「どけ。そこをどくんだ」

前の車の運転席から、同じように女が首を出して叫び返す。

「すみませーん。エンストしちゃったんです。今、出しますから」

しかし、相変わらず車はかりかりと音を発するだけで、エンジンがかかる気配はない。

金井は、待ち切れずに唸り声を上げると、猛烈な勢いで車をスタートさせた。

ハンドルを巧みに切り回し、エンストした車と歩道の間をこするようにして、前方へすり抜ける。

「ばかやろう」

柴田が、助手席から女に悪態をついた。

車体を立て直した金井は、禿富の車を追って突き当たりを左折し、線路沿いの道を猛然と走り出した。

やがて、道は緩やかにカーブしながら、静かな住宅街にはいった。

どこにも、車の影はない。

十字路にぶつかるたびに、三人は左右に目を配りながら走り抜けたが、テールランプ一つ見当たらぬ無人の闇が、四方に広がるだけだった。

しばらくそのあたりを走り回ったものの、ついに禿富の車を発見することはできなかった。

完全に、見失ってしまった。

金井は、車を左に寄せて停めた。

「ちくしょう。あのあまが、もたもたしやがったせいだ」

そう毒づいて、ハンドルを叩きのめす。

ミラグロは息をつき、シートの背にもたれた。

「しかたがない。また出直しだ。一緒にいた女は、禿富の愛人だろう。だとしたら、おとりに使えるかもしれない。あの女の居所を、なんとか突きとめてくれ」

柴田が、助手席から言う。

「さっきのエンストした女、わざとじゃましたんじゃねえか。偶然にしちゃ、できすぎてますぜ」

ミラグロも、その可能性を考えていた。確かに、わざとらしいと言えば、わざとらしいエンストだった。

「どこかで、見た覚えのある顔か」

ミラグロが聞くと、柴田は少し考えてから、首を振った。

「あまりよく見なかったけど、知った顔じゃなかったのは確かだ」

金井も、自信なさそうに言う。

「おれも同じだ。見覚えのない顔だった。偶然じゃねえのかな、やはり」

ミラグロはうなずき、自分に言い聞かせるように言った。

「だったらまあ、偶然ということにしておこう。念のため、顔だけは覚えておいてくれ。またどこで会うか、分からないからな」

13

水間英人は、反射的に声を発した。

「おい、停めろ。ライトを消せ」

野田憲次が、すばやくヘッドライトを消して、車を停める。

「どうした」

水間はそれに答えず、二十メートルほど前方のテールランプを、じっと見つめた。

一方通行の通りの、少し前を走っていた紺のカローラが停まって、中からコードレーンのスーツを着た、肌の浅黒い男がおり立ったのだ。

それは一か月ほど前、料亭《夜ざくら》から水間のあとをつけて来た、例のマスダの殺し屋と思われる男だった。

その男に続いて、黒いスーツに幅広の白いシャツの襟を出した、ちんぴら風の若者がおりて来る。運転席にいるもう一人は、そのまま車に残った。

水間は言った。

「あの野郎だよ、前に話したのは。おれをナイフで襲おうとして、ハゲタカに殺されかけたやつだ」

野田は、水間を見た。

「ほんとか」

「間違いない。コードレーンの、同じスーツを着ていやがる」

「すると、あいつがマスダの殺し屋か」

そう言って、野田は男に目を向けた。

「ああ。まだ懲りないとみえるな。この一帯は、おれたちの縄張りだ。いい度胸をしてるぜ」

「どうする。若いのを呼び集めて、落とし前をつけるか」

「ここじゃまずい。交番が近すぎる。ちょっと様子を見よう。あとをつけて、どこにアジトがあるのか、突きとめる手もあるしな」

水間は、車をおりた二人が通りの反対側にある、小さなビルへ向かうのを見た。

外階段のついた、スナックやバーの雑居ビルだった。そのうちの何店かは、渋六興業が経営するレンタルビデオショップ、《アルファ》友の会に会費を納めるというかたちで、みかじめ料を払っている。実のところ水間たちは、そこへ集金に行くところだったのだ。

「どの店へ行くのか、確かめてくる」

そう言って、水間がドアの取っ手に手を伸ばしたとき、カローラに残ったもう一人の若者が、窓から首を突き出した。

手にした携帯電話を振り立てながら、外階段をのぼって行く二人に呼びかける。

「ミラグロ。金井。もどってくれ」

その声が、わずかに下げたこちらのウインドーの隙間から、耳に届いてきた。

水間は手を引っ込め、小声で野田に聞いた。

「ミラグロ、と言ったか」

「ああ、おれにもそう聞こえた。やはり、日本人の名前じゃないな」

黒いスーツの若者が、外階段の手すりから身を乗り出し、野放図に言った。

「なんだよ、柴田。今夜は、おまえが運転する番じゃねえか。二、三十分でもどるから、おとなしく待ってろよ」

「そうじゃない、今電話があったんだ。すぐおりて来てくれ」

「だれから」

「いいから、おりて来い」

あとは身振り手振りで、しつこく二人にもどるように、合図する。何か、急用の電話がはいったようだ。

ミラグロ、金井と呼ばれた二人の男は、しぶしぶといった感じで外階段をおり、車のそばへもどった。

水間は、その様子をじっと見守った。

二人が運転席に身をかがめ、柴田と呼ばれた若者に話しかける。柴田は、あわててメモしたらしい紙切れをウインドーを全部下げたが、しきりに何か説明を始めた。

野田が、静かにウインドーを全部下げたが、話の中身までは聞こえない。

やがて、ミラグロは体を起こして顎をなでると、金井に何か言った。金井が、それに返事をする。

衆議一決したらしく、ミラグロは後ろのドアをあけて車に乗り込み、金井は助手席へ回った。二人の顔つきから、思わぬ事態が発生した様子がうかがわれる。

「とにかく、あとをつけてみようぜ」

野田は言い、ミラグロたちの乗った車が動き出すのに合わせて、ゆっくりとスタートした。

紺のカローラは、道玄坂をのぼり切って旧山手通りを右折し、さらに山手通りを越えて世田谷方面へつながる、淡島通りにはいった。

信号で停まるたびに、前の車が車内灯をつけて地図をチェックするのが、リヤウインドー越しに見える。

「行く先はどこか知らんが、あの様子じゃ初めて行く場所のようだな」

野田が言い、水間もうなずいた。

「らしいな。電話で、呼びつけられたような感じだが」

すでに午前一時に近く、道はすいている。その分尾行しやすかったが、逆に気づかれる恐れもあった。野田はつかず離れず、適当にタクシーなどを間に入れて、巧みに尾行を続けた。

カローラは、淡島通りを途中で右に折れ、宮前橋で環七通りを突っ切って、小田急線の梅ヶ丘駅前に出た。踏切を渡り、下北沢警察署の手前の信号を、左折する。

確かそこは、赤堤通りと呼ばれる、直線道路だった。

「どこへ行くんだろうな、連中は」

野田が、いくらかいらだちのこもった口調で言う。

水間は、漠然とした不安を感じたが、口には出さなかった。

やがてカローラは、赤堤の十字路をゆっくりと左折し、小学校の塀の向かい側で停まった。

野田はヘッドライトを消し、間にいたタクシーがカローラを追い抜いて行く間に、自分の車を通りに駐車している別の車の、真後ろに寄せた。

水間は前の車越しに、カローラをすかして見た。

車内灯がつく。また、地図をチェックしているようだ。

ほどなくカローラは、ゆっくりと再発進した。

まっすぐ行けば、経堂駅に出るはずだが、カローラは小学校の塀が終わった少し先を、スピードを落としたまま右折した。

水間は、動悸が高まるのを意識した。

もしかして、あの連中はクレアドル経堂へ、行こうとしているのではないか。だとすれば、そのマンションは角を曲がって、すぐのところにある。住所は確か、世田谷区宮坂三丁目だ。

野田が、カローラに続いて右へはいろうとするのを、水間は止めた。

「待て。曲がらないで、この通りで待っててくれ」

そう言って、車を飛び出す。

野田が呼びかけるのもかまわず、まっすぐに曲がり角へ走った。

顔をのぞかせると、十数メートル先の左側にクレアドル経堂の、瀟洒(しょうしゃ)な白い建物が見える。案の定、その少し手前に停まった紺のカローラが、目にはいった。ライトは消えているが、エンジンの音はかすかに聞こえる。

いやな予感が当たり、水間は深く息をついた。

このクレアドル経堂には、禿富鷹秋がひそかに付き合う青葉和香子の、一人暮らしの住まいがある。

青葉和香子は、取り立てて美人とはいえない三十過ぎの女で、経堂図書館の司書の仕事をしている。禿富と渋六の付き合いが始まった直後、碓氷嘉久造の指示でその身辺を洗ううちに、たまたま水間の前に浮かんできた女だった。

別に和香子を、どうこうするつもりはなかった。

ただ、禿富に人知れぬ弱みがあるとすれば、唯一その引き金になりうる女だという勘が働き、隠し球に取っておくつもりだったのだ。

それを、あのミラグロとかいう殺し屋に、目をつけられてしまった。

マスダの連中が、それ以外の人間を目当てに偶然クレアドル経堂に立ち寄る、とは考えられない。さっきの電話は、おそらく青葉和香子の居所を突きとめた、という緊急連絡だったのではないか。

ミラグロがドアをあけ、車からおりた。あとの二人は、中に残っている。

水間は息を詰めて、ミラグロがマンションの中へ姿を消すのを、じっと見送った。セキュリティシステムがついていないらしく、ミラグロはやすやすと中へはいったようだ。

背後で、かすかな足音がする。

振り向くと、野田だった。

野田は、顔を寄せてささやいた。

「どうした。連中は、何をしてるんだ」

水間は一瞬ためらったが、正直に答えた。

「ミラグロは、ついその先にあるクレアドル経堂、というマンションにはいった。実はそのマンションには、例のハゲタカの女が住んでるんだ」

街灯の明かりに、野田の目が光る。

「ハゲタカの女だと。初耳だな」

「最初のころ社長の指示で、やつの身辺を探ったことがある。そのとき、世田谷美術館のレストランで、ハゲタカがその女と一緒に食事するのを、この目で見たのさ。あとをつけたら、このマンションにもどった。近くの図書館で働いてる、青葉和香子という女だ」

野田はあっけにとられた顔をしたが、半信半疑のように聞き返してきた。

「しかし、ミラグロがその女のところへ行った、とは限らんだろう。このマンションも、四、五十世帯ははいっていそうだし、ほかの家を訪ねた可能性もあるんじゃないか」

「勘が当たったかどうかは、もうすぐ分かる。もし、ミラグロがその女のところへ上がったのなら、脅すかだますかして一緒におりてくるはずだ」

「人質にして、どこかへハゲタカをおびき出すつもりか」

「ああ。あの殺し屋は、ハゲタカに恨みがある。それくらい、やりかねないだろう」

「ハゲタカをここへ呼びつける、という手を使うかもしれんな」

「あるいはな。とにかく、なんとかしなきゃならん」

野田は少し考え、突っぱねるように言った。

「ほっといたらどうだ。考えてみりゃ、ハゲタカやハゲタカの女がどうなろうと、おれたちには関係ないことだからな」

野田らしい割り切り方に、水間はちょっと苦笑した。

しかし、水間としてはそれほど簡単に、切り捨てるわけにはいかない。

「そう言っちまえば、身も蓋もないだろう。確かに、ハゲタカはいやな野郎だが、渋六にとって役に立つ男だ。それにおれは、やつに個人的な借りがある。このままほうっておいたら、寝覚めが悪い」

野田は水間の顔色を見て、それ以上は反対しなかった。

「じゃあ、どうする」

「もしやつが、女を連れて出て来たら、取り返すんだ」

「どうやって。今日は、チャカもヤッパも持ってないぞ」

「おまえは車に乗って、あのカローラのわきをさりげなく、前へ抜けてくれ。まっすぐ行くと、三百メートルほどでまたさっきの赤堤通りにぶつかる。そこで方向転換して、逆方向にもどって来い。適当な位置に駐車して、待機するんだ。ライトを消してな」

「なるほど。それから」

「連中の車がスタートしたら、進路を妨害してクラクションを鳴らすのさ。場合によっては、ぶつけてやってもいい。騒ぎを起こせば、だれかが一一〇番すると見当がつくから、連中も女を置いて逃げるだろう」

「分かった。あんたはどうする」

「おれは念のため、やつらの背後を固める。万が一、連中が車を捨てて女連れで逃げて来たら、警察だ、とどなって威かしてやるさ。こっちは別に、一一〇番されても怖くないからな」

野田は忍び足で、車の方へもどって行った。

ほどなく野田の車が、静かに角を曲がり込んで来た。クレアドル経堂の手前に停まる、カローラの横を軽いクラクションとともにすり抜け、急速に遠ざかって行く。

やがて車は、緩いカーブの向こうに見えなくなった。

水間は、角をはいったところにある電柱の陰に移動し、カローラを見張った。

マンションの明かりの逆光で、前の座席にすわる男たちの頭がシート越しに、ぼんやりと見える。

じりじりするほど、時間のたつのが遅い。

ミラグロが中にはいってから、やがて十分になろうとしている。野田の言ではないが、女の部屋から電話して禿富を呼びつけるつもりかもしれない、という気がちらりとした。

しかしそれなら、仲間の二人がエンジンをかけたまま車の中で待機する、ということはないだろう。

そのとき、マンションの玄関からミラグロが足ばやに出て来て、車に駆け寄るのが見えた。光を浴びた横顔が、妙に緊張している。

ミラグロが乗り込むと、車はライトもつけずにいきなりタイヤを鳴らして、バックし始めた。虚をつかれた水間は、あわてて電柱とブロック塀の間に張りつき、体を隠した。

カローラは、はいって来た道まで一気にさがった。車首を振って荒っぽく方向を立て直し、経堂駅の方へ猛スピードで走り去る。

水間は思わず五、六歩追いかけたが、すぐにあきらめて足を止めた。

背後でヘッドライトが跳ね、野田の車が疾走して来る。

野田は、水間の横で急ブレーキをかけ、ウインドーを下げた。

「逃げられたか」

「逃げられた。バックするとは思わなかった」

「女は」

「女は、連れて来なかった。出て来たのは、ミラグロ一人だ」

野田が、拍子抜けしたように、シートにもたれる。

「なんだ。肩透かしか」

しかし水間は、マンションから走り出て来たときの、ミラグロの緊張した表情を思い出して、ふと不安に駆られた。

「通りへ出たところで、待っててくれ。おれはちょっと、女の様子を見て来る」

そう言い残して、マンションへ向かう。

メールボックスで確認すると、青葉和香子の部屋はいちばん上の、六〇一号室だった。

やけに速度の遅いエレベーターに、水間はいらいらしながらボタンを押し続けた。しだいに、不安が募る。

なぜミラグロは、女を連れて出なかったのだろう。

もしかすると、最初から人質にする気など、なかったのかもしれない。

だとしたら――。

六階に着くと、水間はエレベーターホールを飛び出し、とっつきの六〇一号室のドアの前に立った。表札の横の、インタフォンのボタンを押す。

しばらく待ったが、返事がない。

ためしに、ドアの取っ手を試した。いやな予感が、また当たった。

ドアには、鍵がかかっていなかった。水間は一度ドアを閉め、深呼吸をした。

ハンカチを取り出し、インタフォンのボタンをそっとふく。それから、ハンカチを巻きつけた手でもう一度取っ手をつかみ、ドアを開いた。

最悪の事態を想定していることに、ほとんど自己嫌悪を感じる。しかし、ただの杞憂に終わるなら、それで文句はない。

玄関には、明かりがついていた。三和土（たたき）には、ベージュのパンプスが一足だけ、きちんとそろえて脱いである。

「こんばんは」

声をかけてみたが、返事はなかった。

水間は靴を脱ぎ、右へ延びる廊下に上がった。突き当たりの壁に、ゴッホの複製画がかかっているのが、目にはいる。その左側に、ドアがあるようだ。

手前にも二つほどドアがあったが、それはトイレと洗面所だった。

目指すドアはガラス張りで、明かりは漏れていない。ドアをあけると、水間はハンカチでおおった指で内側の壁を探り、スイッチを押し上げた。

水間は思わずのけぞり、ドアの縁にしがみついた。

薄いピンクの絨毯に、赤黒い血だまりができていた。

その中央に、白いブラウスの胸を真っ赤に染めた女が、仰向けに倒れている。目をあけたままだった。喉の横に、ぱっくり開いた傷口が見える。

その顔に、見覚えがあった。

青葉和香子は、死んでいた。

あまりに悪い予感が当たりすぎて、水間は膝ががくがくした。最初の出入りで、相手方のやくざの腹を刺したときも、これほどにはびびらなかった。

水間は明かりを消し、廊下を引き返して靴をはいた。足がなかなかはいらず、最後にはかかとを踏みつけるようにして、無理やりはいた。

エレベーターに乗り、下へおりる間にボタンを丹念にふく。

悔やんでも、悔やみ切れないものがあった。

もしあのとき、禿富が言うようにミラグロとやらの息の根を止めておけば、こんなことにはならなかったのだ。

青葉和香子の死を知ったとき、禿富はどんな反応をみせるだろうか。

それを考えただけで、震えが出る。

エレベーターが停まった。

水間は、転がるようにクレアドル経堂を駆け出ると、野田が待つ車の方へ急いだ。

14

野田憲次は、水間英人があたふたと角を曲がり、車に駆けて来るのを見た。

イグニションキーを回し、エンジンをかけて待機する。

車に乗り込むなり、水間は珍しく取り乱した声でどなった。

「早く、早く車を出せ」

野田は、急いでライトを点灯すると、車をスタートさせた。

「どうした。何があったんだ」

「とにかく、ここを離れるんだ」

「どこへ行く」

「とりあえず、その先を左に曲がって、赤堤通りの方へもどってくれ」

水間はそう言って、口元をぬぐった。

「事務所へ帰るか」

「ああ、そうしよう」

野田は角を左へ曲がり、さらに二つ目の信号を左折して、赤堤通りへ出た。環状七号線の方へ向かう。

水間が、少し落ち着きを取りもどすのを待って、野田はもう一度聞いた。

「どうした。何があったんだ」

水間は拳を固め、手のひらを叩いた。

「とんでもないことになった。青葉和香子が殺された」

野田はぎくりとして、一瞬進路から目をそらした。

「ほんとか」

さすがに、そこまでは考えなかった。

「ほんとだ。耳の下から喉にかけて、ぱっくり切り裂かれていた。凶器は見当たらなかったが、細身のナイフか何かだろう。ほとんど即死だ」

野田は冷や汗をかき、ライトの中に広がる深夜の道に、目をもどした。

「ミラグロのしわざか」

「ほかにいるか」

水間は吐き捨て、いまいましげに続けた。

「それにしても、人質にするどころかいきなり切り裂くとは、とんでもない野郎だ」

めったになく、声が上ずっている。

むろん野田自身も、冷静ではいられなかった。禿富鷹秋の女が、マスダの殺し屋に殺されたとなれば、ただではすまないだろう。

「女が、よほど抵抗したんだな」

野田が言うと、水間は少し考えた。

「詳しく調べたわけじゃないが、抵抗した形跡はほとんどなかった。ミラグロは、あの女を最初からばらすつもりで、乗り込んだに違いない。くそ、なんて野郎だ」

赤信号にぶつかり、車を停める。

「あの野郎は、おまえを始末しようとして、ハゲタカにじゃまされた。しかもやつに、半殺しの目にあわされたんだ。その仕返しに、女をやったんだろう」

「そんなとこだろうが、やり口がひどすぎる。ハゲタカはきっと、頭にくるぞ」

「ハゲタカはその女に、どの程度惚れてたんだ」

「おれが見たところじゃ、ぞっこんだったようだ」

野田は苦笑して、ふたたび車を発進させた。

「それはちょっと、信じられんな。ハゲタカは、女に心を動かされるような玉じゃあるまい。せいぜい、遊び相手の一人ってとこだろう」

水間は、また少し考えた。

「どっちにしても、自分が付き合ってる女を殺されたら、ハゲタカでなくても頭にくる。ことにやつの場合、このままでは収まらないだろう。ミラグロを探し出して、息の根を止めるに違いない」

「そりゃ、都合がいい。ボスをねらう殺し屋を、デカがかわりに片付けてくれるというなら、おれたちとしてはありがたいくらいのもんだ」

野田がうそぶくと、水間はため息をついた。

「しかしそうなったら、マスダも黙っちゃいないだろうな」

「当然だ。しかし、ここは南米とは違う。サツと全面対決になったら、マスダはきっとつぶされるぜ。まあ、そうなりゃこっちは漁夫の利で、一息つけるってもんだがな」

環七へ出て、目黒方面へ向かう。

水間は両手を上げ、ゆっくりと顔をこすった。

「しかし、あのミラグロの野郎がここまでやるとは、考えもしなかった。ただずる賢いだけの、腰抜けだと思ったのに」

「できちまったことは、しかたがない。どうする。ハゲタカに、ご注進に及ぶか」

野田が言うと、水間は首を振った。

「それはまずい。おれたちが、やつのスケの存在を知っていたことが分かると、こっちにも火の粉が降りかかる。まして、女がおれたちの目の前でやられたと知れたら、ただじゃすまんぞ」

「それじゃ、知らんぷりか」

「しかたがねえだろう」

水間は怒ったように言い、ダッシュボードを拳で叩いた。

野田は、口をつぐんだ。

宮前橋を左にはいり、来たときと同じ梅ヶ丘通り、淡島通りを逆にたどって、渋谷方面へ向かう。

明治通りに沿った、渋六興業のビルに着いたときは、すでに午前二時半近かった。

その夜は、ひょんなことから予想外の追跡劇が始まったため、《アルファ》友の会の会費集めが、中断されてしまった。再開するには時間が遅く、むろんその気力も残っていない。続きは、明日以降に回すしかなかった。

野田は、地下の駐車場に車を入れた。

水間が先に立って、エレベーターに向かう。野田は、集金した札束がはいったアタシェケースを下げて、そのあとを追った。

五階の事務所に上がり、宿直室で寝ていた泊まりの若い者を、叩き起こす。

水間が、若い者に酒の用意を言いつける間に、野田はアタシェケースをあけて金を取り出し、金庫にしまい込んだ。

若い者が宿直室に引っ込むと、二人は勝手に水割りを作って、飲み始めた。

野田は、低い声で言った。

「ほんとに、ほっといていいのか。その女が一人暮らしなら、死体の発見が遅れるぞ」

水間が、唇を歪める。

「かといって、一一〇番するわけにいくか」

野田は、口をつぐんだ。

確かにここから、一一〇番するわけにはいかない。自動的に、発信元が分かってしまうし、声も録音される。

あらためて、口を開く。

「明日の昼はメトロポリタンで、ハゲタカと顔を合わせる日だぞ。間が悪いな」

月に一度か二度、ボスの碓氷嘉久造があえて地元を避け、池袋のホテルメトロポリタンに部屋を取って、禿富と話をする機会を設ける。食事をすることもあり、酒だけのこともある。渋六興業の立場からして、神宮署やマスダを含む他の暴力組織の動向を知っておくのは、決して損にならない。

会合には、碓氷のほかに専務の谷岡俊樹、それに野田と水間が同席する。ときによって、碓氷の娘の笙子が加わることがあり、ボディガードの坂崎悟郎もたまに食事の席に着く。

帰り際に、碓氷の身辺に目を光らせてもらったり、何かと便宜を図ってもらったりする見返りとして、禿富にまとまった現金が手渡される。通常は五十万程度だが、エクストラで働いてもらった場合は、増額される約束になっていた。

そうした顔合わせが、たまたま明日に当たっているのだ。

水間が黙ったままなので、野田は声をひそめて続けた。

「もしやつが来れば、その時点でまだ女がやられたのを、知らないことになる。逆に、それまでに事件のことを知ったら、やつの方からキャンセルを入れてくるだろう」

水間は酒を飲み干し、ソファの背にもたれかかった。

「くそ。どっちにしても、めんどうなことになりやがった」

「あとあとのことを考えると、おれはハゲタカに知らせた方がいい、と思うがな」

野田が言うと、水間はとんでもないというように、眉を吊り上げた。

「ばかを言うな。いいか、今夜起きたことはいっさい、知らなかったことにするんだ。おれたちのほかに、だれも知ってるやつはいないんだからな」

「せめてボスには、報告しといた方がいいんじゃないか」

水間は、ちょっと迷ってから、首を振った。

「いや、やめとこう。ボスは人がいいから、すぐ顔に出ちまう」

第四章

15

　筆頭ボディガードの坂崎悟郎が、ドアをあけてぶっきらぼうに言った。
「社長、禿富さんが見えました」
　坂崎は、禿富鷹秋をさんづけで呼ぶことに、相変わらず抵抗があるらしい。
　碓氷嘉久造は、ソファを立った。谷岡俊樹、水間英人、野田憲次の三人も、それになら
う。
　娘の笙子だけが、ふてくされたようにすわったまま、たばこをふかしている。
　笙子は、襟ぐりの開いた細かい銀ラメのミニドレス、豹の毛皮を模した肩掛けにブー
ツ、といういでたちだった。その趣味の悪さには、わが娘ながら頭を抱えたくなる。
　碓氷は、戸口からはいって来た禿富鷹秋に、愛想笑いを送った。

「どうも。忙しいところを、いつもすみませんな」

「それは、皮肉かね」

　禿富は、にこりともせずに言うと、あいたソファにすわった。

例によって、仕立てのいいグレイの上下に、臙脂のネクタイを締めている。こんな金のかかる服装で仕事をして、よく上司に何も言われないものだ、と思う。

碓氷と谷岡も、腰をおろした。

水間が、いつものようにブランデーをグラスに注ぎ、それを野田が配って回る。

グラスを受け取った禿富は、笙子に無遠慮な視線を走らせた。

碓氷の目から見ても、笙子は魅力的な体の持ち主だった。背はそれほど高くないが、胸や腰の張り具合や脚の長さは、日本人離れしている。

親の欲目かもしれないが、これでもう少し趣味がよくて、年が四、五歳若ければ、タレントにでもなれたのではないか、と思う。二か月ほど前、道玄坂に開いてやった輸入アクセサリーの店も、ファッションセンスを磨く役には立っていないようだ。

笙子は、禿富の視線に反発するように、目をそらした。天井を仰ぎ、派手に煙を吹き上げる。つい小一か月前、笙子はいきなり禿富と結婚すると宣言して、碓氷の度肝を抜いた。

しかも、碓氷が頭から反対すると、すっかりつむじを曲げてしまった。禿富に、まったく相手にされないことも、それに輪をかけたようだ。

碓氷としては、禿富が笙子に目の保養以上の関心を示さないことを、親としていくらか残念に思いながらも、むしろありがたく感じるほどだった。たとえ出来の悪い娘でも、禿富のような不気味な男には、嫁がせたくない。

碓氷は、グラスを上げた。

「あんたが目を光らせてくれるおかげで、このところマスダやほかの組織の連中も、渋谷でもめごとを起こさなくなった。わたしをねらうやつも、今のところいないようだ。礼を言わせてもらう」

秃富は、口をほとんど動かさずに応じた。

「油断は禁物だ。マスダが、アルベルト・モラレスのかわりに呼び寄せた、新しい殺し屋がうろちょろしてるからな」

「しかし、あんたがいやというほど痛めつけてくれたから、もう近づいては来んだろう」

そう言いながら、碓氷は斜め横にすわった水間が居心地悪そうに、ソファの中で身じろぎするのを、目の隅でとらえた。新しい殺し屋は、水間を襲おうとして秃富にぶちのめされたが、水間はその男を見逃してやったのだ。

秃富はグラスをなめ、ゆっくりと首を振った。

「その程度で引っ込むようなやつなら、マスダの日本支部もわざわざ南米から、呼び寄せたりはしない。体がもとにもどったら、またぼちぼち動き始めるだろう。気をつけることだ。おれも四六時中、あんたの背中に目を配っているわけには、いかないからな」

谷岡が、濃い髭の剃りあとを手のひらでこすりながら、口を挟む。

「秃富さんの権限で、そいつを国外追放にでもする手は、ないんですかね」

「いくら追っ払っても、どんどん新手を繰り出して来るだけだ。送り込まれたやつを、片っ端から返り討ちにするのが、いちばんさ。それだけの腕が、あればだがな」

「しかし、仁義を知らない新興の暴力団に加えて、マスダみたいな海外組織をのさばらしておいちゃ、警察のメンツにかかわりますぜ。台湾、中国、韓国の組織だけでも、手一杯なのに」

禿富は、張り出した額の奥で光る目を、小ばかにしたように細めた。

「警察は、おまえさんたちの組織を守るために、税金を遣ってるわけじゃない。勘違いするな」

谷岡は、不満そうに肩を揺すった。

「しかし、最近はおれたちだって法人税というかたちで、ちゃんと税金を払ってますぜ」

「税金抜きの稼ぎだって、ばかにはならんだろう」

それまで黙っていた笙子が、急にたばこの先を禿富に突きつけて言う。

「その中から、あんたに回るお金も出ているのよ。あんただって、その分の税金は払ってないじゃないの。それを、忘れてほしくないわね」

「いや、まったくだ。おれも、ついそれを忘れていた」

禿富は、さもおかしそうに唇をゆがめ、くっくっと笑った。

碓氷は、笙子がもっと過激なことを言い出さないうちに、割ってはいった。

「さて、そろそろ食事にしようか」

手を挙げて、坂崎に合図する。

坂崎は、ドアをあけて戸口から顔を突き出し、外で待機するボーイに声をかけた。

碓氷を先頭に、全員が横手のフロアに用意された食卓の方へ、席を移す。

やがてボーイが、食事のサービスを始めた。昼食向きの、簡単なフランス料理のコースだ。

オードブルをつつきながら、禿富が言う。

「渋谷に進出した暴力団は、渋六興業とマスダをのぞいてどの組織も、神宮署のマル暴担当に鼻薬をきかしてるぞ。あんたたちも、考えた方がいいんじゃないか」

「わたしは、警察と馴れ合うのが嫌いでね」

碓氷が応じると、禿富は薄笑いを浮かべた。

「ほう。それじゃ、おれはどうなんだ」

碓氷は、ちょっと戸惑った。

禿富と顔を合わせるとき、いつもこの男が警察官だということを、忘れてしまう。

「あんたは別だ。あんたは、なんというか、普通のデカとは違う」

「どう違うんだ」

碓氷は、パンをちぎった。

「はっきり言って、あんたはマル暴のデカより手ごわい。マル暴はせいぜいカラスだが、あんたは文字どおりハゲタカだ」

「手ごわいとは、汚いという意味か」

念を押され、碓氷は思い切って言った。

「まあ、それも含まれる、と考えてもらっていい」

水間と野田が、不安そうに目を向けてくる。

別に、禿富を怒らせようとして、言ったわけではない。目の前で、禿富がどういう男かをはっきりさせておくのも、笙子のためにいいと思っただけだ。

禿富は、動かしていたフォークとナイフを止め、碓氷を見た。

「おれがハゲタカなら、あんたはなんだ」

碓氷は、ブランデーをあけた。

「まあ、ハゲタカが好んでたかる腐った肉、というところかな」

禿富は顎をのけぞらせ、機嫌のいい笑い声を立てた。

「そいつはいい。おれがハゲタカで、あんたが腐った肉か。いいコンビだ」

碓氷は、禿富が怒らなかったので、少し拍子抜けがした。

気分を変えるために、黙ってフォークを動かしている水間と野田に、声をかける。

「どうしたんだ、おまえたち。今日はやけに、おとなしいじゃないか」

水間はちらりと碓氷を見て、元気のない笑いを浮かべた。

「そうですか。別に自分たちは、いつもと変わりませんよ。ただ、このフランス料理のコースってやつが、どうも気詰まりでしてね。なにしろ自分は、田舎ものですから」

野田も、同感だというように、うなずく。

「おれも同じですよ、社長。今度は、気のおけない居酒屋かどこかの奥座敷で、かみしも脱いでやりましょう」

碓氷は苦笑した。

「ばかを言うな。居酒屋に、奥座敷があるか」

そのとき、どこかでルルル、と低くベルの鳴る音がした。

水間と野田が、反射的に上着のポケットを探る。自分の携帯電話が鳴った、と思ったらしい。しかし、二人ともすぐに違うと分かったらしく、緊張を解いた。

禿富が、おもむろに上着の内ポケットに手を入れ、携帯電話を取り出す。

受話口を耳に当て、短く応じた。

「もしもし」

禿富の眉が、かすかに寄る。

相手が何か言っているらしく、少しの間黙って聞き耳を立てる。

それから、突然不機嫌な口調で言った。

「そっちからかけておいて、名を名乗れとはどういうことだ」

部屋が、しんとなる。

碓氷は、谷岡が禿富の対応にほとんど関心を示さず、パンを口にほうり込むのを見た。

谷岡は、いざというとき信じられないほどの馬力を出すので、碓氷も頼りにしている。

ただ、若いころから何か一つのことに集中すると、周囲の出来事に注意が回らなくなる、という欠点がある。

今、谷岡にとってもっとも関心があるのは、目の前の料理を片付けることに違いなかった。

その点、水間と野田はともに機を見るに敏なタイプで、今も下を向いて料理を食べながら、耳だけはちゃんと禿富の方に向けている。

禿富の表情が、しだいに険しくなった。

「下北沢署だと。いったい、何があったんだ。……こちらは、神宮署の禿富だ。……そうだ、警察官だ。署に電話して聞いてみろ。……それより携帯の番号を、どうして知ってるんだ」

しだいに、押し殺したような声になる。

碓氷は、フォークを動かす手を止めて、禿富の様子をうかがった。

禿富は唇を半開きにし、じっと電話に聞き入っている。その顔から、少しずつ血の気が引いていくのが、はっきりと分かった。

禿富は携帯を耳に当てたまま、そろそろと立ち上がった。

放心したように、宙を見つめる。胸元から、ナプキンがはずれて下に落ちたが、それにも気がつかないようだった。

椅子を離れた禿富は、テーブルに背を向けて壁際に立った。

「いつのことだ」

声が極端に低くなり、かろうじてそれだけ聞き取れた。

ようやく、禿富の様子が変わったことに気づいた谷岡が、碓氷にもの問いたげな目を向けてくる。

碓氷は肩をすくめ、水間と野田を見た。

水間も野田も、皿の上でナイフとフォークを構えたまま、魔法にかけられたように動きを止めている。水間の額に、小さな汗の玉が見えた。野田の顔色も悪い。

笙子一人が、窓から蝶々が飛び込んで来たほどにも関心を示さず、フォークをかちゃかちゃ鳴らしながら、サラダを食べ続ける。

碓氷は指を上げ、笙子に音を立てないように、合図した。

笙子が、おもしろくなさそうな顔をして、フォークを置く。

背を向けた禿富は、左手を壁に当てて体を支え、なおも電話に耳を傾けた。碓氷も谷岡も、水間も野田もかたずをのむようにして、禿富の背中を見守った。

やがて禿富が、しゃがれた声を絞り出す。

「分かった。すぐに行く」

そう言ったものの、それから携帯電話を持った手をおろすまでに、ずいぶん時間がかかった。電話をしまった禿富は、壁についた手を離して、ゆっくりと向き直った。

その顔を見た碓氷は、思わず唾をのんだ。

なめし革のように見えた禿富の肌が、わずかの間に艶を失ってしまった。目と口のまわりに、醜いしわさえ浮き出ている。急に年を取ったようだった。

秃富は、その場にいる人びとの顔を一人ひとり眺めてから、思い出したようにナプキンを拾い上げ、テーブルにそっと置いた。

何も言わずに、戸口へ向かう。

「どうした。何か、悪い知らせかね」

われに返った碓氷が、その背中に呼びかけたときには、秃富はもうドアを引きあけていた。

そのまま出て行く。

部屋に、重苦しい沈黙が流れた。

入れ違いに、坂崎がはいって来る。

「どうしたんです。何かあったんですか」

だれも、何も答えなかった。

16

「おまえは、先に帰れ」

碓氷嘉久造が言うと、笙子は口をとがらせた。

「どうしてよ。まだ、デザートを食べてないわ」

「食べたけりゃ、下のカフェテリアにでも行って、食べ直せばいい」

「あたしは、ここで食べたいのよ」

頑固に言い張る。

碓氷は、ことさら厳しい顔をこしらえた。

「つべこべ言わずに、席をはずしてくれ。男同士の、話があるんだ」

財布から、一万円札を何枚か抜いて、笙子に渡す。

「これで、憂さ晴らしでもして帰れ」

笙子は金を引ったくり、乱暴に椅子をテーブルに押しもどすと、憤懣やる方ないという足取りで、戸口へ向かった。

坂崎悟郎が、笙子のためにドアをあける。

笙子は、坂崎に肩であおりをくれるようにして、外へ姿を消した。

それを見届けると、碓氷はボーイにコーヒーを命じた。ほかの三人に合図して、ソファの席にもどる。

谷岡俊樹が、どうにもふに落ちないという顔つきで、口火を切った。

「何があったんですかね、社長。ハゲタカのやつ、珍しくショックを受けたような、ひどい顔をしていたが」

碓氷は、たばこに火をつけた。

心臓によくないと言われ、なるべく吸わないようにしているのだが、食事のあとはどうしても一服せずにいられない。

碓氷は煙を吐き、下を向いている水間英人と野田憲次を、交互に見た。

「おまえたち、何か隠してることが、あるんじゃないのか」

声をかけると、野田がちらりと水間を盗み見る。

水間は、両手をぎゅっと握り締め、膝に肘をついた。肩がこわばっている。

「どうなんだ、水間」

碓氷は、だめを押した。

少しの間、じっと考えていた水間の肩から、ふっと力が抜ける。

水間は、観念したように口を開いた。

「すみません、社長。ゆうべちょっと、トラブルがあったんです」

碓氷は煙にむせ、軽く咳払いをした。

やはりそうか。禿富鷹秋が電話で話している間、どうも水間と野田の様子がふだんと違う、と感じたのだ。この日は二人とも、最初から口数が少なかったし、禿富と目を合わせようとしなかった。

「話してみろ」

そう促すと、水間は体を起こした。

「実はゆうべ、《アルファ》友の会の会費を集めているときに、マスダの殺し屋を見かけたんです。この間、自分とハゲタカでやきを入れてやった、南米野郎です」

碓氷は、苦い顔をした。

「うちの縄張りを、うろうろしていたのか」

「ええ。それで、どこか近くにアジトがあるかもしれないと思って、あとをつけることにしました」

マスダの殺し屋は、日本人のちんぴら二人と一緒に行動していたが、その途中携帯電話で緊急の連絡を受けたらしく、急にどこかへ回る気配を見せた、という。

「それでこっちも、あとを追ったわけです。そうしたら、ミラグロが行った先は驚いたことに、小田急線の」

「待て。ミラグロというのは、だれのことだ。その殺し屋の名前か」

「らしいです。仲間内で、そう呼んでましたので。あとの二人は、それぞれ柴田、金井、と呼び合っていました」

「分かった。続けろ」

「ミラグロが行った先は、小田急線の経堂に近い、クレアドル経堂というマンションだったんです」

「クレアドル経堂」

記憶をたどる。

思い出した。

禿富と付き合いが始まった直後、水間に命じてその身辺を洗わせたとき、ハゲタカには惚れた女がいるようだ、と報告を受けた覚えがある。確か経堂図書館で、司書の仕事をしている女だった。二人は深い仲らしく、禿富が女のマンションを訪ねることもあった、という。

そのマンションが、確かクレアドル経堂だった。

水間がうなずく。

「そうです。ハゲタカの女、青葉和香子が住んでいるマンションです。むろん、ミラグロがそこへ行ったのは、偶然じゃありません。緊急の電話はおそらく、だれかがその女の名前と住所を教えるために、連絡してきたものだと思います」

おぼろげながら、筋書きが分かったような気がする。

「なるほど。そのミラグロって野郎は、女をおとりに使ってハゲタカをおびき出そう、と考えたんだな。おまえたちにやられた、仕返しをするために」

水間は、額の汗をこすった。

「自分も、そう思いました。それで、野田に連中の逃げ道を塞ぐように車を停めさせて、自分はマンションの出入り口付近に、待機していました。そうしたら、中へはいったミラグロが、しばらくして女も連れずに一人であたふたと、飛び出して来たんです。車を強引にバックさせて、そのまま逃走しました」

言葉を切り、コーヒーで喉を潤す。

碓氷は黙って、先を促した。

「それで、自分は野田を車に待たせて、青葉和香子の部屋へ様子を見に上がったんです」

水間が言うと、野田もそのときのことを思い出したように、喉を動かした。

水間は少し間をおき、さらに続けた。

「部屋には、鍵がかかってませんでした。青葉和香子は、リビングに倒れていた。喉を切り裂かれて、血だらけになっていました」

碓氷は気分が悪くなり、コーヒーに手を伸ばそうとした。長くなったたばこの灰が、ぽとりとズボンの膝に落ちる。

あわてて払い落とし、たばこをもみ消した。

「死んでいたのか」

「ええ。一目で分かりました」

碓氷は腕を組み、目を閉じた。だれも口を開かず、室内に静寂が流れる。

しばらくして、碓氷は目を開いた。

「やはり外国人は、考えることが日本人とは違うな。そいつは、女を人質にするなどというめんどうな手続きを、はなから省いたんだ。女が殺されれば、ハゲタカは頭にきて自分のあとを追うだろう、と読んだに違いない。短絡的といえば短絡的だが、ハゲタカの方から出て来るように仕向けるとは、なかなか頭のいいやつだ」

黙って聞いていた谷岡が、肩を揺すって口を挟む。

「しかし、そのミラグロって野郎は、ハゲタカがデカだってことを、知らねえのかな」

水間は、谷岡に目を向けた。

「いや、それくらいの調べは、とうについてるでしょう。デカと承知で、女を血祭りに上げたんだ」

碓氷は不安を覚え、腕を組んで言った。

「だとしたら、けっこう手ごわいやつかもしれんな」

野田が、口を開く。

「水間にも言ったんですが、これで頭にきたハゲタカがミラグロを片付けてくれたら、手間が省けて好都合じゃないですか」

碓氷は、あいまいにうなずいた。

確かに、野田の言うとおりだ。しかし、それをあからさまに指摘したのでは、身も蓋もない。大学出の野田は、何ごとも機敏に計算できる頭を持っているが、ときにそれを露骨に出しすぎるきらいがある。

谷岡が、膝を乗り出す。

「そうだ、野田の言うとおりですぜ、社長。これをきっかけに、サツがマスダを全面的に叩いてくれたら、うちの組織も当分安泰だ」

水間は、首を振った。

「そうはならない、と思いますよ、専務。ハゲタカは、たとえミラグロを始末するにしても、サツの看板を背負わずにやるでしょう。マスダも、サツと正面から対決するほど、ばかじゃないはずだ。ミラグロがやられれば、また新しい殺し屋を南米から呼び寄せて、今度は社長とハゲタカをねらう。それだけのことですよ」

　碓氷は腕組みを解き、コーヒーを飲んだ。

「話を進めよう。さっき、ハゲタカが受けた下北沢署からの電話は、おそらく青葉和香子の死体が見つかった、という連絡だろう。あのハゲタカの様子じゃ、そうとしか考えられんからな」

　野田が、首をかしげる。

「しかし、最初のうちハゲタカの応対は、ちぐはぐだったな。かけてきた方が、名を名乗れとはどういうことだ、とか言い返していたし」

　水間が応じる。

「下北沢署のデカが、どこかにメモしてあった携帯の番号を見つけて、相手を特定するためにかけたんだろう。だれとも分からずに」

　野田は、話を変えた。

「それにしても、だれが死体を発見して、下北沢署に知らせたのかな」

　だれも答えなかった。

　室内に、重苦しい沈黙が垂れ込める。

　しかたなく、碓氷は沈黙を破った。

「さて、どうするかな」

　谷岡が、水間と野田の様子をうかがいながら、自信なさそうに応じる。

「どうするって、ほっとくしかないでしょう。ハゲタカはおれたちが、その青葉和香子とかいう女のことを知ってるとは、思ってないはずだ」

野田も、それに同調するように、うなずく。

「それに、ハゲタカは水間と自分がゆうべ現場にいたことを、知らないんです。関わりを持たない方が、無難でしょう。おれは最初、ハゲタカに知らせるべきだと思ったんですが、水間に言われて考えが変わりました」

碓氷は、水間に目を向けた。

水間が、あまり気の進まない様子で、口を開く。

「自分たちが何も言わなくても、あの手口を見ればミラグロのしわざだってことは、ハゲタカにもすぐに分かる。ご注進に及べば、藪をつついて蛇を出すどころか、火に油を注ぐ結果になります。知らん顔をするしか、方法がない」

碓氷は、少しの間考えを巡らしてから、三人に言った。

「よし。ミラグロたちを探すように、すぐ関係先に触れ書きを回すんだ。連中も今の今、渋谷界隈をうろうろするほどばかじゃないとは思うが、念のためということもある。ついでに、マスダの本拠地がある新宿、それから新大久保、池袋あたりにかけて、偵察隊を潜り込ませろ。おれたちとしても、手をこまねいているわけにはいくまい」

17

その夜。

水間英人と野田憲次は、《アルファ》友の会の会費徴収を終えたあと、ＪＲ恵比寿駅に近い渋六興業直営のクラブ、《ブーローニュ》へ回った。

横手の通用口から、奥の特別室に直行する。

ボスの碓氷嘉久造と、谷岡俊樹がすでに先に来て、酒を飲んでいた。

碓氷の自宅は、駅の西口から駒沢通りを四、五百メートルくだって、左へはいったあたりにある。そのせいで、ときどき帰宅する前に《ブーローニュ》に立ち寄り、軽く飲んでいくのだ。

そうした幹部の息抜きのために、店の奥に専用の特別室が設けられている。だれかやって来たときは、体のあいたホステスが交替で、サービスする。

もっとも、その夜は碓氷が女たちを遠ざけたらしく、ほかにだれもいない。

水間と野田は、勝手に水割りを作った。

水間は、かなり早いピッチで飲んだが、なかなか酔えなかった。

禿富鷹秋は、昼間池袋のホテルメトロポリタンの会食の席から、下北沢署の呼び出しを受けて姿を消したきり、なんの連絡もしてこない。

水間と野田は、集金に出かける前に事務所のテレビで、午後七時のニュースを見た。

青葉和香子が殺された事件が、簡単に報道された。

その朝、和香子が出勤して来ないことに不審を抱いた、経堂図書館の親しい同僚が昼前にマンションを訪ね、死体を発見したらしい。

和香子は、喉を刃物で切られて即死。

犯行は、前夜の午後十一時から午前一時の間、とみられている。凶器は、発見されていない。現金を抜かれた、と思われる空の財布が残されていたので、居直り強盗のしわざとも考えられるが、詳細は不明。ただ、犯行時間の前後にマンションの近くに停まっていた、不審な車を目撃したとの情報がある。

テレビでは、その程度しか報道されなかった。

それに先立って、水間は碓氷の指示のもとに渋六興業の息のかかった店、あるいは七十人ほどいる構成員の主だった者に、ミラグロに関する情報を細大漏らさず集めるよう、ひそかに指令を回した。池袋、新宿を含むその他の地域で、渋六興業と友好的な関係にある組織にも、すでに協力を求めてある。

もっとも、今のところ何の情報もなかった。

特別室には、十人くらいまで楽にすわれるソファのテーブル席と、ルーレット、カードのできるコーナーが用意され、そのほかに四つ玉しか突けないものの、ちゃんとした玉突き台もある。今玉突き台では、ボディガードの坂崎悟郎が一人でキューを握り、静かに玉を突いている。

外出するときはもちろん、事務所にいるときも自宅にいるときも、碓氷のそばにはいつも坂崎の姿がある。水間にすれば、あんな大きな男に四六時中くっつかれて、うっとうしくないのかと思う。しかし碓氷は、いっこう気にならないようだ。

坂崎は、自分が選んだ屈強な組員を十人配下に置き、必要に応じて碓氷の警護を担当させる。配下の者たちは交替制だが、坂崎自身はいつも影のように碓氷の周囲に張りつき、五分とそばを離れることがない。

その坂崎の、唯一の趣味といえば玉を突くことで、事実なかなかの腕前をしている。

ふだん、玉突き屋へ出かけて行く時間がないだけに、この特別室の玉突き台は坂崎のお気に入りだった。碓氷もそれを知っているので、ときどきここへ寄って酒を飲み、坂崎に息抜きをさせるのだ。

水間は、いくら酒を飲んでも酔えないので、気晴らしに坂崎の仲間入りをしようと、ソファを立った。

そのとき、外の廊下で物音がした。

廊下の一方は表の店につながり、もう一方は別の廊下とドアを二つ隔てて、裏口につながる。確かにそこから、足音のようなものが聞こえた。

水間が動きを止めたときには、坂崎はすでに玉突き台のそばを離れていた。体の前でキューを構え、ドアの方に向かって行く。坂崎の耳ざといことは、驚くほどだ。

新たに争うような物音と、罵声が耳に届いた。

突然、ドアが破れるほどの勢いで開き、男が一人のめり込んで来た。だぶだぶのチェックのスーツを着た、荒垣というボディガードの一人だった。

荒垣は口汚くののしり、くるりとドアの方に向き直った。

坂崎が、その肩に手を置く。

「ほっとけ、荒垣。おれが引き受ける」

荒垣を部屋へ押し込み、戸口にのっそりと立ちはだかったのは、昼間黙って席をはずしたきりの、禿富鷹秋だった。

禿富はぎらぎら光る目で、部屋にいる渋六興業の幹部の顔を、順に睨みつけた。

唇を動かさずに言う。

「おれの顔くらい、覚えるように言っておけ」

荒垣は、腕をねじり上げられでもしたのか、肘を押さえながら応じた。

「たとえデカだろうと、ボスの許可なしに奥へは通さねえ、と言っただけだ」

「おれはどこへはいるにも、だれの許可も取ったことはない」

禿富はうそぶき、部屋にはいって来た。

向かっていこうとする荒垣を、坂崎はぐいと引き止めた。

「やめるんだ。裏口へもどってろ。もう、だれも入れるんじゃないぞ」

荒垣は、不服そうに背広の具合を直すと、黙って出て行った。

ドアがしまる。

身長も体重も、優に禿富を上回る荒垣が、子供のようにあしらわれたことに、坂崎はいくらか当惑したようだった。坂崎自身、最初の出会いで禿富に手を切り裂かれ、痛い目にあったことを忘れていないはずだ。

とはいえ水間の目には、まともにやり合えば後れを取ることはない、という坂崎の自信のほどが、はっきりと見て取れた。

もっとも、そんなことにはまったく無頓着の体で、秀富は坂崎の壁のように厚い胸板に手を当てると、ぐいと押しのけた。さして力を入れたようには見えなかったが、坂崎の大きな体が一歩後ろへさがったのには、水間も驚いた。

ソファにすわったまま、碓氷が声をかける。

「何かあったのかね、秀富さん。昼間、何も言わずに出て行ったと思ったら、今度はいきなり断りもなしに、押し込んで来る。いったい、どういう料簡だ。言ってくれれば、いつでも招待するのに」

親が子を諭すような、穏やかな口調だった。

秀富は返事をせず、水間の前に立った。体に似合わぬ大きな手を上げ、ごつい人差し指を水間の心臓のあたりに、突きつける。

「例の、マスダの殺し屋をぶちのめしたとき、おれは言ったはずだ。ここで息の根を止めておかないと、あとでまためんどうを引き起こすことになる、とな。忘れた、とは言わせないぞ」

水間は、秀富の指の先から熱でも送られたように、体が熱くなるのを感じた。

「ああ、覚えてますよ」

そう答えたものの、声が震えるのが自分でも分かった。

秃富は、少しの間じっと水間を見ていたが、やがて唇の端で言った。

「そのとばっちりが、おれの方へ来た。どうしてくれる」

「それは」

答え切らないうちに、水間は腹にスノーボードでも突っ込んで来たような、ものすごい衝撃を受けた。

後ろざまに吹っ飛び、玉突き台の縁に背中を打ちつける。苦痛に目がくらみ、そのまま床に崩れ落ちた。胃がほとんどねじれ、飲んだ酒が込み上げてくる。

水間は床に酒を吐きもどし、激しく咳き込んだ。恐るべきパンチだった。

秃富がそばへやって来るのが、目の隅に見える。

とっさに、ミラグロに蹴りを入れるために飛びはね、勢いをつけた秃富の姿を思い出して、本能的に頭をかばった。

秃富の足は、飛んで来なかった。

目を上げると、坂崎が秃富の両腕を後ろからすっぽり抱くようにして、引き止めているのだった。

「やめろ」

坂崎がどなり、秃富が応じた。

「放せ」

二回り以上大きい男に、ほとんど体全体をすっぽりと抱え込まれながら、禿富は本気でもぎ放そうとしている。そうさせないために、坂崎は全力を振り絞らなければならないようだった。

水間は腹を押さえ、よろよろと立ち上がった。

野田がそばへ来て、体を支えてくれる。水間は、玉突き台にもたれた。

口のきけない水間に代わって、野田が禿富に食ってかかる。

「なんのまねだ。いきなり殴りつけるとは、卑怯だぞ」

禿富は、抵抗するのをやめた。

「卑怯だと。おまえたちのようなやくざに、卑怯者呼ばわりされる覚えはない。いいから放せ。もう殴る気はない」

最後の言葉は、坂崎に向けたものだった。

坂崎は、禿富がほんとうに暴れる気がないかどうか確かめるように、そろそろと腕を緩めていった。

禿富は、坂崎の太い腕をはねのけると、野田に言った。

「酒をくれ。ストレートでいい」

野田が動こうとしないので、水間は背中を押した。

「言われたとおりにしろ」

自分でもみっともないほど、声がしゃがれている。

野田はテーブルにもどり、グラスに酒を注いだ。

その間に、水間はハンカチを出して、汚れた口元をふいた。

禿富が言う。

「ゆうべ遅く、あのマスダの殺し屋が、おれの知り合いを殺した」

水間は、あまり不自然でない程度に、驚いてみせた。

「ほんとか。だれだ」

禿富の目を、ちらりと複雑な色がよぎる。

「女だ」

水間は、そっと唾をのんだ。

「惚れた女か」

あえて聞くと、禿富はそれに答える意志がないかのように、しばらく黙っていた。

それから、独り言を言うような口調で、しゃべり始める。

「あの男が、なぜおれとその女の関係を知ったのか、よく分からん。どこかで、一緒にいるところを見られて、あとをつけられたのかもしれん。どっちにしても、もう手後れだ」

打ちのめされた声だった。

それを聞いて水間は、この男が青葉和香子にしんから惚れていたことを、あらためて思い知った。昼間、ホテルメトロポリタンで壁に手をつき、何かをじっと耐えていた禿富の背中が、まぶたの裏に浮かぶ。

野田が禿富に、グラスを差し出した。

「七時のテレビで、女が殺されたニュースを見た。確か、世田谷だった。あの事件か」

禿富は、グラスを一息であけた。

「そうだ」

そのままグラスを、大きな手の中に握り込む。

「しかし、ニュースではなんの手がかりもない、と言ってたぞ。どうして、マスダの殺し屋のしわざだ、と分かるんだ」

禿富は、じろりと野田を見た。

「ただの偶然だ、とでも言うのか。女は細身のナイフで、喉を切り裂かれていた。その手口がだれのものか、水間はよく知ってるはずだ」

そう言って、また水間を睨みつける。

水間は、目を伏せた。禿富に睨まれると、ついゆうべの出来事をこの場で告白して、許しを請いたくなる。

その気持ちをやり過ごし、事務的な口調で言った。

「それなら、間違いない。やつのしわざだ」

「だったら、おまえにも責任があることは、認めるな」

そう迫られて、水間はしぶしぶうなずいた。

「ああ、認める」

ほかに、答えようがない。

「だったら、その責任を取れ。あの男を引っつかまえて、おれの前へ連れて来るんだ」

「分かった」

禿富が妙な顔をしたので、水間はあまりに素直に引き受けすぎたことに、気がついた。

急いで、言葉を継ぐ。

「といっても、そう簡単に見つかるかどうか、保証はできないが」

「見つけるんだ。マンションの玄関付近に、不審な車が停まっていたという証言もある。同じ棟の住人が、窓から見ていたんだ。きっと車の中に、仲間がいたに違いない。ミラグロと一緒に、そいつらも探し出すんだ」

すでに手配をすませた、とは言えない。

「探し出して、どうするつもりだ」

水間が聞くと、禿富はぞっとするような笑いを浮かべた。

「むろん、殺人罪で逮捕する。どうすると思ったんだ」

18

三日後の夕方。

水間英人は、碓氷嘉久造に呼ばれて、社長室へ行った。

　碓氷は、ワイシャツにネクタイを締めた上から、オリーブグリーンのブルゾンを着ていた。娘の笙子にプレゼントされた、ポール・スミスのブルゾンだというのだが、碓氷が着ると田舎町の小役人のように見える。

　ソファにすわると、碓氷はさっそく言った。

「今、尾車組の花輪から電話があって、それらしい車を見つけた、と言ってきた」

「ほんとですか」

　尾車組は、上野と浅草を縄張りにするやくざ組織で、組長の花輪仁助は碓氷の兄弟分だった。

「野田と一緒に行って、確かめて来い。ＪＲ鶯谷駅前の、《パルクール》という連れ込みのモーテルだ。根岸三丁目六番、言問通りに面しているからすぐ分かる、と言っていた」

「そこに泊まってる、客の車ですか」

「そう聞いた。二日前から、それらしい紺の車で乗りつけた男が、居続けしているという話だ。練馬ナンバーの、末尾の番号が53で、こっちの情報と一致する、とも言った」

　水間は、膝を乗り出した。

「どんな野郎ですか」

「まだ二十五、六の、若い男らしい。少なくとも、ミラグロじゃないようだ」

「一人ですか」

「今のところはな。女を連れ込む様子もないし、最初から変な客だと思ったらしい。フロントにいる、山倉という男に聞けば、分かるそうだ」

情報に間違いがなければ、柴田ないし金井と呼ばれた二人のちんぴらの、どちらかだろう。

「もし当たりだったら、どうしますか。ここへ連れて来ますか、それともハゲタカに知らせますか」

念のために聞くと、碓氷は少し考えた。

「とりあえず、ここへしょっ引いて来い。間違いないと分かったら、おれからハゲタカに知らせる。あとのことは、それから考えよう」

「分かりました」

水間は、社長室を飛び出した。

事務所のソファの肘掛けを起こし、中蓋をあけて拳銃を取り出す。ホルスターに入れ、ベルトに装着した。二十二口径だから、殺傷力は劣るが目立たずにすむ。

野田の姿が見えないので、とりあえず一人でエレベーターに乗り、地下へおりた。

宵闇の迫る渋谷の街へ、車を出す。高速道路を使いたかったが、上野方面は接続が悪くて遠回りになるうえに、混雑する時間帯でもある。あきらめて、下を行くことにした。

走りながら、野田の携帯電話にかけてみる。

電源を切っているのか、それともどこか電波の届かない場所にいるのか、つながらなかった。しかたがない。とにかく、できるだけ早く鶯谷へ行き、その男がどこかへ行ってしまわないうちに、身柄を拘束するのが先決だ。

ミラグロが乗った、カローラの番号の一部を覚えていたのは、野田だった。尾行する間に、自然に頭にはいったらしい。

ただし、確信があるのは練馬ナンバーだということと、末尾の数字が53だということだけだった。あちこちに指令を回したとき、その事実が付け加えられていた。

その反応が、やっとあったわけだ。

鶯谷に着いたときは、とっぷりと日が暮れていた。

モーテル《パルクール》は、すぐに分かった。古いビジネスホテルを、無理やりモーテルに作り変えたらしい、中途半端なタイル貼りのビルだった。

水間は、塩ビのカーテンが垂れた屋内の駐車場に、車を乗り入れた。

ほかに車が三台停まっており、その中の一台は確かに練馬ナンバーで、しかも末尾が53の、紺のカローラだった。あの夜の車かどうか、暗かったのではっきりしないが、色と型は同じのようだ。さすがに、動悸が早くなる。

顔を見せずに、鍵や料金のやり取りができるフロントの窓口で、山倉を呼んでもらう。

横手のドアから出て来たのは、髪の毛がだいぶ寂しくなった、五十がらみの男だった。赤いトレーニングパンツをはき、その上にネクタイとダブルの上着、という珍妙な格好をしている。

「渋六の水間です。花輪の親分から、うちのボスにご連絡いただいた件ですが」

低い声で言うと、山倉は黙ってうなずいた。

一階の、とっつきの部屋のドアをあけて、そこへ水間を入れる。こぢんまりした応接三点セットと、小ぶりのセミダブルのベッドが置かれた、小さな部屋だった。ほかに、テレビと冷蔵庫。この部屋も、商売用の客室らしい。

山倉がベッドにすわるのを待って、水間はさっそく切り出した。

「駐車場に停まっていた、あの車ですね」

山倉は、ポケットから爪楊枝を出して、歯の間にくわえた。

「ええ。二日前にチェックインした男が、あれに乗って来たんです。そちらで探してる車じゃないか、と思って親分に電話したんだが」

「たぶん、間違いない。お手数をかけました。ところで、どんなやつですか、乗って来たのは」

「黒いスーツを着た、背のひょろ高い若僧さ。あいつ、何をやらかしたんですか」

外見からすると、金井か柴田のどちらかに、間違いなさそうだ。

「渋六の縄張りで、ちょっともめごとを起こしただけです。部屋は、何号室ですか」

「三階の三〇三号です」

「今、部屋にいますか」

「いや。午後から出たきり、まだもどってません」

「車に乗らずに、出たんですか」

「ええ。出るときは、いつも歩きでね」

車から足がつかないように、気をつけているのかもしれない。

「しかし、こうした連れ込みというか、ラブホテルでも、居続けをさせるんですか」

水間が聞くと、山倉は爪楊枝の間からしっ、しっと音を漏らした。

「一週間分前払いする、と言って十万出されたもんでね。まあ、うちも前はビジネスホテルをやってたし、別に不都合はないからＯＫしたんだが」

「この二日の間に、だれか訪ねて来たやつは、いませんか」

「いないなあ。別に女を連れ込むでもないし、最初からどうもおかしいな、とは思ったんですがね」

「なんて名前を使ってますか」

山倉は、爪楊枝で頭を掻いた。

「知りません。宿帳なんか取りませんからね、うちのようなホテルは」

それもそうだ。

「すまないけど、その野郎がもどって来るまで、この部屋で待たせてもらえませんか。仲間を呼ぶ都合もあるので」

「いいですよ。ただし、ここで落とし前をつけるのは、やめてもらえませんか。怪我人が出たりすると、サツがうるさいんでね」

「分かりました。やつがもどって来たら、知らせてください」

「ええ。冷蔵庫に、ビールとつまみがはいってますから、好きにやってください」

山倉は、爪楊枝を屑籠に投げ入れると、部屋を出て行った。

水間は、野田の携帯電話にかけ直した。

今度はコールサインが鳴り、野田が応答してきた。にぎやかな場所にいるらしく、人声や雑音が聞こえる。

「水間だ。ちんぴらの一人が、見つかった。まだ確認はしてないが、たぶん間違いないだろう」

「ほんとか」

野田はそう言ったきり、黙ったままでいる。

ざっといきさつを説明してから、水間は続けた。

「今その《パルクール》で、そいつが帰って来るのを待ってるところだ。おまえも、すぐに来てくれ」

わずかに、ためらう気配がする。

「そうか。ええと、分かった、考えてみる」

妙に歯切れが悪い。

「考えてる暇はない。すぐに来い。ハゲタカに知らせるにしても、まずおれたちが先に話を聞くのが、筋だろう」

「ちょっと待ってくれ」

十秒ほど間があき、突然別の声が割り込んだ。

「見つけたらしいな」

水間は、ぎくりとした。

「だれだ」

「禿富だ」

携帯電話を、握り締める。

まさか、野田のそばに禿富鷹秋がいるとは、思いもしなかった。どうりで、野田の応対がおかしかったはずだ。

「ああ、どうも。一緒だったんですか」

「一緒だと、不都合でもあるのか」

「いや、そうじゃありませんが、突然だったもので」

「話は、野田から聞いた。すぐ、そっちへ行く。逃がすんじゃないぞ」

そのまま、通話が切れる。

水間は携帯電話をしまい、洗面所へ行って手を洗った。鏡の中の顔は、緊張で青ざめていた。最後は禿富に引き渡すにせよ、とりあえずそのちんぴらを事務所へ連れて行き、話を聞いてからと思っていたのに、予定が狂ってしまった。いきなりこの場で引き合わせて、まずいことにならなければいいが、と思う。

野田は禿富に、どう説明をしたのだろうか。

事件当夜、クレアドル経堂の出入り口付近に黒っぽい、不審な車が停まっていたという住人の証言は、新聞にも報道された。

しかし、それが紺のカローラであり、ナンバーの末尾が53であることは、乗っていたミラグロたちは別として、だれも知らないはずなのだ。

その車を、どうやって見つけたと禿富に問われれば、答えに窮してしまう。まさか、その場にいましたとは、今さら言えない。

四十分後、水間の携帯電話が鳴った。

「野田だ。今、《パルクール》の近くまで来た。目当てのやつは、もどって来たか」

「いや、まだだ。だんなも一緒か」

「ああ」

野田は答えにくそうに、短く応じた。

「それじゃ、目立たないように、はいってくれ。フロントに、山倉という男がいる。その男に聞けば、おれのいる部屋に連れて来てくれるはずだ」

五分としないうちに、野田と禿富が山倉に案内されて、姿を現した。二人とも、ノーネクタイにジャケットという、ラフな格好をしている。

山倉がいなくなるまで、だれも口をきかなかった。

禿富は、勝手に冷蔵庫をあけて缶ビールを取り出し、グラスに注ぎ直して飲んだ。とくに緊張している様子はない。

　水間は禿富を無視して、野田に話しかけた。

「禿富のだんなと、どこで会ってたんだ」

「道玄坂の、お嬢さんの店だ。客の入りが寂しいと聞いたから、女どもを連れて景気づけに行ったのさ。そうしたら、このだんなが前を通りかかってな。おまえから電話をもらったときは、隣のピザハウスでビールを飲んでいた」

　禿富が、割り込んでくる。

「ここに潜り込んだやつが、あの晩マスダの殺し屋と一緒にいたという証拠が、何かあるのか」

　さっそく、おいでなすった。

「はっきりした証拠は、別にありません」

　水間は、とりあえずそう返事をして、時間を稼ぐために冷蔵庫に手を伸ばし、缶ビールを取り出した。

　もう一つのグラスにビールを注ぎ、野田に手渡す。自分は缶のまま、口をつけた。

　一息ついて、口を開く。

「うちのボスが、関係先に手配を回したんですよ。見慣れないやつが、どこかに潜り込んだりしたら知らせてほしい、とね。そうしたら、さっそく網にかかった。ここはうちのボスの、兄弟分の息がかかったホテルなんです。目当ての男は、二日前に一週間分の料金を先払いして、居続けを決め込んでるらしい」

　禿富は、疑わしげな顔をした。

「たったそれだけのことか。ずいぶん、漠然とした話だな」

　野田がそばから、助け舟を出す。

「おれたちの情報網は、サツのだんながたが考える以上に、充実してるんですよ」

　禿富が何も言わないうちに、水間はあとを引き取った。

「そいつがもどって来たら、まずおれと野田が乗り込んで、ほこりを叩いてみる。本ボシと決まったら、ここへ呼びに来ますよ」

　禿富は、じろりと水間を見た。

「何も、二度手間をかけることはない。一緒にやるんだ。それより、腹ごしらえをしておこう。そいつがいつもどるか、分からんからな。さっきの男に言って、寿司でも取ろうじゃないか」

　野田が、どうする、と目で尋ねてくる。

　水間は、うなずいた。

「それもそうだな。フロントに、電話してくれ」

19

　目当ての男がもどったのは、結局午後十時過ぎだった。

寿司を食べ終わった七時半ごろ、禿富鷹秋は当分時間がかかると判断したのか、野田憲次に言ってフロントから、ビデオを借りて来させた。

野田は、『L.A.コンフィデンシャル』という、刑事ものの映画を借りて来た。

これがけっこうおもしろく、水間英人はいっときここへ来た用件も忘れて、のめり込んでしまった。

フロントの山倉が、例の男がもどったと知らせに来たのは、映画が終わって十五分ほどしてからだった。

三人は、山倉からマスターキーを借り出し、エレベーターで三階へ上がった。

三〇三号のドアにキーを差し込み、一息に引きあけて中へなだれ込む。

ベッドに寝転がり、テレビを見ていた黒いスーツの若者が、驚いて体を起こした。

「な、なんだよ。いきなり、人の部屋に押し入りやがって」

わめくのを無視して、水間はすばやくあたりに目を走らせた。それまで三人が待機していたのと、ほとんど同じ造りの部屋だ。

水間が拳銃を突きつけると、若者の顔がみるみるこわばった。

野田が身体検査をする間も、放心したように拳銃を見つめている。

野田は、若者からスイス製らしい万能ナイフと、運転免許証を取り上げた。

免許証を開く。

「シバタヒロミツ。普通の柴田に、博士の博と満足の満だ」

そう言って、水間を見た。

柴田博満。

確かにあの夜、車の中からミラグロともう一人の相棒に呼びかけた、例のちんぴらに間違いない。

水間は、ベッドの足元に立ちはだかった。

「おまえは、マスダの構成員だな」

柴田は、喉をごくりと動かした。髪の毛をチックでぴんと立てた、せいぜい二十代半ばの若僧だ。

「構成員っても、ただのパシリですから」

声が震えている。とぼける気力も、失ったようだ。

水間は少し、哀れを催した。

だいいち、あまりあっさり認められると、逆に禿富の疑惑を招く恐れがある。

「四日前の夜、おまえは南米から来た殺し屋の供をして、世田谷のクレアドル経堂というマンションへ、車を乗りつけただろう。そして、青葉和香子を殺した。そうだな」

柴田の顔が、いっそう白くなる。しきりに唇をなめ、答えようとしない。

野田が、免許証をポケットにしまって、柴田を引き起こした。ベッドの縁にすわらせ、胸ぐらをつかんで頬を二つ三つ、軽く張り飛ばす。

柴田は、だらしない悲鳴を漏らした。

野田が下がると、水間は先を続けた。

「殺し屋の名前は」

柴田は、赤くなった頰をさすりながら、口をとがらせた。

「おれ、何も知らないすよ」

水間は一歩踏み込み、手の甲で今度は強く殴りつけた。

柴田は声を上げ、横ざまにベッドに倒れ込んだ。

「正直に言えば、痛い目を見ずにすむんだ。殺し屋の名前は」

柴田はのろのろと、体を起こした。口の中を切ったらしく、唇の端に血がにじむ。

震える声で言った。

「本名は知らないけど、ミラグロと呼ばれてます」

「ミラグロ」

水間は繰り返し、ドアの横にもたれている禿富の方を、ちらりと見た。

禿富の顔は、逆光のために暗い陰に沈み、よく見えなかった。部屋に押し入ってから、一言も口をきいていない。

水間は、柴田に目をもどした。

「もう一人、一緒にいたやつの名前を言え。新聞には出てないが、車のナンバーはとうに割れてるんだ。中に三人乗っていた、という目撃証言もある。とぼけてもむだだぞ」

それは、むろん柴田を観念させるための、本気の脅しだった。ただし、禿富の耳には単にはったりをきかせただけ、と聞こえたはずだ。少なくとも、そう聞こえてほしい、と祈る。

柴田は、手の甲で唇をぬぐった。

「金井です。金井クニオ」

金井か。これも、間違いない。

「クニオは、どういう字だ」

「英国の国に、男って書きます」

「よし。青葉和香子を殺したのは、だれだ。おまえか、金井か」

柴田は、縮み上がった。

「おれは、やってないすよ。おれも金井も、下で待ってただけですから」

「すると、ミラグロがやったってことだな」

柴田はためらったが、水間が拳銃を振り上げるのを見ると、あわてて言った。

「そうです、ミラグロがやったんです。でも、おれがばらしたなんて、言わないでくださいよ。あいつは見かけより、ずっと恐ろしいやつなんだ」

そのとき、壁にもたれていた禿富がずいと前へ出て、水間を押しのけた。

禿富の顔を見ると、柴田は死人にでも出会ったように、目に恐怖の色を浮かべた。

禿富が、抑揚のない声で言う。

「おれがだれだか、知ってるようだな」

柴田は、催眠術にかかったように、こくんとうなずいた。

「は、はい。神宮署の」

そのまま、言葉を途切らせる。

禿富は続けた。

「女のマンションを、どうやって突きとめた。おれと一緒にいるところを見て、あとをつけたのか」

柴田は口をぱくぱくさせ、途切れとぎれに答えた。

「いえ、あとをつけようとしたときは、邪魔がはいっちまって、できなかったんです。それからしばらくして、おれの携帯に電話がかかってきて、女の名前と住所を教えてくれたものだから、三人で出向いて行ったんです」

「だれが、教えてくれたんだ」

「分かりません」

「男か、女か」

「それも、分かりません」

「なぜだ」

突っ込まれて、柴田はうろたえた。

「声を変えてる、と思ったからです。男が女みたいな声を出したか、それともその逆か、よく分からなかった」

禿富は、不審の色を顔に出した。

「そいつは、どうしておまえの携帯の番号を、知ってたんだ。おまえの知り合いじゃないのか」

柴田は当惑したように、また唇をなめた。

「そうかもしれないです。最初は罠じゃないかと思ったけど、おれの携帯に電話してきたくらいだから、ダチのだれかが声色を使ったに違いない、と考え直しました。それで、行ってみる気になったんです。そう、そうなんすよ」

禿富は、黙って少しの間考えていたが、やがて口を開いた。

「ミラグロと金井は、今どこにいる」

「知りません。ほとぼりが冷めるまで、みんなばらばらに隠れようということになって、別れわかれになったんです。嘘じゃありません」

柴田は、天地神明にかけて誓うというように、親指を突き出してみせた。

禿富は、柴田をじっと見おろした。その目が、しだいに蛇のように冷たくなる。

「あの女を人質にして、おれをおびき寄せるつもりだったんじゃないのか」

「おれは、そのつもりだとばかり、思ってたんです。まさか、いきなりやっちまうとは、考えもしなかった。だいいちミラグロは、マンションから逃げ出して来たとき、何も言わなかった。やつが、あの女をばらしたと知ったのは、翌日のテレビを見てからなんです。それで上の方から、急いで身を隠すように言われて」

水間は、横から口を出した。

「とにかく、ミラグロはマスダがおれたちのボスを消すために、呼び寄せた男だ。その手伝いをするおまえと金井も、おれたちにとってかたきということになる。分かってるな」

柴田の体が、また縮み上がる。

「おれは、おれたちは、何も知らないんすよ。ミラグロの案内役を務めろ、と命令されただけですから」

「サツへ行ったら、全部正直にしゃべるか」

水間が念を押すと、柴田はさすがに躊躇した。

「しゃべったら、マスダに消されちまう。少なくとも、ミラグロのやつに」

「おまえがしゃべれば、ミラグロは逮捕されるし、マスダもがたがたになる。しゃべらないと言うなら、おれたちがここで引導を渡してやる」

柴田は、三秒と考えずに、首を垂れた。

「分かりました。しゃべります」

「もし嘘をついたら、娑婆へ出て来たときにきっちりと、礼をするからな」

柴田はうなずき、顔をあげて禿富に言った。

「あの、全部しゃべりますから、自首扱いにしてもらえませんか」

禿富は何も言わずに、柴田を見下ろした。

柴田はしゅんとして、また下を向いた。

秃富が、水間を見る。

「おまえたちは、引き上げていい。下北沢署には、おれが連絡する。連中に、一緒にいるところを見られたら、お互いにまずいことになるからな」

そう言って、おもむろに上着の内側から、拳銃を取り出した。

水間は迷って、野田を見た。

野田が、あまり気の進まない様子で、秃富に言う。

「ボスは、とりあえず事務所へ連れて来い、と言ってるんですがね」

「ばかを言え。そんなところへ連れて行って、この男に万が一のことでもあったら、警察の面目が立たん。おれが預かる」

野田はしかたがない、という顔で水間を見た。

「この際、だんなに任せるしかないだろう。引き上げようぜ」

水間は、内心どうしたものかと悩んだが、秃富に逆らうことはできない、と判断した。

「分かった。引き上げよう」

拳銃をしまい、秃富と柴田をその場に残して、部屋を出る。

20

柴田博満は、コンクリートの床に這いつくばり、すすり泣いた。

「か、勘弁してくださいよ。おれ、何も知らないんすから」

ようやく声を絞り出したとたん、何か固いものが口の中からこぼれ落ち、コンクリートに転がる。

それが自分の歯だと気づいて、柴田は気を失いそうになった。

禿富鷹秋の声が、頭の上から降ってくる。

「もう一度聞くぞ。ミラグロと、おまえの仲間の金井ってやつは、今どこにいる」

「だから、ほんとに知らないんすよ。知ってたら、こんなにひどく痛めつけられる前に、とっくにしゃべってます。勘弁してくださいよ。おれ、もう足を洗って、国へ帰りますから」

こんな目にあうくらいだったら、群馬へもどって畑でも耕した方が、どんなにか楽だと思う。禿富に拳銃で脅され、モーテル《パルクール》から車を運転して出たときは、てっきり警察へ連行されるもの、と決め込んでいた。

ところが、指示されて着いた先は人けのない、大井埠頭の倉庫街だった。そのはずれにある、暗い倉庫に連れ込まれたときは、寒さと不安で歯がかちかち鳴った。

なぜ禿富が、自分を警察へ連れて行かないのか、分からなかった。素直に取り調べに応じて、できるだけ早く娑婆へ舞いもどるつもりでいたのだが、勝手が狂ってしまった。

禿富が、また頭の上で言う。

「おまえ、ミラグロを怖がってるな。それで、居場所を言わんのだろう」

「違いますよ。怖いことは怖いけど、あいつにはなんの義理もない。警察で、あいつをなんとかしてくれるんなら、おれはなんだって話しますから。信じてくださいよ」

柴田は、必死に哀願した。

返事がない。

そろそろと顔を起こし、禿富の様子をうかがう。

顔をさんざんに殴られ、目がほとんどふさがってしまったために、何も見えない。壁に取りつけられた、裸の蛍光灯がぼんやりとあたりを照らすだけで、物音一つ聞こえなかった。

突然脇腹に蹴りを入れられ、柴田は悲鳴を上げた。ほこりを吸い込み、激しくむせる。涙と鼻水が、コンクリートに垂れ落ちた。悶絶しそうになる。

「や、やめてくれ」

「おまえたちは、最初から女を殺すつもりで、マンションへ行ったんだな」

柴田は体をよじり、脇腹を肘でかばった。

「ち、違う。人質に、するつもりだったんだ。少なくとも、おれはそう思ってたんすよ。ミラグロが、あんなふうにあっさりやっちまうなんて、考えもしなかった」

少し間があく。

「どっちでも、同じことだ。おまえたちは、三人とも同罪とみなす」

「そ、そんな。やったのはミラグロで、おれも金井も関係ないんすから」

「黙れ。おまえも金井も、ミラグロを止めようと思えば、できたはずだ。それをしなかったからには、同罪とみなされてもしかたがない」

柴田は唾を吐き、泣きべそをかいた。

「だったら、どうしようってんですか」

「起きて、こっちを向け」

床に腕をつき、そろそろと上体を起こす。足がなえてしまい、とても立ち上がれそうにない。柴田は床に尻をつけたまま、恐るおそる禿富の方に目を向けた。

そのとたん、柴田は禿富のとがった靴の先がものすごい勢いで、自分の顔に向かって飛んでくるのを見た。

二日後の朝。

事務所に出た水間英人は、野田憲次とともに社長室に呼ばれた。

碓氷嘉久造は、あまり機嫌のよくない顔で、デスクに置いた新聞を叩いた。

「どういうことだ。今朝の朝刊にも、その柴田とかいうちんぴらが逮捕された、という記事が載ってないじゃないか。昨日のうちに、まあ朝刊は間に合わなかったとしても、夕刊には載っていいはずだ。テレビのニュースでもやらんし、どうなってるんだ、いったい」

水間は途方に暮れ、野田と顔を見合わせた。

碓氷が続ける。

「柴田がサツでさえずれば、ミラグロはもちろんマスダの組織にも、捜査の手が伸びる。それでこっちも、一息つけるはずじゃなかったのか。いったいハゲタカは、柴田をどこへ連れて行ったんだ」

水間は、首筋を掻いた。

「ゆうべ、《パルクール》の山倉に電話で聞いたところでは、ハゲタカはおれたちが引き上げたあと、柴田の車に乗って一緒に出て行った、と言うんですがね」

碓氷は、眉をひそめた。

「それがそもそも、おかしいじゃないか。《パルクール》へ、本庁か下北沢署から迎えに来させる方が、安全で確実なはずだ」

「まったく」

「ハゲタカとは、連絡がつかんのか」

「署に電話したんですが、全然つかまらないんです。携帯もつながらないし、どうしようもありません」

水間が体を引くと、代わって野田が口を開いた。

「もしかすると、ハゲタカは柴田をおとりにミラグロをおびき出そうと、どっかに閉じこもってるんじゃないですかね」

碓氷が、首を振る。

「ミラグロが、そんなちんぴらのためにのこのこ出て来るとは、ハゲタカも思ってないだろう」

そのときドアにノックの音がして、碓氷の秘書の境キヌヨが顔をのぞかせた。

「水間さんに、電話がはいってますけど」

水間は、背筋を伸ばした。

「だれからですか」

「禿富さんから」

それを聞くと、碓氷はデスクの電話を指さした。

「だったら、こっちへ回してくれ」

キヌヨが出て行く。

水間は立ち上がり、碓氷のデスクへ行って、受話器を取った。

「もしもし、水間です」

「おれだ、禿富だ。雁首をそろえてるか」

水間は苦笑して、碓氷に目配せした。

「ええ、まあ。それより、柴田はどうしたんですか。新聞に、何も出ないようだが」

「逃げられた」

「逃げられた」

水間はおうむ返しに言い、碓氷が目を丸くするのを見た。

「どういうことですか、それは。だんならしくもないじゃないですか」

「ちんぴらだと思って、油断した」

「どうやって、逃げられたんですか。チャカまで持ってたのに」

禿富の声が、少しとがった。

「このおれに、恥を話させる気か。それもこれも、おまえのせいだぞ。そんなことより、ミラグロと金井の行方を突きとめろ。仕事はまだ、終わったわけじゃないんだ」

がちゃり、と電話が切られる。

水間は呆然として、受話器をもどした。

碓氷が、急き込んで聞く。

「おい、どういうことだ、逃げられたとは」

「分かりません。何も言わずに、切っちまった」

碓氷はため息をつき、ぐったりと椅子の背にもたれた。

「まったく、なんて野郎だ」


一週間後。

午後九時、恵比寿の《ブーローニュ》の特別室でテレビをつけた水間は、始まったばかりのニュースを見て、仰天した。

「今日の午後四時ごろ、品川区八潮四丁目の大井埠頭中央海浜公園付近の京浜運河で、タグボートに引っかかった乗用車が水中から回収され、中から若い男性の死体が発見されました。乗用車は紺のカローラで、遺体の損傷がひどいため身元は確認されていませんが、陸運局に登録された所有者から練馬区中村南に住む無職、柴田博満さん二十四歳ではないか、とみられています」

第五章

21

クラブ《ブーローニュ》の特別室は、重苦しい沈黙に包まれていた。

碓氷嘉久造は、ファクス用紙をテーブルに投げ出した。そのファクスは、ある新聞社の社会部記者に頼んで送ってもらった、通信社の配信ニュースだった。

このルートを利用すれば、翌日の朝刊に載るべきニュースを前夜のうちに、入手することができる。頼んだ相手の記者には、さる暴力団員との個人的ないざこざを収めてやった縁で、貸しがあるのだ。

その日の午後四時ごろ、大井埠頭中央海浜公園に近い京浜運河から、若い男の死体が乗用車と一緒に、引き上げられた。

男の名前は、柴田博満。

たまたま、クラブのテレビでそのニュースを見た水間英人が、同じ恵比寿にある碓氷の自宅に電話をよこし、急を知らせてきた。

碓氷はすぐに着替え、坂崎悟郎と配下のボディガードを引き連れて、クラブに出向いたのだった。

特別室には、水間のほかに谷岡俊樹、野田憲次がすでに顔を揃えていた。

しかし、せっかく取り寄せた配信ニュースも、テレビのニュースとさして内容が変わらず、詳しいことは何も分からなかった。

碓氷は、すでに何度も繰り返した質問を、また口にした。

「この死体は、ミラグロの手伝いをしていた若僧の一人に、絶対間違いないのか」

水間が、暗い顔でうなずく。

「まず、間違いないでしょう。名前も車種も、一致してますから」

碓氷は腕を組み、ため息をついた。

「ハゲタカのしわざだと思うか」

水間は、わずかにためらいの色を見せながら、低い声で答えた。

「自分には、なんとも言えません」

谷岡が言う。

「しかし、ハゲタカは柴田の野郎に逃げられた、と言ったんでしょう」

谷岡は度胸はあるが、頭の方はごく単純な男だ。

碓氷が黙っていると、今度は野田が口を開いた。

「ハゲタカにかぎって、あんな若僧に逃げられるとは思えない。たぶんハゲタカは、水間と自分が《パルクール》を出たあと、柴田を大井埠頭に連れ出したんですよ。あそこの倉庫街は、夜になると人けがなくなりますからね」

谷岡は、テーブルに載ったファクスを、顎でしゃくった。

「ニュースによると、遺体の損傷が激しいと書いてある。ハゲタカが、柴田を車ごと沈める前にやった、というのか」

「それ以外に、考えられんでしょう」

「しかし、実際に青葉和香子を手にかけたのは、ミラグロだろう」

水間が割り込む。

「きっとハゲタカは、ミラグロの居場所を聞き出そうとして、柴田を痛めつけたに違いない。ところが、柴田は何もしゃべらない。実際に知らなかったんだ、と思う。それで頭にきて、ばらしたんでしょう」

谷岡は、夜更けとともに濃くなってきた顎の髭をこすり、憮然として言った。

「ハゲタカは、曲がりなりにもデカだろう。容疑者を所轄署へ引っ張らずに、自分で始末したりするかね」

水間も野田も、黙り込んでしまった。肯定も否定もできない、むずかしい質問のようだった。碓氷は、口を開いた。

「あの男は、普通のデカじゃない。というより、普通の人間じゃない。あれは、地雷だな。踏みつけたが最後、一巻の終わり、とくる。敵に回したら、手に負えんやつだ」

水間が、首を振りながら言う。

「それにしても、あんなちんぴらを殺すことはないんだ。ただの使いっ走りの、若僧ですよ。何を考えてるんだろう」

そのとき、ドアにノックの音がした。

玉突き台の横で、自分用のキューを磨いていた坂崎が、すかさずドアのそばへ移動する。

「だれだ」

ドアの外で、ボディガードの荒垣らしい声が、何か言う。

坂崎は、困惑の色を浮かべて碓氷を見返り、小さな声で告げた。

「噂の主が、来たそうですが」

「ハゲタカか」

碓氷は思わず言い、眉をひそめた。

野田と水間が、緊張した顔で碓氷を見る。

「分かった、入れてやれ」

碓氷がうなずくと、坂崎はボルトを回して内鍵をはずし、ドアをあけた。

禿富鷹秋が、案内して来た荒垣を押しのけて、戸口からはいって来る。

坂崎はドアをしめ、鍵をかけ直した。

禿富の口元に、皮肉な笑いが浮かぶ。

「用心のいいことだな。この間は、鍵がかかってなかったのに」

前回秃富は、荒垣を小突き回すようにして、押し込んで来たのだ。

「それで懲りたわけさ。いつも前触れなしですな、秃富さん」

碓氷はそう言って、水間に酒をつくるように合図した。

「だれかを訪ねるときは、不意打ちを食わせるか約束の時間に遅れるのが、おれのやり方でね。それだけで、精神的に優位に立てるからな」

碓氷は笑った。

「それじゃ、まるで宮本武蔵だ」

秃富は、着古したトレンチコートを、ボタンもかけずベルトも締めず、ラフに着込んでいた。例によってその下から、仕立てのいいチェックのスーツがのぞく。

秃富が、正面のソファに腰をおろすのを待って、碓氷はさりげなく言った。

「例のマスダのちんぴらが、今日の夕方京浜運河で死体となって発見された、とテレビのニュースでやってましたな」

秃富は、両手の指を突き合わせた。

「そのニュースなら、おれも見た。惜しいことをしたよ。ミラグロの居場所を、聞き出そうと思ったのに」

水間が、ショットグラスに注いだウイスキーを秃富の前に置きながら、碓氷をちらりと見る。碓氷は続けた。

「あんたは、あのちんぴらに逃げられた、と言ったそうだ。するとやっこさんは、一人で車を運転して運河に飛び込んだ、ということかな」

禿富は顔色も変えず、無愛想に肩をすくめた。

「自殺したくなるような、悩みがあったんだろう」

谷岡が、膝を乗り出す。

「とか言って、あんたがやったんじゃないのか、禿富さん」

碓氷は、ひやりとした。

谷岡は、ときどき無考えに言葉を吐き散らして、周囲の顰蹙（ひんしゅく）を買う癖がある。

禿富は水割りを口に含み、じろりと谷岡に目を向けた。蛇が蛙を射すくめるような、冷たい視線だった。

谷岡はたじろぎ、ブランデーを口に運んだ。

「それは、どういう意味だ」

禿富に追及されて、谷岡は居心地が悪そうに、すわり直した。

「いや、別に深い意味はない。ただ、あんたがあんな若僧に逃げられるとは、思えないんでね」

「おれが逃げられたと言ったら、実際に逃げられたという意味だ。覚えておけ」

禿富は、四十半ばの谷岡よりだいぶ年下だが、そんなことは歯牙にもかけない物言いだった。谷岡は、さすがにむっとしたように体を起こしたが、碓氷はそれを目で制した。

間をとりなすように、水間が割ってはいる。

「それより、禿富さん。おれたちも、ミラグロの行方をあちこち探し回ってるんだが、まだ網にかからない。これだけ見つからないと、あるいはもう国外へ高飛びしたんじゃないか、という気もするんだ」

　禿富は、なおも少しの間谷岡を見つめてから、水間に目を移した。

「マスダの殺し屋が、目的も果たさずに日本を逃げ出すことは、ありえないな。ミラグロは、組織の一員として碓氷嘉久造の首を上げ、個人としておれと決着をつけるまでは、この国を出て行かない。生きて出て行くか、死んでとどまるか、どちらかだ」

　背筋がぞくりとして、碓氷は早口に言った。

「あんたが、ミラグロの手からわたしを守ってくれると期待しても、かまわんだろうね」

「あのとき、水間がやつの息の根を止めておけば、こんなことにはならなかった」

　水間は頰を固くして、下を向いた。

　禿富は、ことあるごとにその話を持ち出し、水間に圧力をかける。執念深い男だ。

「今さら、それを言っても始まらんだろう、禿富さん。あんたには、あらためてミラグロを始末してくれるように、お願いする。むろん、それなりの手当をはずむつもりだ」

「そのためには、あんたの組織の協力がいる。この一件で、神宮署や本庁の手を借りるわけにはいかないからな」

「できるだけのことはする。しかし、あんたにはミラグロ一人にねらいを絞って、仕事をしてもらいたい」

「それは、どういう意味だ」

秃富は目を光らせ、さっき谷岡にしたのと同じ質問を、同じ口調で繰り返した。

碓氷は、人差し指を立てた。

「ミラグロにはもう一人、金井国男とかいう仲間がいる。柴田と同じ、使い走りのちんぴらだ。そんな若僧を相手にする必要はない、ということさ」

「おれのやり方に、口出しするのはやめてくれ」

相変わらずの物言いに、碓氷も負けずにやり返した。

「青葉和香子を殺したのは、ミラグロだ。ほかの人間は、ほうっておけ」

秃富は、冷笑を浮かべた。

「たとえ、あとの二人が見張りをしていただけだとしても、現場付近にいた以上はミラグロと同罪だ。ミラグロのあとをたどるためにも、金井をほうっておくわけにはいかん。そこで、だ」

一度言葉を切り、コートのポケットから紙切れを取り出すと、それを水間の方に差し出した。水間は、またちらりと碓氷の顔を見てから、紙切れを受け取った。

秃富が言う。

「そこに、金井の実家の住所が書いてある。長野県上田市の真田町だ。かりに都内に潜伏しているとしても、やつは柴田が死んだことを知れば身の危険を感じて、都落ちするはずだ。行き場がなくなった犯罪者の立ち回り先は、九割がた生まれ故郷の実家、と相場が決まっている。明日にでも上田へ飛んで、やつの実家を見張ってくれ。姿を現したら、すぐおれに連絡をよこすんだ」

水間は紙切れを眺め、黙って碓氷に回した。

真田町内の門馬渓谷にある、《門馬屋》という旅館が実家らしい。おそらく、警察の情報網をフルに活用して、調べ出したのだろう。

碓氷は、紙切れを水間にもどした。

水間が言う。

「しかし、禿富さん。ボスの言うとおり、ちんぴらより肝腎のミラグロを始末するのが、先決じゃないですかね。あんたの仕事に、口出しするつもりはないんだが、よけいなことをしてサツに嗅ぎつけられたら、どうするんです」

禿富が、一笑に付す。

「デカのおれが、そんなドジを踏むと思うか。おまえは、おれの忠告を聞かずに仏ごころを出して、ミラグロを見逃した。そのために、和香子がやられたんだぞ。つべこべ言わずに、おれに手を貸せばいいんだ」

しつこく繰り返されて、水間はそのまま黙り込んだ。

谷岡が口を出す。

「その青葉和香子って女に、あんたがどれだけ惚れてたか知らんが、ちょっとやりすぎじゃないか。ミラグロをやるのはけっこうだが、それは仇討ちじゃなくてボスの身を守るためだ。そのことを、肝に銘じておいてもらいたいな」

碓氷は、またひやりとした。

谷岡の指摘は、渋六興業の立場からすれば正論に違いないが、それが禿富に通用するとは思えなかった。

禿富は谷岡に視線を据え、じっと相手を睨みつけた。

今度は谷岡も、負けずに禿富を睨み返す。いざというときの、谷岡の肝のすわり具合を知る碓氷は、一触即発の空気を感じて焦った。

すると、禿富はその気配をすかすように肩の力を抜き、ショットグラスの酒を口の中にほうり込んだ。

グラスを置くと同時に、すっくと立ち上がる。

「金井を見つけたら、すぐに携帯に電話しろ。おれが着くまでは、手出しをするな」

水間にそう言うなり、きびすを返してドアに向かった。

22

翌日の夕方。

野田憲次が、渋六興業の事務所で直営のクラブ、バーの売上をチェックしていると、携帯電話が鳴った。

「もしもし」

「野田さん」

女の声だった。

「そうです」

「だれもいないところから、あたしの携帯にかけ直してくれない。ショウコです」

野田が聞き返す間もなく、通話はそのまま切れてしまった。野田はあっけにとられて、携帯電話を見つめた。

ショウコという音が、笙子という字に結びつくまでに、少し時間がかかった。声からして、今かけてきたのがボスの娘、笙子であることは間違いない。

いったい、なんの用だろう。

事務所には、若い者が何人かごろごろしているだけで、通話を聞かれて困るような人間は、だれもいない。しかし、わざわざ笙子が注文をつけてきたからには、言われたとおりにするしかあるまい。

野田は、エレベーターで一階におりた。

夕闇の迫る渋谷の街へ出て、近くの電話ボックスにはいる。

カードを入れ、手帳に控えた番号を確かめながら、ボタンを押す。

最初のベルで、笙子が出てきた。

「野田です。事務所の前の、電話ボックスからかけています」

「悪かったわね、お手間を取らせて。お詫びのしるしに、晩ご飯をごちそうするわ。あとで、お店の方に顔を出してくれない」

野田は、とまどった。

コールバックさせておいて、お詫びのしるしもないものだ。電話をかけてきた理由は、ほかにあるに違いない。

黙っていると、笙子が続けた。

「どうしたの、都合が悪いの」

「いや、そうじゃないんですが、あまり急なので」

「ごちそうになるのが、いやなの」

声が少しとがる。

笙子の、わがままな気性を知っているので、野田は急いで答えた。

「とんでもない。うれしいです。それじゃ、七時ごろお迎えに上がります。ほかに一人二人、連れて行ってもいいですか」

「だめ。あんた一人で来て」

強い口調だった。

「しかし、お嬢さんに万一のことがあると、ボスにお灸をすえられます。マスダのやつらが、シマに潜り込んでるかもしれませんからね。水間は地方に出張してるし、だれか腕っ節の強いやつを連れて行かないと、自分一人では心配です」

「だったら、間宮を連れて行くわ」

間宮和巳は、坂崎悟郎配下の若いボディガードの一人だった。坂崎の指示で、笙子が道玄坂に開いた輸入アクセサリーの店に、用心のためいつも詰めているのだ。笙子が外出するときは、運転手も務める。

しかし、間宮はまだキャリアが浅く、不安がある。

野田が考えていると、笙子はそれで話がついたと思ったのか、勝手に続けた。

「それから、このことはパパに内緒にしておいて。いいわね」

「はあ」

「はあ、じゃないわよ。約束して」

野田は困惑したが、しかたなく応じた。

「分かりました。それじゃ、あとで」

事務所へもどりながら、野田は少し途方に暮れていた。

これまで、笙子と食事をしたことは何度もあるが、たいていは水間英人が一緒だった。二人きり、というのは記憶になく、緊張した。ボスの娘、というだけでも気を遣うのに、あのとおりのわがままな娘だから、何を言い出すか分からない。めんどうなことにならないように、とつい祈りたくなる。

野田は六時四十分に、事務所を出た。

ガードをくぐり、道玄坂へ向かう。

渋谷界隈の人出は、銀座や新宿にいっこうひけを取らないが、子供の数が多すぎるのが難点だった。中学生や高校生は、街をうろつくだけで地元の店に金を落とさず、したがって渋六興業の財政にも貢献しない。金を遣うといえば、せいぜいマクドナルドにたむろしてねばるか、街にもぐり込んだ不良外国人と接触して、覚醒剤や大麻を買うくらいだ。

１０９のビルの向かいまで来たとき、路地の入り口の看板にもたれるようにして、男が一人携帯電話を使っているのに気づいた。中南米か中東方面か分からないが、とにかく色の浅黒い外国人だった。

男は、顔を動かさずに目だけ忙しく動かしながら、相手と話している。その落ち着きのないしぐさに、ぴんとくるものがあった。

野田は歩調を緩め、さりげなく立ち止まった。

腕時計を見る。まだ十五分ほど時間があった。ちょっとためらったものの、やはり見過ごしにはできない。

碓氷の方針で、渋六興業は覚醒剤や大麻の売買には手を染めない、と決めている。したがって、この街でそうしたクスリを売ろうとする者は、マスダなど他地域から進出してきた新興の暴力団員か、一匹狼の流しの売人ということになる。縄張り荒らしというだけでなく、渋六が守る仁義にそむく行為だった。

「おい、何をぼんやり突っ立ってるんだ」

突然背中をつかまれ、野田は驚いて振り向いた。

神宮署刑事課の、井関というずんぐりした中年の刑事が、野田を見上げていた。井関はマル暴の担当で、野田をはじめ渋六興業の幹部とは、顔なじみだった。

やくざそこのけの、がらの悪い連中が多いマル暴担当の中で、井関は比較的まともな刑事といってよい。管内でも、たまに渋六の息がかかった店で只酒を飲むくらいで、あからさまに付け届けを要求するようなことはしない。出世志向もないらしく、そろそろ五十に手が届くというのに、まだ巡査部長でくすぶっている。

野田は、低い声で言った。

「目を動かさないで、話を聞いてください。おれの後ろの路地の入り口に、携帯電話で話してる外国人が見えるでしょう」

「ああ」

さすがに井関は、瞬きもしなかった。

「おれの勘では、あいつはヤクの売人だ。取っつかまえてください」

井関の頬が、ぴくりとする。

「証拠があるのか」

「ありません。しかし所持品検査をすれば、ヤクが出てくると思う」

「ばかを言うな。何も出てこなかったら、人権問題になるぞ」

「手柄を立てたくないんですか」

「だいいち、クスリは生活安全特捜班の担当だ。マル暴がでしゃばることはない」

「あの外国人は、マスダの構成員かもしれない。職質をかけてみたらどうですか。もし逃げ出したら、つかまえる口実ができる」

井関は、ぞっとしない顔をした。

「あまり、気が進まんな。当てがはずれたら、めんどうなことになる」

混雑した人の群れが、立ち話をする二人を巻くようにしながら、前後に流れていく。

野田は、少し考えて言った。

「それじゃ、おれがあの男にいちゃもんをつけて、所持品を引っ張り出します。井関さんは、喧嘩の仲裁をするようなふりをして、そばへ来てください。ヤクが出てきたら、その場で逮捕すればいい」

井関は、じっと野田を見つめた。

「おれに点数を稼がして、どうするつもりだ」

「別に、何も。ただ、ああいう不良外国人がのさばるのが、気に入らないんでね」

野田が応じると、井関は耳の穴に指を突っ込んだ。

「まあ、あんたがどうしてもやりたいなら、やってみるさ。何も出てこなくても、おれは責任を持たんからな」

「いいですよ」

野田はきびすを返し、きょろきょろしながら電話をしている外国人の方へ、何げなく近づいていった。

すれ違いざま、男の手から携帯電話をもぎとる。

男は顔色を変え、野田に食ってかかった。

「何する。それ、わたしのよ。返してください」

「だれの許しを得て、ここで商売してるんだ」

野田が詰め寄ると、男はあわてて首を振った。

「わたし、何もしてない。友だちと、電話してただけ。携帯、返してよ」

なかなか達者な日本語だ。

「ここは、渋六のシマだ。勝手なまねはさせねえぞ」

長身をのしかからせて、軽くすごんでみせる。

小柄な男は、ちょっとたじろいだ。

「シブロク。シマ。わたし、よく分からない。早く、返してください」

野田はそれに答えず、いきなり男のブルゾンのポケットに手を突っ込んだ。

男が、驚いてそれを振り払おうとするすきに、両襟をつかんで後ろへ引きおろす。同時に、右膝で男の腹を蹴り上げた。

男は悲鳴を上げ、うつ伏せに路上に崩れ落ちた。野田は背後に回り、ブルゾンの両腕を絞って男の自由を奪い、背中を膝で押さえつけた。通行人が、あわてて道を避ける。

井関が、そばへやって来た。

「おい、どうした。喧嘩はやめろよ」

野田の下で、男がわめく。

「助けてください。この人、やくざです。何もしないのに乱暴した」

野田はそれにかまわず、ブルゾンとズボンのポケットを引き出した。出てきたのは、ハンカチとティシュペーパー、小銭入れだけだった。

野田は、井関に男の携帯電話を渡し、ズボンの裾をまくり上げた。

すると、左の脛に平たいプラスチックのケースが、ガムテープで留められていた。

野田はそれをはぎ取り、井関に差し出した。男は急におとなしくなり、分からない言葉で何かののしった。

通行人が足を止め、物珍しげに捕り物を見る。たちまち、人だかりが増えた。

井関はケースの蓋をあけ、中から小さな赤いカプセルを取り出した。

二つに割って、手のひらに白い粉を少しだけこぼし、舌の先でなめる。

「ああ、確かにヤクだ。いい勘してるな」

井関はそう言って、野田と交替に男の背中にまたがると、後ろ手錠をかけた。自分の携帯電話を出して、署にパトカーを回すように頼む。

それを確認してから、野田は井関に手を上げた。

「それじゃ、おれはこれで」

井関が、意外そうな顔をして、野田を見返す。

「パトカーが来るまで、一緒にいてくれよ」

「勘弁してください。約束の時間に、遅れそうなんです。おれなんかいても、じゃまになるだけだ。井関さんのお手柄で、いいじゃないですか」

井関は手錠をつかんで、男を引き立てた。

「そうか。おれは、通りがかりの喧嘩を止めようとして、ヤクを発見したわけだ」

「そういうことです。それじゃ」

野田は人だかりを掻き分けて、道玄坂を足早にのぼった。

笙子の店に着いたときは、七時を五分ほど回っていた。すっかり日が落ち、今にも雨が降りそうな空模様だった。

ボディガードの間宮が、濃紺のＢＭＷを駐車場から引き出し、店の前で待機している。

野田は、《閉店しました》と札の出たガラスのドアを押し、店の中にはいった。

五坪足らずの狭い店で、どこかの輸入業者から買い込んだアクセサリー、小物類がケースの中や壁のボードに、ところ嫌わず飾りつけてある。

店には、ほかに手伝いの若い女の子が一人いるが、すでに帰ったらしく姿が見えない。

カウンターの奥で、手持ち無沙汰にたばこを吸っていた笙子が、珍しく愛想のいい笑いを浮かべて、野田を迎えた。

「すみません、遅れちまって。途中でちょっと、取り込みがあったものですから」

「いいのよ。それより、何を食べようかしら。なんでも、ごちそうするわ」

「お嬢さんに任せますよ。自分は雑食性で、好き嫌いはありませんから」

野田はドアを支えて、笙子が外へ出るのを待った。そばを抜けるとき、強烈な香水の匂いに襲われて、思わずくしゃみをしそうになる。

笙子は、真っ赤なダブルのブレザーに、白のトレアドルパンツ、という装いだった。野田の目から見て、笙子のファッションはだいたい五年から十年、遅れている。

ただし、体の方はなかなかのものだ。背はあまり高くないが、手足がほっそりして長いので、逆に体のボリューム感が際立つ。子供のころファンだった、片平なぎさというタレントを、なんとなく思い出させた。

笙子を先に乗せ、あとから乗り込む。

野田がドアをしめるのを待ち、笙子は運転席の間宮に指示した。

「ガーデンプレイスの、ウェスティンホテルに行って」

野田を見て、言葉を続ける。

「あそこに、おいしいステーキハウスがあるの」

その口ぶりからすると、すでに予約の電話を入れてあるようだ。野田の意見を聞いたのは、ただかたちだけだったらしい。もっとも、野田は肉が大好物なので、文句はない。

車はさほど込んでおらず、十五分後には恵比寿ガーデンプレイスに着いた。

案の定ステーキハウスには、笙子の名前で予約が入れてあった。

コースで料理を頼み、とりあえずビールで乾杯する。カウンター式の席は、八割がた埋まっていた。

野田は、笙子が持ち出す映画やファッションの、他愛ない話題に如才なく相槌を打ち、話し相手を務めた。女のおしゃべりに付き合うのは、もともと苦にならないたちだ。

食事のあと、バーへ席を移した。

笙子は甘いカクテルを頼み、野田はブランデーを注文した。

「ねえ、あのハゲタカのこと、あんたはどう思う」

突然切り出されて、野田はとまどった。

ふと、笙子が禿富鷹秋と結婚すると宣言して、父親の碓氷を驚かせたとかいう話を、思い出した。その場に居合わせた坂崎が、あとで野田と水間にこっそり報告したのだ。

どうやらそれは、笙子が禿富と間違いを起こさないように目を光らせていろ、という碓氷の意向を反映したもののようだった。

「どうって、別になんとも思っちゃいませんよ。お互い持ちつ持たれつの関係で、それ以上でも以下でもありませんからね」

「ハゲタカには好きな女がいる、と聞いたけど、それはこの間殺された、青葉和香子とかいう女でしょ」

どこまで話していいものか、野田は少し迷った。

「まあ、そう聞いてますけどね」

笙子は、カクテルを飲んだ。

「だったら、とんでもない男ね。好きな女が死んだとたん、別の女を口説こうとするんだから」

野田はそれを聞きとがめ、笙子の顔を見直した。

「ハゲタカが、だれを口説いたっていうんですか」

笙子の目が光る。

「決まってるじゃない。あたしよ」

野田は、絶句した。

これまで禿富が、スープに落ちた蠅ほどにも笙子に関心を示さなかったことは、よく承知している。水間に聞いた話でも、禿富が青葉和香子以外の女と付き合いがある様子は、まったくないということだった。

「いつですか」

ようやく、聞き返す。何か言わなければまずいと思っただけで、実際に禿富が笙子を口説いたとは、はなから信じていない。

「つい、こないだよ」

投げつけるように言って、またカクテルをあおる。

野田が黙っていると、笙子は顎を突き出した。

「あたしの言うことが、信じられないの。あたしには、ハゲタカに口説かれるほどの魅力はないって、そう言いたいわけ」

野田は、困惑した。

「とんでもない。お嬢さんは、十分チャーミングだと思いますよ。とにかく、かりにハゲタカがお嬢さんを口説いたとしたら、まったく分をわきまえないやつだな」

「かりにじゃなくて、実際に口説いたのよ」

頑固に言い張る。

野田は、しかたなくうなずいた。

「分かりました。それで自分に、どうしろとおっしゃるんですか」

笙子はカクテルを飲み干し、急に口元に甘い笑いを浮かべた。

「あんたは、大学出てるのよね」

「ええ、まあ。二流大学ですがね」

「謙遜しなくてもいいのよ。ほかの幹部と比べて、態度物腰や話し方が違うもの。ときどき、あたしのお店に女の子を連れて来て買い物をさせる、そういう優しさもあるし。あたしは、あんたが好きだわ」

ストレートに言われて、野田は苦笑した。

「どうも。光栄です」

笙子は体を乗り出し、真剣な口調で言った。

「嘘じゃない、ほんとなんだから。あたし、ハゲタカが怖いのよ。そのうち、口説かれるだけじゃなくて襲われるんじゃないか、という気がするくらい。そうなったときは、あんたがあたしを守ってくれなくちゃ」

いったい、何を言い出すのだ。

ステーキを食べながら、二人でワインを一本あけた。その酔いが回ってきたのかもしれない。しかたなく、調子を合わせる。

「分かりました。万が一そうなったときは、自分がお嬢さんを守りますよ」

「ありがとう。ちょっと、トイレに行ってくるわね」

笙子は唐突に言い、ソファを立った。

笙子の気まぐれには慣れているつもりだが、まさかこんな話になるとは思わなかった。適当にあしらって、早めに家へ送り返した方がよさそうだ。

長いトイレだった。しかたなく野田は、もう一杯ブランデーを頼んだ。

十分以上もたって、ようやく笙子がもどって来た。向かいのソファにはすわらず、野田の横に腰を落とした。

肘を押さえて言う。

「ねえ、あたしのこと、どう思う」

「どう思うって、いいお嬢さんだと思いますよ」

笙子が、袖の上から思い切り腕をつねったので、野田は顔をしかめた。

「まじめに答えて。あたしは、あんたが好きだって、正直に言ったんだから」

「勘弁してくださいよ、お嬢さん。自分には、立場ってものがあるんでね」

「あたしが、ボスの娘だから」

「はっきり言えば、そういうことです。ボスは、お嬢さんを堅気の男と結婚させて、この世界から出そうと考えてるんだ。自分もそれが正しい、と思ってます」

「ばか言わないで。そんな気は、これっぽっちもないわ。あんたさえよければ、あたしはあんたと結婚して跡目を継いでもいい、と思ってるのよ」

野田は目をむき、笙子の顔を見返した。

「お嬢さん。言っていい冗談と、悪い冗談がありますよ」

まったく、どういうつもりだろう。

笙子が懲りずに、すり寄ってくる。

「あたしには、頼れる男が必要なの。それも、強いだけじゃなくて、どんな相談にも乗ってくれる、頭の切れる男が」

「探せば、堅気の世界にもたくさんいると思うな、そういう男が」

「あたしに、結婚相談所に行けとでも言うつもり」

「その気があるなら、紹介してもいいですよ」

野田が突き放すと、笙子はハンドバッグを乱暴に開いて、何かをのぞかせた。

それは、ホテルのキーだった。

「部屋を取ったわ。まさかあたしに、恥をかかせたりしないでしょうね」

23

金井国男は、畳から身を起こした。

小屋の外で、かすかに落ち葉を踏む音がしたのだ。じっと耳をすます。

かさかさ、とまた音がした。

金井は、枕の下からトカレフを取り出し、右手に握り締めた。三坪ほどの狭い小屋が、いっそう息苦しく感じられる。

立て膝のまま、一つしかない窓にいざって、もう一度耳を傾けた。

確かに、落ち葉を踏む音が聞こえる。窓のすぐ外で、だれかが小屋の様子をうかがっているのだ。

金井は、喉が渇くのを覚えた。磨(す)りガラスなので、外は見えない。

左手を伸ばし、ねじ込み錠をゆっくり、静かに回した。錠が抜けると、トカレフの安全装置をはずし、ガラスの引き戸の桟に指をかけた。

一気に戸を引きあけ、窓の外に銃口を突き出す。

物音に驚いたカモシカが、窓の下の崖っぷちから一跳びに木の茂みに飛び込み、山の斜面へ姿を消した。

金井は、そのまましばらく様子をうかがってから、ほっと力を抜いた。

窓を閉じ、ねじ込み錠を強く締め直して、畳に寝転がる。

背中に、どっと汗が出てきた。このあたりは、ときどき特別天然記念物のニホンカモシカが、餌をあさりに姿を現すのだ。

ここ上田市真田町の、山に深く切れ込んだ門馬渓谷にある温泉宿、《門馬屋》が金井の実家だった。車以外では、容易にたどり着けないひなびた場所で、部屋数はわずか十室しかない。それでも、人目を避けたい温泉客が噂を聞いて、引きも切らずやって来る。おかげでなんとか、商売になっているのだ。

旅館から十分ほど山道をはいり、狭くて長い急角度の石段をのぼり切った崖の上に、岩屋観音がある。

その裏手の古い小屋に、金井は三日前から隠れていた。

江戸時代に、どこからか流れて来た托鉢僧が自力で小屋を建て、表の岩屋に観音像を彫った、という伝説がある。小屋は、その後何度か建て替えられ、いろいろな坊主が住み継いできた、と子供のころ聞いた。現在は《門馬屋》が買い取って、物置がわりに使っている。

あの夜。

青葉和香子のマンションから、足ばやに出て来たミラグロは、すぐにその場を離れるように指示した。相棒の柴田博満は、急いで車をバックさせると、小田急線経堂駅方面へ向かった。

金井も柴田も、なぜ青葉和香子を連れ出さなかったのか尋ねたが、ミラグロは口をつぐんだきり答えなかった。

甲州街道へ出たところで、急にミラグロは車を停めさせ、一人だけおりた。

「今夜、おれと一緒にいたことは、だれにも言うな。よけいなことをしゃべったら、たとえおまえたちでも、容赦しないぞ」

それだけ言って、ミラグロは闇に姿を消した。

そのあと、金井と柴田は新宿にあるマスダの事務所へ向かいながら、さんざんミラグロの悪口を言い合った。たいして年も違わないのに、やけに態度が横柄なのだ。二人を使い走りのようにこき使い、あれこれ口うるさく命令する。

ミラグロは、ペルーにあるマスダの本部から派遣されて来た、凄腕の殺し屋という触れ込みだった。日系三世だとかで、日本語を達者に話す。聞く方も不自由がなく、そのため一緒にいるときは、めったなことを言えない。

そのミラグロが、青葉和香子の喉を切り裂いたことを知ったのは、翌日のテレビニュースを見たときだった。どうりでミラグロは、前夜マンションから出て来たとき、珍しく緊張していたわけだ。

金井も柴田も、ミラグロがあの女をおとりにしてハゲタカこと、禿富鷹秋をおびき出すものと思っていた。それだけに、あっさり殺してしまったと知って、肝をつぶした。

ミラグロの手伝いを命じた、コマンダンテ（指揮官）と呼ばれる幹部のホセ石崎に、さっそくそのことを報告した。

和香子がハゲタカの愛人だと聞くと、石崎はすぐ金井と柴田に当分地下へ潜るように、指示を与えた。ミラグロには、別途連絡を取るということだった。

仲間同士、コンタクトすることも避けるように言われたので、柴田とはそれきりになった。

その消息を知ったのは、つい四日前の新聞で京浜運河から死体が上がった、という記事を読んだときだった。全身傷だらけで、最初は人相も分からなかった、という。

直感的に、ミラグロが口封じのためにやったのではないか、と疑った。

しかし、考えてみると三人は同じ組織に所属する仲間だし、その必要があるとは思えない。だいいち、かりにミラグロにそのつもりがあったなら、あの夜のうちにやっていただろう。車の中で始末しようと思えば、できないことはなかったはずだ。むろん、おめおめとやられるつもりはないにしても、だ。

ミラグロのしわざでないとすれば、だれがやったのか。

考えられるのは、ハゲタカしかいない。あの男は、ただの刑事とは違う。

どうやって、居場所を突きとめたのかは知らないが、とにかく柴田を探し出して痛めつけ、血祭りに上げたのだ。普通なら、殺人事件の参考人として署へ引っ張るところだが、ハゲタカはあっさり自分の手で殺してしまった。

柴田から、ミラグロの行方を聞き出そうとして、失敗したのか。それとも最初から、三人を皆殺しにするつもりでいるのか。

いずれにしても、次にねらわれるのは自分だ、と覚悟した。

それまで金井は、板橋区内の女友だちのマンションに、転がり込んでいた。すぐにそこを引き払って、長野行きの新幹線に飛び乗った。そのときから、実家の奥にあるこの古い小屋が、頭に浮かんでいた。

小屋の戸が、とんとんと鳴った。

金井はわれに返り、跳ね起きた。

「だれだ」

「あたしだよ」

ほっとする。母親の、マツエの声だった。

金井は、トカレフを布団の間に押し込んで、土間へおりた。心張り棒をはずし、戸を引きあける。

和服の仕事着を着たマツエが、いくらか太り始めた体を中に滑り込ませた。

マツエは、五十代半ばという年のわりに色艶がよく、またこんな山奥の温泉宿の女将(おかみ)にしては、粋な雰囲気をたたえた女だった。小学生のころ、金井は母親が和服を着て授業参観に来るのを、誇らしく思った記憶がある。

父親は養子で、人が好いだけのなんの才覚もない男だから、旅館は実質的にこの母親が切り回している。

マツエは、肩で息をした。

「まったく、この年であの急な石段をのぼるのは、いいかげん大儀だよ。食事くらい、下へおりて来て、一緒に食べればいいのに。お父さんも、そう言ってるよ」

「おやじの言うことなんか、ほっとけよ。おれは、ここが好きなんだ。おふくろだって、いい運動になるだろうが」

「冗談じゃないよ、心臓の具合だってよくないのにさ。だいいち、いつまでこんなところに、ごろごろしてるつもりだい」

「まだ、たったの三日じゃねえか。いつまでいたっていいだろう、どうせ使ってないんだから。たまに帰って来たときぐらい、好きにさせろよ」

実のところ、ミラグロがハゲタカを始末してくれるまで、東京にもどる気はない。それがいつになるのか、金井にも分からなかった。ホセ石崎にだけは、東京を発つ前に潜伏先を知らせてきたので、状況が変われば電話をくれるはずだ。

マツエは、下げて来た白いビニールの袋を畳に置き、上がりがまちに腰をすえた。

袋の中をのぞくと、泊まり客が置いていったらしいコミック雑誌、文庫本のたぐいに幕の内弁当、ペットボトル、それにパックのお茶などがはいっている。

「ポットもあるし、電気も引いてあるんだから、お茶くらい自分でいれなさいよ」

マツエはそう言って、着物の内袖で額の汗を押さえた。

「分かったよ。それより今日は、新しい客が来なかったか」

「来たよ、二組」

金井はマツエを見ずに、さりげなく聞き返した。

「どんな客だ」

「中年の男と、若い娘のアベック。関西弁だから、西の方の客だね。あれは間違いなく、浮気旅行さ」

「もう一組は」

「東京から来た、一人客。チジツギョウの人だって」

「チジツギョウ」

「ものを書く仕事らしいよ。原稿用紙を持ってたから」

「ああ、著述業か。どんなやつなんだ」

「和服を着て納まり返った、五十がらみのちょっと横柄な人。ものを書く人って、みんなあんなものかしらねえ」

どうやら、二組とも関係ないようだ。

「おれと同じ日に来た、絵描きだとかいう男は、どうしてる。いつまでいるんだって」

「ああ、あの人。スケッチブックを持って、歩き回ってるわよ。一週間くらい逗留する、とか言ってるけど。金はあるんだろうねえ」

「こっちの方へやって来ないように、気をつけていてくれよな」

「そんなこと言ったって、首に縄をつけてつないでおくわけにも、いかないだろ」

マツエは目を光らせ、不安そうに声を低くして続けた。

「だれか、訪ねて来る人でもいるのかい。帰って来たときから、客のことばっかり気にしてさ」

「なんでもねえよ。とにかく、妙に目つきの鋭いやつとか、根掘り葉掘り質問するやつとか、そぶりの怪しい客が来たら、すぐに知らせてほしいんだ。そいつらに絶対、おれのことをしゃべるんじゃねえぞ」

マツエの頬が、引き締まる。

「まさかあんた、警察に追われてるんじゃないだろうね。東京へ行って、何をしてるんだか知らないけど、ご先祖さまに顔向けできないことだけは、するんじゃないよ」

「ばか言うな。東京へ行ってから、サツの世話になったことなんか、一度もねえよ」

それは、嘘ではない。

まがりなりにも高校を卒業して、逃げるように東京へ出てから五年たつが、警察とトラブルを起こしたことは、一度もない。そんな経験は、上田署の少年課だけで十分だった。それだけに、今度の件でミラグロのとばっちりを食うことだけは、どうしても避けたい。

マツエはため息をつき、上がりがまちから腰を上げた。

「だったらいいけど、危ないまねはやめておきなさいよ。おまえは子供のときから、無鉄砲でどうしようもないんだから」

「ここへ出入りするときに、だれにも見られないように注意してくれよな」

「こんなとこに、だれが来るってのさ。うちの温泉宿は、門馬渓谷のいちばん奥なんだから、ここより先にはいる物好きなんていやしないよ」

「だれかがどこかで、様子をうかがってるかもしれないじゃないか」

「だからって、暗くなってから来るわけにも、いかないだろう。あたしが、石段から足を踏みはずして落ちても、いいっていうのかい」

「そんなこと、言ってねえだろ」

「今夜から、みんなが寝た夜中におりて来て、必要なものを持っていきなさいよ。お風呂も、そのときに使えばいいわ。裏口の戸を、あけておくからさ」

マツエは、それから二つ三つ小言めいた愚痴をこぼし、小屋を出て行った。

金井は、湯をわかしてお茶をいれ、幕の内弁当を食べた。

食べ終わると、することがなくなる。小型の液晶テレビは、電波が弱くて映りが悪い。ラジカセも持ち込んだが、こんな場所でにぎやかな音楽を鳴らすと、人のいることが分かってしまう。かといって、ヘッドフォンを使えば逆に外で物音がしたときに、聞き漏らす恐れがある。

しかたなく、金井はまた畳の上に寝転がると、コミック雑誌を広げた。

24

水間英人は木の間越しに、《門馬屋》の女将の姿を見た。

錆びた手すりにつかまりながら、急角度の石段をそろそろとおりて来る。のぼるときに下げていた、ビニールの袋は持っていない。

観光案内書によると、あの石段の上には江戸時代にできたという、岩屋観音があるらしい。岩をくり抜いた洞穴の中に、観音像が納まっているだけのことだろうが、女将はそこへ供え物をしに行ったのだろうか。

そうは思えない。確かめる必要がある。

山道までおりると、女将はそれとなくあたりに目を配りながら、足早に宿の方へ引き返して行った。やはり、単なるお参りには見えない。

水間は、木陰に身を隠したまま、石段に目をもどした。

石段は幅一メートルほどしかなく、真ん中に赤錆の出た鉄製の手すりがついている。そのために、かえってのぼりにくそうだ。その手すりが、途中でわずかにうねっているところをみると、ときどき落ちかかってしがみつく者がいるようにも思える。どちらにしても、あまりぞっとしない眺めだった。

石段の傾斜角は、へたをすると四十五度近くあるかもしれず、全長も四十メートルをくだらないだろう。あの女将も途中で何度か休み、のぼり切るのに五分以上かかったが、それでもよくのぼったと感心する。

水間は、背後に目を転じた。

渓谷沿いに、屏風を立てたような絶壁が断続的に続き、向かいの険しい山肌には奇岩巨石が、顔をのぞかせている。山道のあるこちら側も同様で、崖の後ろから岩屋観音へ到達するのは容易ではなく、石段をのぼるしか方法がなさそうだ。

十五分ほど時間をつぶし、まったく人影が現れないのを確かめると、水間は山道へ出て石段へ向かった。

日暮れが迫り、石段のある渓谷の東側はとうに日陰になって、夕闇に包まれつつある。

水間は音を立てないように、石段をのぼり始めた。

三分の二ほど休まずにのぼると、早くも息が切れてきた。思った以上に、きつい石段だった。偽装のために持って来た、スケッチブックを小わきに挟み直して、なおものぼり続ける。のぼり切ったときは、背中と腋の下にじっとりと汗をかき、呼吸がすっかり乱れてしまった。

そこは平らな岩場で、正面の岸壁に高さ二メートル前後の洞穴が、口をあけている。奥行きも深いところで、やはり二メートルほどある。いちばん奥の窪みに、台座に鎮座する木彫りの小さな観音像が、ぼんやりと見えた。

洞穴の前に置かれた供物台には、雨に打たれて色の変わったクッキーの袋と、真っ黒になったバナナの束が載っているだけだった。たった今供えられた、と思えるものは何もない。

腕時計を見ると、まもなく午後六時半だった。

横手の崖っぷちに、錆びた手すりで囲われた狭い通路がある。息が収まるのを待って、たらない。


　水間は岩陰からその通路をのぞいた。

　奥の山肌に、貼りつくようにして建つ汚い小屋が、目にはいる。時代は分からないが、かなり古い小屋だった。前面には、たて切られた引き戸がついているだけで、窓は見当たらない。

　水間は、顔を引っ込めた。

　女将が、あの小屋へビニール袋を運び込んだことは、疑いがない。

　あそこに、だれかが潜んでいるのだ。そして、それが金井国男であることは十中八九、間違いないだろう。行き場がなくなった犯罪者は、九割がた実家へ舞いもどると言った禿富鷹秋の指摘は、当たっていたのだ。

　しかし、隠れているのが実際に金井かどうか確かめるすべは、今のところない。まさか戸を叩いて、道を聞くわけにもいくまい。

　水間は岸壁にもたれて、少しの間考えを巡らした。

　この段階で、禿富に電話して呼び寄せるのも、どうかと思う。万が一、人違いだったら、何を言われるか分からない。

　それに、実際あそこに潜んでいるのが金井だとして、むざむざ禿富に引き渡していいものだろうか。禿富がまた、問答無用で金井を始末するようなことになったら、いくらなんでも後味が悪い。しかし、ぐずぐずして逃げられでもしたら、せっかくの苦労が水の泡になる。

さんざん迷ったあげく、結局水間は禿富に知らせる決心をした。

この一件は、マスダと渋六興業のいざこざから発したものの、今やミラグロ一味と禿富個人の確執に、発展しつつある。ここで禿富に決着をつけさせれば、マスダとのいざこざもおのずと一段落する。少なくとも当面、ボスの碓氷嘉久造の命をねらう者は、いなくなるはずだ。

宿へ帰って電話を使うと、だれかに聞かれる恐れがある。といって、こんな山奥に電話ボックスが、立っているわけもない。

携帯電話は、東京につながるだろうか。確か圏内のはずだが、この山奥から電波が届くかどうか。

水間は、音を立てないようにふたたび石段をおり、渓谷沿いの薄暗い木立の奥に潜り込んだ。流れに臨む、少し開けた場所を選んで、携帯電話を取り出す。

禿富の番号を、プッシュした。

少しの間無音の状態が続いたが、やがて生命維持装置が作動するような感じで、コールサインが鳴り始めた。水間は急いで、木の陰にしゃがみ込んだ。

禿富は五度目のベルで、ようやく出てきた。

口をおおって、呼びかける。

「禿富さん、水間です。今、だいじょうぶですか」

「ああ、だいじょうぶだ。どこにいる」

「門馬渓谷です。三日前から、金井の実家の温泉宿に泊まってます」

「そうか。どんな様子だ。やつは、姿を現さないか」

「この目で見たわけじゃないが、潜んでいそうな気配がします。やつのおふくろが、近くのだれも行きそうにない荒れた小屋に、食い物かなんかを運び込んでるんです。今、確認しました」

水間は、ついさっき目にしたことをかいつまんで、禿富に報告した。

聞き終わると、禿富は口調を変えずに言った。

「どうやら、勘が当たったようだな。その小屋は、どこにある」

「温泉宿の裏の山道を、渓谷沿いに山へ向かって十分ほど歩くと、左手に急角度の石段が見えます。そこをのぼると、岩屋観音の裏手に小屋がある。宿から一本道だから、迷いっこない」

禿富は、少し考えて言った。

「よし。おれは今夜八時過ぎに、車でそっちへ向かう」

「車で。東京からだと、二百キロ近いですよ。長野行きの新幹線なら、上田まで一時間半で来られるのに。駅から門馬渓谷まで、タクシーに乗れば三十分足らずだし」

「足跡を残したくない。関越から、上信越自動車道をすっ飛ばせば、四時間半でそっちへ行けるだろう」

「しかし、そのころは真夜中ですよ」

「だから、動きやすいともいえる。それより、おまえはすぐに《門馬屋》を引き払って、もどって来い」

「もどって来いって、東京にですか」

「そうだ。それも、今すぐに、だ」

「やつの見張りは、どうするんですか。それに、まだ百パーセント金井だ、と決まったわけでもない」

「おれの勘に、狂いはないよ。気づかれないかぎり、急に逃げ出すこともないだろう。おまえこそ、どういう名義で宿を取ったのか知らんが、そのあたりで一騒動持ち上がると足止めされて、すぐには引き上げられなくなるぞ。田舎の警察とはいっても、それなりの捜査はするだろうからな」

水間は、携帯電話を握り締めた。

「ここで一騒動、起こすつもりですか」

「それは、金井しだいだ」

「上田署へ連行するなら、おれも手を貸しますよ」

「その必要はない。あとはおれに任せて、すぐに帰って来い。遅くとも、おれがそっちに着くころには、東京にもどっていろ」

水間はためらったが、ここで言い争っても始まらない。

「分かりました、そうします」

携帯電話をしまい、立ち上がる。

おそらく、禿富は水間がいると目障りなので、追い払いたいのだ。

そのねらいは見えみえだが、実のところ禿富が金井を始末する決意を固めているなら、そばにいない方が無難だという気もする。温泉宿の息子が殺されれば、警察は当然宿泊客に対しても、事情聴取を行なうだろう。そうなると、水間が暴力団員であることを隠し、偽名を使って泊まったことも、ばれてしまう。

禿富が着かないうちに、東京行きの列車に乗って上田市を離れれば、いざというときにアリバイができる。あるいは禿富も、それを配慮してくれたのかもしれない。

言われたとおりにしよう、と肚を決めて流れに背を向けた。

山道へ向かって、もと来た木立の中に二、三歩踏み込んだとき、不意にだれかが後ろから飛びかかってきた。

首に腕が巻きつき、後ろざまに引き倒される。小わきに挟んだスケッチブックが、どこかへ吹っ飛んだ。

水間は肝をつぶし、腕をもぎ放そうとした。

黄昏どきの薄闇に、きらりと鋭い光が閃く。はっとしたときには、喉元にナイフが突きつけられていた。

「静かにしろ。騒ぐと、喉を切り裂くぞ」

耳元で、どこかで聞いたことがあるような、滑らかな声がささやく。

「ハゲタカに蹴り殺されるのを、おまえに助けてもらった男だよ」

「だれだ」

25

水間英人は、体が冷たくなるのを感じた。

「ミラグロか」

「そうだ」

相手は短く応じて、ナイフの腹を水間の喉にこすりつけた。

「に、日本語を話せるのか」

「話すのも聞くのも、お手のものだ。今のハゲタカとの電話も、聞かせてもらったぞ」

唇を嚙み締める。

最初の出会いで、この男が日本語が分からないふりをしたのは、身を守るための芝居だったのだ。

それにしても、こんなところにミラグロが潜んでいるとは、予想もしなかった。

その心を読んだように、ミラグロが続ける。

「いずれおまえたちも、金井がここに隠れていることを嗅ぎつけて、やって来ると思ったんだ。だから、ここで待ち伏せすることにした。予想より、だいぶ早かったがな」

ミラグロの息は、ペパーミントの匂いがした。

「金井も、承知してるのか」

水間が、時間稼ぎに声を絞り出すと、ミラグロは小さく笑った。

「いや、教えてない。妙な動きでもされたら、ぶち壊しだからな。やつが、ここに逃げ込んだことをボスに聞いて、おれが勝手にやって来たのさ」

禿富の読みも当たったが、ミラグロはその上をいったようだ。

いつの間にか噴き出した冷や汗が、びっしょりと背中を濡らしている。

「おれを、どうする気だ」

「ハゲタカが来るまでは、生かしておいてやる。おまえは、おれの命の恩人だからな」

そう言って、くっくっと笑う。

「そのあとは」

「やつがやって来たら、おまえを取引の材料に使うんだ。好きなだけ、時間稼ぎをしろ。真夜中までには、まだたっぷりあるからな」

「このままここで、待つつもりか」

「それもちょっと、きついだろう。金井の小屋で、待つことにしよう。さあ、立つんだ。ゆっくりとだぞ。おれのナイフの腕を試してみよう、などと思うなよ」

ミラグロに上着の襟をつかまれ、水間はそろそろと体を起こした。

地面に膝をつき、立ち上がる。水間の方が上背があるが、ミラグロのナイフはぴたりと喉の皮膚に食い込んだまま、微動だにしない。試してみる気には、とてもなれなかった。

そのままの格好で、山道へたどり着いた。むろん街灯などあるわけもなく、あたりに濃い闇が迫っている。

石段まで来ると、ミラグロは手早くナイフを握った腕をおろし、水間の胴に回した。

「左腕で、おれの肩を抱け」

水間は、言われたとおりにした。ミラグロのナイフは、すでに水間の上着の裾をくぐって、脇腹に当てられている。

「腹を切り裂かれると、死ぬまでに時間がかかる。喉をやられるよりも、苦しみが長く続く。変な考えは、起こさない方がいい」

ミラグロはそう言って、水間の背中を腕で押した。

水間は、ミラグロと肩を組んだ格好で、真ん中に立つ手すりを間に挟み、ゆっくりと石段をのぼり始めた。脇腹に当たるナイフの先が、シャツの上からときどき肌に食い込み、鋭い痛みが走る。血が流れ出すのを感じた。

岩屋観音までのぼると、ミラグロはふたたび水間の喉元に、ナイフを当て直した。

崖っぷちの通路に、顎をしゃくって言う。

「先に行け」

水間はナイフを突きつけられたまま、手すりにつかまって通路をはいった。

小屋の戸口の隙間から、かすかな光が漏れている。

ミラグロが呼びかけた。

「金井。戸をあけろ。おれだ、ミラグロだ」

とたんに明かりが消えて、あたりはしんと静まり返った。

ミラグロが、辛抱強く繰り返す。

「聞こえただろう、ミラグロだ。渋六の水間を、人質に連れて来た。中に入れてくれ」

かすかな物音がして、ふたたび明かりがついた。

引き戸がゆっくりと開き、光が四角く外へ漏れ出した。それを背にした黒い人影が、フラッシュライトの光を向けてくる。

水間は手を上げ、直射光線を避けた。

フラッシュライトの主が、呆然としたように言う。

「ミラグロ。どうして、ここが分かったんですか」

ミラグロは、水間の背を押した。

「おまえのボスに、聞いたのさ。こいつを中へ入れて、見張るんだ」

「こいつ、なんだって、こんなところに」

「おまえのとこの旅館に泊まって、ここを見張ってやがったのさ。ハゲタカに言われて、おまえが実家に立ち回るのを、チェックしに来たに違いない。だれでも危なくなると、故郷へ帰りたくなるものだからな」

「くそ、ふざけやがって」

金井がののしるのを、ミラグロは無視して言った。

「拳銃を持ってるか」

「あ、はい。トカレフだけど」

金井がライトの中に、拳銃を持った手を突き出してみせる。

「それで十分だ」

金井の銃口にねらわれながら、水間は引き戸をくぐって小屋にはいった。

狭い土間があり、その奥に五十センチほどの高さの、汚れた座敷が見える。畳が四枚敷かれていた。

座敷の中央に置かれた、小型の蛍光灯の電気スタンドが、薄暗い明かりの光源だった。畳の上には雑誌、クッキーの袋、バナナの皮、食べ残した弁当の箱などが、乱雑に散らかっている。

「すみません、汚くしてて」

金井が言い、あたりをざっと片付ける。

二人は靴を脱いで、座敷に上がった。

調度らしきものは何もなく、隅の方に布団が積み上げてあるだけだ。横手の窓らしき部分は、光が外へ漏れるのを防ぐためか、毛布でおおわれている。

ミラグロは、ジーンズのパンツとシャツに革のベスト、金井は黒のトレーニングウエア姿だった。

ミラグロは、畳に落ちた白いビニール袋に目を留めて、金井に命じた。

「それをこいつの頭にかぶせて、顎の下でしっかり縛るんだ。息ができるように、少し隙間をあけておいてやれ。外が見えなけりゃ、それでいい」

金井は言われたとおり、水間にビニール袋をかぶせた。

水間は黙って、されるままになっていた。

視野を奪われると、手足は自由なのに急に不安感がつのって、闘争心が失われる。明かりがぼんやり感じられるだけで、何も見えなくなった。多少息苦しいが、結び目の隙間から空気が出入りするので、窒息する心配はなさそうだ。

しかし、すぐに息が内側にこもって、顔が暑苦しくなる。

水間は、畳の上をそろそろと移動して、壁にもたれた。むき出しの壁土で、背中がひやりとする。

金井の声が聞こえた。

「こいつを、どうするつもりですか」

「あと四時間かそこらで、ハゲタカがここへやって来る。こいつをおとりにして、やつを始末するんだ」

ミラグロが答え、金井の息をのむ気配が伝わる。

「あの野郎は、何しにここへ来るんですか」

ミラグロが、小ばかにしたように笑った。

「決まってるだろう。おまえを、始末しに来るのさ。柴田をやったようにな」

「す、するとやっぱり、あれは」

「そうさ。おしゃべりは、もう終わりだ。こいつに聞かれたくない。おまえは黙って、コミックでも読んでろ」

　ミラグロは、それきり口をつぐんだ。

　金井も、黙り込んでしまった。雑誌をめくる、紙の音が始まる。

　水間は目を閉じ、じっと考えを巡らした。なんとか秃富に、ミラグロがここで待ち伏せしていることを、知らせる手立てはないものか。

　ポケットには、携帯電話がはいっている。

　もし二人に気づかれずに、秃富の番号をプッシュすることができれば、危険を伝えられるかもしれない。

　すると、まるでそれが耳に届いたかのように、ミラグロが言った。

「おい。さっき使った携帯を、こっちによこせ」

　くそ。

　水間は、ひそかに歯ぎしりしながら、ポケットに手を入れた。携帯電話を取り出し、あてずっぽうにほうり投げる。

　ミラグロが、さもおかしそうに笑った。

　これで、当面の可能性は消え失せた。このあと、秃富がこの小屋へのぼって来るまでの間に、異変を知らせる機会があるだろうか。

ミラグロが、ここに潜んでいることを事前に知るのと知らないのとでは、禿富の対応も違ってくるはずだ。金井一人と思って不用意に踏み込めば、いくら禿富でもミラグロの不意打ちを、避けられないだろう。

あれこれ考えているうちに、水間は少しうとうとした。


突然、ミラグロが言う。

「おい、今何時だ」

水間は、はっと目を開いた。

金井が答える。

「八時半です」

水間は袋の中で、唇をなめた。こもった熱気で、顔中汗だらけなのが分かる。

小屋に連れ込まれてから、いつの間にか一時間半もたってしまった。

かりに八時に東京を出たとして、禿富は今ごろやっと関越自動車道にはいったか、はいらないかくらいだ。どう早く見積もっても、あと二時間半はかかるだろう。何か細工を考えるのに、長すぎる気もするし、足りない気もする。

そのとき水間は、ふと思いついた。

だれにともなく言う。

「そろそろ、食事の時間も終わりだな」

何も答えはなかった。

しかし、二人の視線が自分に向けられる気配を感じて、水間は続けた。

「おれが食事の時間にもどらないと、宿の女将が変に思うぞ。警察に、捜索願いを出すかもしれんな」

二人が、顔を見合わせる光景が、ビニール袋の裏に浮かぶ。

しばらくして、ミラグロが口を開いた。

「そう言えば、少し腹がへったな。何かあるか」

「すみません、おれが全部食っちまって」

「それじゃ、旅館までおりて行って、何か食い物と飲み物を調達して来い。ハゲタカが来るまでに、まだ二時間はたっぷりある。腹ごしらえをしておこう」

「分かりました」

「それから、この野郎がこそこそ渓谷沿いに、町の方へ逃げて行くのを見た、とおふくろに言ってやれ。宿代を踏み倒した、と思わせるんだ」

「ついでに、警察に連絡するように言ったらどうだ」

水間がからかうと、ミラグロは膝を蹴りつけてきた。

「黙ってろ」

それから、金井に向かって続ける。

「上田の町へ飲みに行く、と言づてを頼まれたことにしてもいい。とにかく、おふくろが不審を抱かないように、うまい口実を考えろ」

「分かりました」

金井が、小屋を出て行く気配がした。

水間は息苦しくなり、ビニール袋の結び目に手をやった。

「さわるな。じっとしてろ」

ミラグロにどなられ、水間は手を下ろした。

ナイフを持ったミラグロと、拳銃を持った金井のどちらが手ごわいかといえば、明らかにミラグロの方だ。おそらく、金井は人を撃ったことなどないはずだし、拳銃は一般に考えられているほど、命中率が高くない。よほど至近距離から撃たなければ、致命傷を与えられないのだ。

なんとか、金井と二人だけになれないものか。

26

小屋の中が、妙に静まり返っている。

だれもいないような静かさだった。しかし、ミラグロがじっとこっちを注視していることは、見えなくても察しがつく。

禿富が言ったように、あのとき思い切ってミラグロの息の根を、止めておくべきだったのだ。しかし、もう手遅れだった。

しばらくして、部屋の空気が動いた。

無言のミラグロから、かすかにいらだちの気配が伝わってくる。腕のいい殺し屋は、自分の気配を外に漏らさないと聞いたが、ミラグロは無防備な水間に気を許したのだろう。

金井が出て行ってから、すでに二十分くらいたったように思う。ミラグロだけでなく、水間自身も少しいらいらした。

そのとき、どこからか小さな叫び声のようなものが、聞こえてきた。

続いて、何かがぶつかり合うような、鈍い音が起こる。それは三秒か四秒続き、ほどなく収まった。

水間は、無意識に壁から背を離し、身構えている自分に気づいた。

ミラグロも、その物音に不審を感じたとみえ、緊張した声で言った。

「立て。外へ出るぞ」

水間は膝をついて、畳の上を這った。手探りで靴をはく。

禿富が、やって来たのだろうか。いや、あれからすぐ新幹線に飛び乗ったとしても、これほど早くは来られないはずだ。

「先に出ろ」

ミラグロは、水間の上着の襟をつかんで、前へ押した。

水間は引き戸をあけ、敷居をまたいだ。ビニール袋の内側が、急に暗くなる。

まず手すりを探し、それにつかまって前へ進む。通路は、でこぼこの石を並べただけなので、ひどく歩きにくい。つまずきでもしたら、手すりを突き破って崖下へ転落する恐れがある。そう考えると、足がすくんだ。

ほどなく、手すりが尽きる。岩屋観音のある、表の岩棚に出たようだ。

水間は言った。

「どうした。金井に、何かあったのか」

ミラグロは答えず、なおもつかんだ襟をぐいぐい押して、水間を前へ追い立てた。

風が下から、吹き上げてくる。水間は、自分が石段のとっつきに押し出されたことを、本能的に悟った。恐怖感に足がすくみ、思わず尻込みをする。

ミラグロに押しもどされ、水間は必死に足を踏ん張った。

突然、暗い視野に鈍く光るものが走り、かすかな外光が目先をかすめた。ミラグロが、ナイフでビニール袋を切り裂いたのだと分かるまでに、少し時間がかかった。

ミラグロが、裂けた袋を切っ先で払いのける。

視野が広がり、水間は渓谷の真上に出た、十三夜の月を見た。

その喉元に、またナイフの切っ先が食い込む。

「石段の下を、のぞいてみろ。何か見えるか」

ミラグロに言われて、水間は視線を下げた。

はるか下方の石段ののぼり口に、だれかが倒れているのが見える。黒い服を着た、だれともつかぬ人間だった。周囲にビニール袋や、ペットボトルのようなものが、散乱している。

「人が倒れている。金井らしい」

「動いてるか」

「いや。気を失ってるのかもしれん。石段から、転げ落ちたようだな」

「そのとおりだ」

不意にどこからか声が聞こえ、水間はぎくりとした。

ミラグロも驚いたらしく、ナイフの切っ先が喉の肌に少しめり込んだ。水間は、思わず声を上げた。

ミラグロは、すばやく水間の体を引きもどして、背後に回り込んだ。

暗い岩屋観音の中から、皓々と照る月光の中に姿を現したのは、トレンチコートに身を包んだ禿富鷹秋だった。

ミラグロが虚をつかれたように、背後でぐっと喉を鳴らすのが聞こえた。

ミラグロ以上に、水間も度肝を抜かれた。

「禿富さん。東京からこんなに早く、どうやって来たんですか」

「東京じゃない。上田の町にいたんだ」

あっけにとられる。

「上田に」

「そうさ。敵をあざむくには、まず味方からってな」

　水間は、呆然とした。

　それで納得がいった。携帯電話が、あんなに簡単にかかったのは、距離が近かったせいもあるのだ。

「ミラグロが、ここで待ち伏せしてることを、知ってたんですか」

　水間が言うと、禿富はせせら笑った。

「それくらい、読めないでどうする。念のため《門馬屋》へ電話したら、おまえはチェックアウトするどころか、晩飯にももどってないという。何か異変があった、と思うのは当然だろう。おまえがミラグロにつかまって、おれが夜中に来るとしゃべってくれれば、それだけでやつを油断させることができる」

　水間は、拳を握り締めた。

　すると禿富は、水間が自分を裏切って口を割る可能性を想定し、東京から来るなどと嘘をついたのだろうか。なんという男だ。

　禿富が、陰になっていた右手を突き出すと、拳銃が握られているのが見えた。金井が持っていた、トカレフのようだった。

　ミラグロも、それに気づいたらしい。

「金井を突き落としたのは、おまえのしわざか」

秃富は、小さく笑った。

「さあな。肝っ玉の小さいやつだから、おれを幽霊と見間違えでもして、自分で転がり落ちたんだろう。いいから、その男を放せ。望みどおり、おれが決着をつけてやる」

ミラグロは、ナイフをさらに強く水間の喉に、食い込ませた。

「おまえこそ、拳銃を捨てろ。さもないと、この男の喉を切り裂くぞ」

「だったら、やってみるがいいさ」

秃富は、ぞっとするような猫なで声で言い、ゆっくり銃口を上げた。

水間は、月の光を受けて妙にきらきら輝く、秃富の目を見た。

ぞっと恐怖が込み上げる。

秃富にとって、自分が人質としての価値を毛ほども持たないことを、直感的に悟った。

ミラグロが、緊張した声で言う。

「これは、脅しじゃないぞ。おまえがおれを撃つなら、おれもこの男を切り裂く。それでもいいのか」

水間は、しゃがれ声を振り絞った。

「勘が悪いな、ミラグロ。ハゲタカのだんなは、おれの命がどうなろうと、気にしちゃいないんだ。おれと一緒に重ね撃ちしてでも、あんたを殺すに違いないぜ」

それを聞くと、秃富は乾いたイガのような笑い声をたてて、拳銃を握った腕をまっすぐに伸ばした。

その目に、狂気を見た。

とっさに水間は岩棚を蹴り、ミラグロに体を預けたまま後ろざまに、石段に身を躍らせた。二人の体が宙に浮き、ミラグロが驚愕の声を上げる。

水間の喉元から、ナイフが離れた。

水間は夢中で体を捻り、目の前に迫った立ち木の枝にしがみついた。しかし、枝は水間の体重を支え切れず、あっさり折れた。

水間はそのまま、真下を走る石段の上に勢いよく落ちた。しかし、一瞬にせよ木の枝につかまったのが救いとなり、手すりにしがみつく余裕が生まれた。

必死に体を支え、下方をのぞき込む。

目を疑うような光景が、そこに展開された。

なんとミラグロが、手すりに沿ってまっすぐ体を伸ばし、ジェットコースターにでもなったように、一直線に滑りおりて行くではないか。偶然のなせるわざか、それとも天性の軽業師か。

「くそ、どけ」

駆けおりて来た禿富が、水間を押しのけてミラグロを追おうとする。

水間は体をどけようとしたが、死に物狂いで手すりをつかんだ手が、くっついて離れない。業を煮やした禿富が、コートの裾をひるがえして水間を飛び越える。

禿富の左足が、石段の脇の狭い土手に着地した。

とたんに、禿富は小さい叫び声を発して、その場にうずくまった。

「どうした」

水間は呼びかけ、無理やり手すりから手をもぎ離すと、禿富のそばへ這いおりた。

禿富は立ち上がり、ふたたび石段を駆けおりようとしたが、すぐに足元を乱して手すりにつかまった。

「くそ。足首をくじいたらしい」

水間の視野の中に、石段の真下まで滑りおりたミラグロの姿が、残像のように映った。

ミラグロは、横たわる金井の体を飛び越え、たちまち木立の中へ姿を消した。まるで、ましらのように、敏捷な、身のこなしだった。

「逃げられた」

水間は思わず漏らし、石段の上にすわり込んだ。

月夜とはいえ、この広い渓谷沿いの森林地帯を探し回っても、ミラグロを発見できる可能性はない。

「なぜ、追わなかった」

禿富が、未練がましく言う。

水間は、首を振って応じた。

「今回は、あきらめましょう」

禿富は低くののしったが、それ以上は何も言わなかった。

痛む体をかばいながら、水間は足首をくじいた禿富に肩を貸して、石段を少しずつおりた。

のぼり口に倒れていたのは、やはり金井国男だった。

金井の頭の位置が、不自然に曲がっている。どうやら、首が折れたようだ。鼻に指先を当ててみたが、呼吸する気配はない。

金井は、死んでいた。

石段をのぼる途中で、足を踏みはずしたのだろうか。それとも、岩棚に隠れていた禿富に、上から突き落とされたのだろうか。

水間には、それを禿富に質問する勇気はなかった。どちらにしても、青葉和香子の死に関わった人間が、また一人死んだことだけは確かだった。

二人は渓谷に沿って山道をくだり、まだ明かりのついている《門馬屋》の横を抜けて、さらに先へ進んだ。

十分ほど歩くと、少し引っ込んだ窪地の中に、黒い車が停めてあった。

禿富が、水間にキーを投げ渡す。

「町で借りた、乗り捨てのレンタカーだ。満タンにしてあるから、このまま東京まで飛ばそう。おまえが運転しろ」

水間は運転席に乗り込み、ハンカチを出して喉元の血をぬぐった。もう少しで、ミラグロに切り裂かれるところだったと思うと、冷や汗が出てくる。

石段を、休みやすみのぼって行った《門馬屋》の女将の姿が、頭によみがえった。

明日になって、石段の下に横たわる自分の息子の遺体を発見したら、あの女将はどうするだろうか。

それを考えると、少なからず胸が痛んだ。

「早く、車を出せ。静かにだぞ」

禿富が、横柄な口調で言う。

水間はスターターを回し、ヘッドライトを点灯した。

「禿富さん。念のため聞くが、さっき岩屋観音の前で拳銃を構えたとき、おれも一緒に撃つ気だったのか」

禿富が答えるまでに、少し間があいた。

「それは、おれにも分からんな」

水間はため息をつき、黙って車を発進させた。

第六章

27

間宮和巳は、神宮署の正面玄関を見渡せる車道に、ＢＭＷを停めた。

五分としないうちに、生活安全特捜班の警部補禿富鷹秋が、トレンチコートの裾をはためかせながら、階段をおりて来る。

禿富は、ちらりとＢＭＷに目を向けただけで、通りを反対方向に歩き始めた。

間宮はエンジンをかけ、ゆっくりと禿富を追って車を出した。署の前を通りすぎ、最初の信号を渡ったところで、禿富に追いつく。

禿富は無造作にドアをあけ、後部シートに乗り込んで来た。

「お忙しいところ、すみません。間宮といいます」

間宮は緊張しながら言い、また車をスタートさせた。

禿富のことは知っているが、今までこの男を車に乗せて走ったことはないし、口をきくのも初めてだった。

スピードを上げ、明治通りを渋谷方面へ向かう。

秀富が、口を開いた。

「なぜ今回だけ、場所が変わった。いつも、池袋のホテルメトロポリタン、と決まってるはずだぞ」

「よく分かりません。自分は秀富さんを、署からホテル天王までお送りするように、と言われただけですから」

あらかじめ練習したとおり、事務的な口調で言う。

「だれの指示だ」

「総務部の、坂崎主任です」

秀富が、乾いた笑い声を立てる。

「筆頭ボディガードの坂崎悟郎が、渋六興業では総務部の主任か」

「はい」

「総務部長はだれだ」

「水間です」

「水間英人が、総務部長だったのか」

「そうです」

「それじゃ、野田憲次はなんだ」

「営業部長です」

答えながら間宮は、秀富が渋六興業の幹部の肩書も知らないのか、と少しいぶかしく思った。碓氷の飼い犬になっているくせに、その程度の関心さえ持ち合わせないらしい。

「要するにおまえは、水間の部下のそのまた部下、というわけだな」

「そうです」

「年はいくつだ」

「二十四です」

「じゃじゃ馬の、お守り役だろう」

間宮は、答えあぐねた。

むろんじゃじゃ馬が、ボスの一人娘笙子を指していることくらいは、すぐに分かる。

しかし自分の立場として、それを認めるわけにはいかない。

「じゃじゃ馬、といいますと」

「あの跳ねっ返りのほかに、だれがいるというんだ」

それ以上、とぼけることはできなかった。

「ええと、社長のお嬢さんのことですか」

「そうだ。碓氷笙子の、お守り役をやってるんだろう」

「お守り役といいますか、ボディガード兼運転手なんですけど」

「おまえ、ハジキは持ってるのか」

「持ってません」

実は、脛にセットした隠しホルスターに、二十二口径の拳銃を一丁忍ばせてある。殺傷力は小さいが、いざというときには役に立つはずだ。

しかし、いくらなんでも現職の刑事に、それを言うわけにはいかない。

「丸腰で、ボディガードが務まるのか」

「相手が三人くらいまでなら、なんとかなります」

「ほう。敵が、刃物を持っていてもか」

「はい。飛び道具ですと、ちょっと分かりませんが」

「何か、心得があるのか」

「子供のころから、ボクシングと少林寺拳法をやってます。動体視力を養いましたから、相手の動きはだいたい見切りがつきます」

「それは、りっぱなもんだ」

秃富は言ったが、間宮の耳にはそれほど感心しているようには、聞こえなかった。信じていないのかもしれないが、別に信じてほしいとも思わない。

間宮は、車をそのまま明治通りに沿って南に走らせ、渋谷から恵比寿へ抜けた。さらにしばらく走ると、外苑西通りと交差する天現寺橋の交差点にぶつかる。

ホテル天王は、その交差点を渡って百メートルほどの、左側にあった。

間宮は、車を地下の駐車場に入れて、秃富をエレベーターホールに案内した。

一緒に十七階まで上がり、一七一五号室のチャイムを鳴らす。

ドアが開き、碓氷笙子が顔をのぞかせた。

間宮は後ろに下がって、禿富のために戸口をあけた。

禿富は、わずかに不審の色を浮かべながら、部屋の中にはいった。間宮もそのあとに続き、ドアを閉じる。

短い通路を抜けると、奥の左側にソファとテーブル、サイドボードを備えた、大きな居室があった。南側の大きな窓からは、少し離れた病院か大学らしい古い建物と、深い木立を見渡すことができる。

居室の奥に、もう一つドアが見える。その向こうが、寝室に違いない。いわゆる、スイートというやつだ。

禿富が足を止め、じろりと笙子を睨む。

間宮はその目を見て、思わず生唾をのんだ。

これまで、禿富のように底光りのする暗い目には、一度も出会ったことがない。

笙子は、大胆なスクエアネックの真っ赤なワンピースに、幅の広い白のベルトをしている。どう見ても今風とはいえないが、人目を引くファッションには違いなかった。

禿富が、不快の色を隠さず言った。

「どういうことだ。おやじや谷岡は、どこにいる」

笙子は腰に手を当て、軽くしなを作った。

「奥の寝室に、隠れてるかもしれないわよ」

禿富の視線が飛んでくるのを感じて、間宮はさりげなく目を伏せた。ことさら、関心のない顔をこしらえて、爪を調べるふりをする。

秃富は何も言わず、ゆっくりと奥のドアに近づくと、取っ手を回した。体を半分中に入れ、寝室の中をのぞく。

笙子は、秃富が気づかぬうちに背後へ忍び寄り、体で押すようにして一緒に寝室へはいった。ドアがばたんと閉まり、間宮は居室に一人取り残された。

ソファのそばに行き、背もたれに手をかけて耳をすます。ドア越しに、かすかな話し声が聞こえてきたが、何を言っているのかは分からなかった。

テーブルの上には、ワインクーラーにはいったシャンペンとグラスが二つ、それに果物の盛られた籠が載っている。

間宮は、シャンペングラスに目を据えながら、何も起きなければいいが、と祈った。このまま寝室が静かになれば、部屋を出てカフェテリアへでも行き、のんびり待つことができる。

しかし、間宮の期待は空しくはずれた。

二人が、ドアの向こうに姿を消して三十秒とたたぬうちに、争うような物音が起こった。何かがドアにぶつかり、鈍い音を立てる。

「何すんのよ——このとんちき——離してよ——離してったら」

断続的に、笙子のわめく声が聞こえる。その合間に秃富が、低い声で何か言い返している。内容は、聞き取れなかった。

うことではなかった。

一瞬、中へ飛び込もうかと迷ったが、すぐに思いとどまった。笙子の指示は、そうい

じっとドアを見つめる。

また、笙子の金切り声がする。

「やめてったら――人を呼ぶわよ」

それを聞くと、間宮は反射的に身をひるがえして、出口へ向かった。

オートロックが作動しないように、安全フックをドアの枠にかませてから、廊下へ飛び出す。斜め向かいの、一七二〇号室のドアに飛びついて、チャイムに手のひらを叩きつけた。

応答があるまで、二度、三度と叩き続ける。

ドアがあわただしく開き、野田憲次が顔をのぞかせた。

間宮を見て、わずかにとまどう。

「間宮か。どうしたんだ、いったい」

「来てください。お嬢さんが、危ないんです」

野田の顔色が変わった。

「どこにいる」

間宮は、一七一五号室のドアを指した。

「あの部屋にいます。禿富警部補と一緒です」

「ハゲタカと」

野田は、一瞬表情を凍りつかせたが、すぐに間宮を押しのけて廊下へ出た。一七一五号室に突進し、ドアを押しあける。

間宮も、野田について中にはいった。ドアを閉じ、安全フックをかける。

間宮が居室に飛び込むと、ちょうど寝室のドアから出て来た禿富の前に、野田が立ち塞がったところだった。

禿富の左の頬に、赤い筋が一本ついているのが見えた。寝室から、笙子の泣きわめく声が漏れてくる。

「禿富さん。何があったんですか」

野田が、急き込んで尋ねる。

禿富は、怒りに目をぎらぎら光らせながら、ハンカチで頬の掻き傷をぬぐった。

「それは、こっちのせりふだ。今日の会合は、どうなった。いつもは池袋なのに、なぜ今回だけここに変わったんだ。だいいち、ほかの連中はどうした」

野田の背中が、こわばった。間宮はそれを見て、その場から逃げ出したくなった。

野田が、ゆっくりと言う。

「今日の会合は、中止になったんです。社長が急に、熱を出したんでね。朝のうちに、坂崎から連絡がいったでしょう」

「聞いてないぞ。ただ、場所が変更になったので署に迎えを出す、とじゃじゃ馬から電話があっただけだ」

そのとき、寝室の戸口から笙子が猟犬のように飛び出して来て、禿富の背中にむしゃぶりついた。

トレンチコートを掻きむしり、わめき立てる。

「こいつをやっつけてよ。あたしを強姦しようとしたんだから」

向き直った禿富は、笙子の腕を容赦なくねじり上げると、壁の方へ突き飛ばした。笙子は悲鳴を上げ、床に尻餅をついた。

間宮は、目のやり場に困った。

笙子の赤いワンピースは、スクエアネックの中央から腰のあたりまで裂け、ちぎれたブラジャーの下から乳房がのぞいていた。その白さと大きさに、思わず息をのむ。

笙子は、破れたストッキングに包まれた脚を、ばたばたさせた。

「そんなとこに突っ立ってないで、このハゲタカをぶちのめしてよ。こいつは、あたしをここへ連れ込んで、腕ずくでやろうとしたのよ。ついこないだ、こいつにしつこく口説かれて困ってるって話を、したばかりじゃないの。あんたは、あたしをこんな目にあわされて、平気だっていうの、このとんちき。早くぶちのめしてってたら」

野田は困惑した表情で、禿富に目を向けた。

「禿富さん、これはどういうことですか。なんだってお嬢さんに、こんな乱暴をしたんですか」

28

禿富鷹秋は口元をゆがめ、着崩れしたトレンチコートの襟を、まっすぐに直した。

「おれはこの女に、指一本触れてない。服もブラジャーも、こいつが自分で引き裂いたんだ」

間宮和巳は驚き、野田憲次の顔色をうかがった。

野田が口を開く前に、碓氷笙子が目にかかった髪を後ろにはねのけ、金切り声を上げる。

「嘘つき。あたしがいやだって言ったら、いきなり胸元に手をかけて引き裂いたくせに」

禿富は笙子に見向きもせず、首を振って野田の脇をすりぬけようとした。

その腕を、野田が引き止める。

間宮はあとずさりして、出口へ向かう通路を塞いだ。

禿富はつかまれた腕を見下ろし、ゆっくりと野田に視線をもどした。

「手を離せ」

野田は、たじろがなかった。

「わけを説明してください」
六、七センチ背の低い禿富は、顎を突き出すように野田を見上げた。
「このじゃじゃ馬が、おれをベッドに引っ張り込もうとしたんだ。おれが拒否したら、とたんにヒステリーを起こして、飛びかかって来たのさ。おれを掻きむしったり、自分の服を引き破ったり、手もつけられないありさまだった。おまえたちが、よく見張っていないから、こういうことになる。まったく、とんでもない女だ」

「この嘘つき」

笙子はののしり、すわったままパンプスをつかんで、禿富に投げつけた。

ねらいがそれて、パンプスは野田の膝に当たった。

野田はまだ手を離さず、禿富を見下ろした。

「ほんとうですか」

「くどいな。この小娘が、おれをだましてここへ呼び寄せたことは、そこにいる若いのが知ってるはずだ。聞いてみろ」

野田はやっと手を離し、間宮の方に顔を振り向けた。

間宮は、下を向いた。

「おれはただ、お嬢さんの指示に従っただけです」

それは、嘘ではない。その指示に、どれだけ不合理な点があったにしても、だ。

そのとき、ひそかに床を這い寄った笙子が、禿富に襲いかかった。

禿富は、顔を掻きむしろうとする笙子の手首をつかんで、頬に無造作に二発、三発と平手打ちを加えた。

笙子は髪を振り乱し、派手な悲鳴を上げた。

間宮は反射的に、禿富の方へ踏み出した。ボディガードを務める以上、相手がデカだろうとハゲタカだろうと、黙って見ているわけにはいかない。

野田が、間宮を押しとどめた。

みずから禿富の左腕をつかみ、笙子の手首からもぎ離す。自由になった笙子は、勢い余って床に這いつくばった。

禿富が、腕を振り払う。

「おれにさわるな」

そのすきに笙子は飛び起きて、また禿富にむしゃぶりつこうとした。

野田が笙子を抱き止め、抑えた声で必死になだめる。

「お嬢さん、落ち着いてください。ハゲタカのだんなとは、おれが話をつけますから」

笙子が手足を振り回すのを、野田はうまくあしらいながら寝室の戸口へ連れて行き、ドアの向こうへ押し込んだ。

禿富は間宮に、壁の時計でも眺めるような無感動な目を向け、ネクタイのゆがみを直した。それから、何も言わずに間宮の脇をすり抜けると、部屋を出て行った。

半開きになった奥のドアから、笙子のヒステリックなわめき声と、それをしきりになだめすかす野田の声が、断続的に漏れてくる。

間宮は、背筋に冷たい汗が流れているのに気づき、思わず吐息を漏らした。まったく、とんでもない修羅場を見せられたものだ。

笙子が、新たにわめくのが聞こえる。

「出てってたら。ほっといてよ」

それに応じる、野田のぼそぼそ声。

間宮はドアに目を向けず、窓の外を見ながらじっと待った。

一分ほどして、野田が寝室から出て来る気配がした。振り向くと、野田がそっとドアを閉めるところだった。

野田は間宮に顎をしゃくり、先に立って出口へ向かった。

間宮はドアの内側のスリットに、カードキーが挿入されているのを確かめてから、野田について部屋を出た。

ドアが、オートロックされるのを確認して、エレベーターホールに向かう。

二人はロビーにおり、中庭に面したカフェテリアにはいった。

野田と二人きりになると、間宮はいつも緊張する。

野田は、いつもプレスのきいたスーツを着込み、きちんとネクタイを締めている。水間英人ほど目つきが鋭くないので、ちょっと見には銀行員のようにも見える。大学出のインテリ、というイメージが強すぎるのか、どこか冷たい雰囲気を感じてしまう。

しかし、実際には野田は水間と仲がいいし、間宮に対してもなんら態度は変わらない。

もっとも、このところ笙子につきまとわれて気疲れするのか、顔色が冴えない。

二人は、オレンジジュースを頼んだ。

「ハゲタカが言ったことは、ほんとうなのか」

「どのことですか」

「お嬢さんがハゲタカに、今日の会合が中止になったことを言わずに、場所が変更になったから迎えの車を出す、と電話した話だ」

間宮は下を向いた。隠しても始まらない、と肚を決める。

「ほんとです。自分は坂崎主任から、会合が中止になったことをお嬢さんに伝えて、ついでにハゲタカのだんなにもその旨連絡しておくように、と言われたんです。そうしたら、お嬢さんが自分でだんなに電話する、とおっしゃって」

野田は目を伏せ、弁解するように言った。

「おれは午前中、だいじな話があるからホテル天王のフロントへ来てくれ、とお嬢さんに言われたんだ。マネージャーに声をかけると、《部屋で待っていてほしい》という伝言と一緒に、一七二〇号室のキーを渡された。それにしても、すぐ向かいの部屋にハゲタカを連れ込むとは、どういうつもりだ。お嬢さんに何を指示されたのか、分かるように説明してくれ」

「禿富警部補を案内して来たら、しばらく隣の居室で待つように言われました。五分たって何も起きなければ、そのままカフェテリアかレストランへおりて、携帯で連絡が来るまで待つ。五分以内に何か騒ぎが起きたら、すぐに一七二〇号室へ飛んで行って野田部長を連れて来い、と指示されたんです」

「で、すぐに騒ぎが起きたんだな」

「ええ。寝室から、何すんのよとか、離してくれとか、人を呼ぶわよとか、わめき声が聞こえてきました。それで自分は、すぐに部長を呼びに行ったわけです」

野田はオレンジジュースを飲み、さりげない口調で聞いた。

「おまえは、ハゲタカがほんとうにお嬢さんを襲った、と思うか。それとも、ただの狂言か」

一瞬、絶句する。

「分かりません」

そう答えるしかなかった。

野田が、自分に言い聞かせるように言う。

「この間お嬢さんから、ハゲタカに口説かれて困っている、と言われたんだ。襲われたときには守ってほしい、ともな」

「だったら、ほんとに襲われたんじゃないんですか」

野田は目を伏せた。

「お嬢さんが自分で部屋を取ったのなら、ハゲタカに襲われたというのもおかしい。むしろ、お嬢さんの方から誘惑した、と考えるのが筋だろう」

「でもお嬢さんは、部屋で酒を飲むつもりだっただけかもしれませんよ。それを、禿富警部補が誤解して手を出した、ということも考えられます」

間宮は、心にもない推測を、口にした。

野田が、苦笑を漏らす。

「自分から、男をホテルの個室に呼び出しておいて、その気がないってことはないだろう」

間宮は、答えを控えた。

考えてみれば、野田も笙子に呼び出しをかけられ、別の部屋で待機していたのだ。むろん、笙子がそのつもりでいると判断した上で、呼び出しに応じたに違いない。

しかし、笙子がその野田を別の部屋に待機させておいたのは、禿富との間に騒ぎが起きたとき、始末をつけさせるためにすぎなかったことが、すでに明らかになった。しかも、野田自身はそのことをついさっきまで、知らずにいたのだ。もし、笙子と禿富が意気投合していれば、野田は待ちぼうけを食わされるはめになっただろう。

野田も、当然そのことに思い当たったらしく、軽く眉をひそめた。

間宮は、最近笙子が野田にコナをかけ始めたことに、漠然とした不安を感じていた。何度か二人を乗せて、レストランやホテルを行ったり来たりしたから、だいたいの事情は分かっているつもりだ。

もっとも、そのことはボスの碓氷嘉久造にはもちろん、谷岡俊樹や水間英人にも報告していない。自分は、笙子のボディガード兼運転手であり、密告者ではないという自負がある。

笙子が、間宮に口止めしようとしないのは、その存在を無視しているからではなく、信頼してくれているからだ、と思いたい。確かに笙子はじゃじゃ馬だが、その信頼を裏切ることはできない。

野田が、あらためて口を開く。

「今日のことは、だれにも言うんじゃないぞ。ボスにも、専務にもだ。心配をかけたくないからな」

間宮は少しためらったが、思い切って聞き返した。

「あの、水間部長にもですか」

「水間には今夜にでも、おれから報告しておく。あとで聞かれたら、正直に話していい」

それを聞いて、ほっとする。

「分かりました。しかし、お嬢さんは禿富警部補を、どうしたいんですかね。好きなのか憎んでるのか、自分にはよく分からないんですが」

「おれにも、分からないよ。女ってのは、何を考えてるんだか」

言いさして、肩をすくめる。

そのとき、呼び出し音が鳴った。

間宮は、あわててポケットから携帯電話を取り出し、応答した。

「あたし。帰るわよ。迎えに来て」

まだ、いくらか声がとがっているが、だいぶ落ち着いたようだ。

「分かりました。五分で上がります」

電話を切ると、野田がうなずいた。

「おれは、このまま帰る。お嬢さんを頼んだぞ」

そう言って腰を上げたが、もう一度すわり直した。

「それから、さっきハゲタカがお嬢さんを引っぱたいたとき、おまえはやっこさんに向かって行こうとしたな」

「すみません、出すぎたまねをしちまって」

「いや、あれでいいんだ。たとえ相手がデカだろうと、やるときはやらなきゃならん。あの心がけを、忘れないようにしろ」

29

水間英人はビールを飲み、悪態をついた。

「くそ、めんどうばかり起こしてくれるぜ、あのじゃじゃ馬は」

野田憲次が複雑な表情で、パイプ椅子の背にもたれる。

「ことに最近は、手に余る感じになってきた」

「ボスの娘でなけりゃ、ぶっ飛ばしてるとこだがな」

水間はそう言って、またビールをあおった。

二人は、渋谷の宇田川町のはずれにある、《キングズヘッド》の狭い作業室にいた。

イギリスの高級パブをイメージした、渋六興業直営のバーだった。

先月分の帳簿をチェックし終わったところで、野田が碓氷笙子の話を切り出したのだ。

水間は、いっそ聞かなければよかったと思うくらい、憂鬱な気分になった。

「あのハゲタカの、どこがいいんだ。陰険で、横柄で、皮肉たっぷりで、別に男前ってわけでもない。頬骨が張って、ひどい奥目だしな」

野田が苦笑する。

「女ってのは、自分に見向きもしない男や冷たく当たる男に、引かれるのかもしれんな。どこかに、マゾっけがあるんだ」

「しかし、本気で結婚するつもりなのかな。おやじさんが、許すわけもないのに」

笙子が、禿富鷹秋と結婚すると宣言した話は、坂崎悟郎から聞いている。

「こうなったら、どこか外国へ強引に留学させるとかしないと、歯止めがきかなくなるぞ。完全に、頭に血がのぼってるからな」

水間はうなずき、野田のグラスにビールを注ぎ足した。

「もともと勝ち気なところへ、あれだけ完璧にハゲタカからシカトされりゃ、血がのぼりもするだろう」

野田が、グラスに口をつける。

「青葉和香子が殺されてから、ますます熱が上がったようだ。強力なライバルが、いなくなったわけだからな」

「しかしハゲタカにすれば、惚れた女が殺されたばかりだ。はいそうですか、と乗り換えるわけがない。あんな男だが、妙に青葉和香子だけには、律義なんだ。ちょっかいを出せば出すほど、逆効果になるってことが分かってないんだよ、お嬢さんにはな」

水間はそう言って、口をつぐんだ。

青葉和香子が、経堂のマンションで惨殺された事件は、その後捜査が進んでいない。交友関係からは、容疑者らしい容疑者はまったく上がらず、行きずりの強盗殺人の線が濃くなっている。ミラグロのことは、まったく捜査線上に浮かんでいないようだ。

やがて野田が、沈黙を破った。

「それより、ミラグロの野郎はその後どこらあたりへ、潜り込んだのかな」

「そいつが分かれば、おれたちもこんなとこで、酒なんか飲んでないだろうよ」

水間は投げやりに言い、ビールを飲み干した。

ミラグロは十日ほど前、長野県上田市の門馬渓谷で禿富の手から逃れて以来、消息が途絶えている。

金井国男が、岩屋観音の高い階段から転落死した事件は、東京の新聞には載らなかった。あるいは事故死として、処理されたのかもしれない。

水間は、禿富が金井を階段から突き落とすところを、実際に見たわけではない。とはいえ、禿富が金井の死に無関係でないことは、十中八九間違いないだろう。

もう一つ、不安がある。

あの夜、水間は泊まっていた《門馬屋》にもどらず、そのまま禿富が借りたレンタカーに乗って、一緒に東京へもどって来た。宿泊料金を踏み倒したわけだが、警察がそのことと金井の死を結びつける恐れも、ないとはいえない。

旅館に残してきたバッグ、その他の身の回り品は量販店で新たに買ったものだから、身元をたどられることはないはずだ。指紋が残っているにしても、水間は前科がないので足がつく心配はない。

ただ、金井の母親でもある旅館の女将のことを考えると、気が滅入った。金井に食べ物を運ぶため、岩屋観音の急角度の階段を休みやすみのぼって行った姿が、まぶたの裏から消えない。

そんなこともあって、水間は危険を承知で未払いの宿泊料金を封筒に入れ、《門馬屋》あてに送った。組の若い者に、宛て名と宿帳に記入したでたらめの住所氏名を書かせ、埼玉県内のポストから投函したのだ。東京へもどった、次の日のことだった。

大井埠頭から、車と一緒に死体で上がった柴田博満の事件も、捜査はいっこうに進展していない。この一件にも、禿富がからんでいることは間違いない。

野田が言う。

「それにしても、ハゲタカはとんでもない野郎だ。いくら惚れた女のかたきでも、見張りを務めただけのちんぴらまで始末するのは、やりすぎだと思わないか。おれたちやくざだって、あそこまではやらんぞ」

「あの男が間違いを犯したとすれば、たぶんデカになったことだろうな」

そのとき、野田のポケットの中で、呼び出し音が鳴った。

水間は、野田が携帯電話を取り出して、応答するのを見守った。

「野田だ。……ああ、どうも、昼間は」

野田はちらりと水間を見て、椅子から背を起こした。

「はい。……いいえ、別になんとも思っちゃいません。え……これからですか。別に、予定はありませんが。……分かりました。ええと、水間が一緒ですが。……はい。はい、分かりました」

最後には渋い顔をして、電話を切る。

「お嬢さんか」

水間が確かめると、野田は携帯電話をポケットにしまって、ため息をついた。

「そうだ。今、恵比寿ガーデンプレイスの、ウェスティンホテルのバーにいるらしい。酒を付き合え、だとさ」

水間は笑った。

「おれなんかほっといて、一人で来いと言われたんだろう」

野田も苦笑する。

「そうだ。困ったもんだ」

「行っていいぞ。間宮は腕がいいが、一人じゃ心配だ。身辺警護も兼ねて、付き合ってやれよ。おまえはおれと違って、女のあしらいがうまいからな。あのじゃじゃ馬を乗りこなせるのは、少なくとも渋六ではおまえしかいない」

立ち上がった野田は、水間の上にのしかかった。

「それは、お世辞のつもりか」

水間は真顔になって、野田を見上げた。

「おまえに、お嬢さんのめんどうを見る気があるのなら、おれに異存はないぞ」

野田は驚いたように、体を引いた。

「気を回すのも、たいがいにしろよ。おやじさんはつね日ごろ、お嬢さんを堅気のところへやるつもりだ、と言ってるじゃないか」

「あのじゃじゃ馬に、堅気の男と所帯を持てるわけがないだろう」

野田は水間に、人差し指を突きつけた。

「おまえまで、じゃじゃ馬じゃじゃ馬と呼ぶのは、やめてくれ。おれに移ったら、どうするつもりだ」

「だったら、じゃじゃ馬でなくなるように、調教してみろよ。おまえが相手なら、おやじさんも専務も反対はしない、と思うがね」

「お嬢さんをなだめるためなら、おれもたいていのことはする。しかし、それとこれとは話が別だ」

野田はそう言って、椅子の背にかけた上着を取った。

実のところ、碓氷嘉久造の方はなんとかなるとしても、谷岡俊樹が野田と笙子の仲を認めるかどうか、水間にも分からない。

かりに笙子と結婚すれば、野田はいずれ碓氷に代わって、跡目を継ぐことになるだろう。その場合、野田より上の立場にいる谷岡には、現場から身を引いてもらわなければなるまい。碓氷には忠実な谷岡だが、渋六興業の跡目に対してまったく野心がない、ということはないはずだ。水間が間にはいるにしても、一波乱は避けられないかもしれない。

野田は、ネクタイを締め直した。

「とにかく、当面お嬢さんはおれがめんどうを見る。そのかわり、ハゲタカの方はおまえに任せるよ」

そう言い残すと、ドアをあけて出て行った。

水間は、残ったビールをグラスに注ぎ、一息に飲み干した。

野田に対して、まったくライバル意識がない、といえば嘘になる。しかし、野田には先を見通す目があり、それは水間に欠けている資質だった。碓氷が、巌虎組と称する暴力団の看板を下ろし、渋六興業という法人組織に切り替えたのも、もとはと言えば野田の助言によるものだ。

野田には、現在の渋六興業を維持するばかりでなく、合法的に組織を拡大していく力がある。水間は、野田の考え方や発想を組織内に浸透させ、人心をまとめることに専念すればよい。その点については、それなりの自信がある。二人が、車の両輪になってがんばれば、渋六興業を守ることができる。

緊急の課題は、マスダの進出を食い止めることだ。

それにはまず、マスダが碓氷暗殺のために南米から呼び寄せた殺し屋、ミラグロを返り討ちにしなければならない。

これまでに、水間がミラグロを始末する機会は、少なくとも二度あった。

最初のときは、仏ごころを出して見逃すミスを犯した。二度目は、やるかやられるかのきわどい状況だったが、結局逃げられてしまった。

ミラグロもさすがに慎重になり、しばらくは目のつくところに立ち回らないだろう。

腕時計を見ると、すでに午後十時近かった。

引き上げようと椅子を立ったとき、ドアが開いて店長の山本晴男が顔をのぞかせた。

「たった今、ハゲタカのだんなが店の方に来ましたけど、どうしますか」

水間は迷った。

山本によれば、禿富はなぜかこの《キングズヘッド》がお気に入りとみえ、ときどき顔を出すらしいのだ。

「おれが来てることを、もう言っちまったのか」

「いえ、まだ言ってませんが」

水間は、少し考えた。

「ボックス席は、あいてるか」

「二人連れがいますが、カウンターに移ってもらうことはできます」

「じゃあ、そうしてくれ。ハゲタカには、おれが一杯おごりたがってる、と言え」

30

野田憲次は、組み敷いた碓氷笙子の息が耳元で急激に熱くなり、しだいに切迫するのを感じた。やがて笙子は、切れぎれに喜びの声を発しながら、絶頂に達した。小ぶりながら、よく引き締まった笙子の体が野田を下から押し上げ、跳ね飛ばさぬばかりに痙攣する。

それを見極めてから、野田も自分の欲望の塊を思い切り解き放った。

むろん、笙子は処女ではなかったが、男性経験があまり豊かでないことは、最初に寝たときに察しがついた。ベッドの中の笙子は、わがまま一杯なふだんの振る舞いや、自分から誘いをかける積極さからは想像もできない、うぶでしおらしい女だった。

最初は、芝居をしているのかと思ったほどだが、どうやら本物らしいことが分かった。三度も寝れば、およその見当はつく。

野田は、避妊具をティシュにくるんで捨て、笙子の脇に体を横たえた。

「初めてでしょう、こんなにいったのは」

野田が意地悪な質問をすると、笙子は喉を鳴らして肩に嚙みついた。

「ばか。でも、やっと分かったわ、いくってことの意味が」

「自分でしたことは、ないんですか」

「もう、変なこと、聞かないでよ」

「自分でするのは、別に悪いことじゃない」

「そう」

笙子は少しの間黙り、それから続けた。

「自分でしたとき、いったと思ったこともあったけれど、今のと比べると全然違うわ。あなたって、上手なのね」

「これだけはたぶん、ハゲタカに負けませんよ」

軽い気持ちで言ったが、肩口にすがった笙子の体がこわばるのを感じて、すぐに後悔した。

「あの男の話は、やめてくれない」

声がかすれている。

「すみません。自分はお嬢さんに、あの男のことを忘れてほしいんです」

「どうして」

聞き返されて、野田は迷った。

「それはつまり、自分がお嬢さんを好きだからですよ」

その言葉に嘘はないが、笙子がそれをどのように受け止めるか、少し不安だった。

笙子は、しばらく口をつぐんだままでいたが、やがてため息とともに言った。

「昼間のことは、ごめんなさいね。頭が、どうかしてたんだわ」

「でしょうね」

相槌を打つと、笙子は野田の腕をつねった。

「二股をかけたんじゃないのよ。だいいち、ハゲタカのことが好きなのかどうかも、分からないんだから。たぶん、あたしにまるで関心を示さないあの態度が、憎らしいのよ。あそこまで無視しなくても、いいじゃない」

「それは、お嬢さんに魅力がないからじゃなくて、青葉和香子に惚れ切っていたからですよ。あの男が、女に惚れるということ自体が、自分には不思議ですがね」

またしばらく、沈黙が続く。

「でもその女は、もう死んだのよ」

「死人と張り合っても、しょうがないじゃないですか」

「死んだ女に負けるなんて、がまんならないわ」

「きっと青葉和香子は、ハゲタカの中で永遠化されてしまったんです。そんなのを相手にしたって、勝ち目はありませんよ」

「昼間、あんたはハゲタカと張り合って、一歩も引かなかったわね。あたしの狂言だって、分かってたはずなのに。だから、うれしかったわ」

「ハゲタカをぶちのめさなくて、すみませんでした」

「いいのよ。もしあそこで、ハゲタカに手出しをしていたら、今ごろこうしてはいられなかったわ。いくらワルだといっても、相手はデカだものね。あんたの、そういう冷静なところが、あたしは好きなの」

「買いかぶりですよ。正直言って、あの男とはやり合いたくない。腕に自信がないわけじゃないが、ハゲタカには何か底知れない恐ろしさがある。それをのぞくのが、怖いんです」

野田はそう言って、思わず自嘲した。

笙子が、腕にしがみつく。

「あんたって、正直ね。そういうとこも、あたし好き」

野田は久しぶりに、心がなごむのを感じた。

これまで、好きになった女がいないわけではない。しかし、なぜか長続きしなかった。まともな女は、野田がやくざだと知ると離れて行くし、まともでない女は野田の方から遠ざかった。

その点笙子は、まともなところとまともでないところが同居する、不思議な女だった。

めんどうを見るつもりなら、自分に異存はないと言った水間英人の言葉が、ふと耳によみがえる。それは、状況しだいで野田が跡目を継ぐことを認める、という意味だろう。

そこまで、水間が自分を買ってくれているのかと思うと、鼻の奥がつんとなる。跡目を継ぐよりも、その方が自分にとってはうれしいことだった。

笙子が言う。

「一つ、お願いがあるの」

「なんですか」

「あたしのことを、お嬢さんと呼ぶのはやめてほしいの」

野田は、少し考えた。

「それはだめです。自分は、けじめだけはちゃんとしておきたい。体の関係ができたからって、自分の態度が急に変わったりしたら、まわりの連中のモラルが低下します。そうしていいときがくるまで、お嬢さんはお嬢さんでいてください」

笙子は、くすくすと笑った。

「分かったわ。あんたって、けっこう堅物なのね」

「それが、取り柄かもしれませんね」

しばらく黙っていたあと、笙子が口調を変えて言った。

「もう一つ、だいじな話があるの。聞いてくれる」

31

うとうとしていた間宮和巳は、携帯電話の呼び出し音で目が覚めた。

ボタンを押しながら、腕時計に目を走らせる。すでに、午前一時半だった。

「あたしよ。十分したら、おりて行くわ。玄関の方に、車を回しておいてね」

碓氷笙子の声は、柔らかく潤っていた。

機嫌がいいか悪いかは、もう声だけで察しがつくようになった。女の中には、ときとして感情の起伏の激しすぎる者がいるが、笙子の場合はその典型だった。

機嫌のいいとき、笙子は気前よく小遣いをはずんでくれたり、ごちそうしてくれたりする。ところが、何かの拍子に機嫌が悪くなると、手がつけられない。いきなり、ハンドバッグで頭をどやされたことも、二度や三度ではない。

今の笙子の声を聞くと、野田憲次がうまくご機嫌を取り結んだらしい、と察しがつく。どんな手練手管を使ったかは、この際考えないことにしよう。

間宮は、地下駐車場から車を出して、正面玄関の車溜まりにつけた。

ほどなく、笙子が野田にエスコートされて、ロビーから出て来た。

緑の地に、銀の刺繡のはいった派手なトレアドルパンツをはき、ピンクのギンガムチェックのシャツを、裾を出したまま着ている。

それは昼間、ホテル天王で赤いワンピースを引きちぎったあと、かわりに身につけたものだ。ちゃっかり、着替えを用意していたところをみると、最初から一人芝居を打つつもりだったことは、間違いない。

二人が乗り込むのを待って、間宮は車をスタートさせた。

「ご自宅でいいんですか」

念のため確認すると、笙子が応じる。

「その前に千駄ケ谷へ回って、この人を落として行ってちょうだい」

場所はよく知らないが、野田は千駄ケ谷に住んでいるのだ。

野田が、急いで口を出す。

「いや、おれがお嬢さんを送るから、先にボスの家へ行ってくれ」

「いいのよ、あたしに送らせて。ここからうちまで、五分もあれば着いてしまうわ。少しドライブしましょうよ」

「しかし、それでは自分の立場が」

野田が言い終わらないうちに、笙子が押しかぶせるように決めつける。

「あんたの立場より、あたしの意見が先。分かったわね、間宮」

「分かりました」

間宮は返事をして、車を明治通りの方へ向けた。

野田は、少しの間口をつぐんでいたが、やがてぶっきらぼうに言った。

「それじゃ、お言葉に甘えます。間宮、明治通りを北へのぼって、千駄谷小学校の交差点を、右へ曲がってくれ。そのあたりへ行ったら、また道を教える」

後部シートで、もそもそと服のこすれる音がして、笙子の甘い鼻声が聞こえた。

間宮は、さりげなくバックミラーの向きを変えて、後ろが映らないようにした。

走っている間、笙子は道玄坂に開いたアクセサリーの店の話や、近いうちにヨーロッパへ買いつけにいきたい、といった話をした。

野田は相槌を打ったり、ときどき笙子に質問したりしたが、間宮の耳にはその応対がどこかおざなりで、本心は別のことを考えているような印象を受けた。

千駄谷小学校の角を、右に曲がる。

「二つ目の信号を、左にはいってくれ」

言われたとおりにした。

レンガ造りの、小ぎれいなマンションの前に差しかかると、野田は車を停めるように言った。間宮は車の後部を回り、野田のためにドアをあけた。

野田と一緒に、笙子もおりて来る。笙子は野田の腕につかまり、マンションの入り口までついて行った。

間宮は二人に、背を向けた。

「話さない方が、よかったかしら」

笙子が、小さく野田に問いかけるのが、耳に届いた。

野田が、何か答えたとしても、聞き取れなかった。

わずかな静寂のあと、笙子が小走りに引き返して来た。

間宮はドアを閉め、運転席にもどった。マンションのアプローチを利用して、Uターンする。明治通りにもどったところで、笙子が話しかけてきた。

「あんた、昼間の話を、水間にしたの」

「いや、してません」

この十数時間というもの、笙子のお守りと運転に忙しかったので、一度も水間と顔を合わせていない。それは、笙子も承知しているはずだから、牽制球を投げたのだろう。

「そう。口が堅いのね」

「おしゃべりは、あまり得意じゃないんです」

「あたし、男のおしゃべりは好きじゃないの。野田のいいところは、口数が少ないところだわ」

「そうですね。自分も、野田部長は好きです」

渋谷橋の交差点を右折し、JR恵比寿駅のガードをくぐって、駒沢通りにはいる。

旧山手通りとぶつかる、鎗ヶ崎の信号の手前を左折した。碓氷父娘の住む家は、そこをさらに二百メートルほどはいった突き当たりの、左側にある。

数十メートルも走らないうちに、後ろについて来た車体の低い白い車が急に爆音を轟かせ、BMWの前に回り込んだ。

間宮はあわてて、スピードを落とした。ブレーキランプが、ちかちかと瞬く。もう少しで追突しそうになり、ぐいとブレーキを踏み込む。

BMWは、前の車とバンパーを接するようにして、急停車した。笙子が、シートの背に腕を突っ張り、小さく悲鳴を上げる。

「すみません。どういうつもりだ、いったい」

間宮は悪態をつき、ハンドブレーキを引いた。

前の車の、運転席と助手席のドアが、同時に開いた。

迷彩服を着た二人の男の姿が、ヘッドライトの中に浮かぶ。二人とも、間宮とほぼ同じ年ごろの若者だった。

「何よ、あいつら」

笙子が、とがった声で言う。

「ちょっと、礼儀を教えてきます。外へ出ないでください」

間宮は言い残し、ドアをあけて車をおりた。

迷彩服が、左右から間宮を包み込むように、迫って来る。

一人は、身長百八十センチ近い髭面の大男で、体重も百キロ近くありそうだ。

もう一人も、百七十五センチの間宮と同じくらいの背丈があるが、痩せているのと大男と一緒にいるのとで、むしろ華奢に見える。

大男は、ベレーのような戦闘帽をかぶり、小さい方は茶色に染めた長髪を、赤いバンダナで縛っている。

大男が、のんびりした声で言った。

「真夜中に、二人っきりでドライブかよ。いい気なもんだぜ」

「大きなお世話だ。その、スカートをはいたブタ車のけつを、さっさとどけろ」

バンダナの男が、目を吊り上げた。

「この野郎、おれの車をブタ車とはなんだよ」

大男が、バンダナの肩に手を置く。

「ほっとけ。こいつは、おれが始末する。おまえは、ねえちゃんを引きずり出せ」

「やめろ。おまえら、怪我するぞ」

間合いを計りながら、間宮は警告した。

「うるせえ」

バンダナがどなり、後部のドアの方へ回った。

間宮が、それをさえぎろうとして横に移動すると、大男が予想よりもはるかに早い動きで、何かを振り下ろした。

チェーンの鳴る音がして、間宮はしたたかに肩口を打たれ、片膝をついた。概して大男は動きが鈍く、あしらいやすいという先入観があり、つい油断してしまった。

第二弾が飛んでくる前に、間宮はアスファルトについた膝をそのまま跳ね上げ、後部のドアに手を伸ばしたバンダナの腰に蹴りを入れた。

バンダナは、声を上げてＢＭＷのボディにしがみつき、アスファルトに膝を落とした。

背後に大男が迫るのを感じて、間宮は後ろざまに体を投げ出した。相手が繰り出したチェーンは、みごとに空を切った。

間宮は仰向けになったまま、固めた拳を下から大男の股間目がけて、思い切り突き上げた。体勢が崩れていたために、ねらいが少しそれてしまったが、相手の気勢をそぐには十分だった。大男はののしり、後ろへたたらを踏んだ。

間宮は飛び起き、もう一度ドアに取りつこうとするバンダナの脇腹に、本気で回し蹴りを叩き込んだ。

バンダナが、ダンプカーに轢かれた猫のような声を発して、アスファルトの上に転がる。うめき声を漏らしながら、芋虫のように体をよじった。たぶん、肋骨が折れたはずだ。

向き直った間宮は、三度チェーンを振り下ろそうとする大男の胴に、頭から突っ込んだ。ナイフなら、腕の動きと連動するから予測がつきやすいが、チェーンは腕より遅れて繰り出されるので、まったく勝手が違う。

大男は間宮の胴に腕を回し、逆さに抱え上げた。そのままアスファルトに、頭を叩きつけようとする。

間宮は、とっさに大男の首に脚を巻きつけ、その反動で上体を跳ね上げると、鼻柱に正拳を叩き込んだ。

大男は悲鳴を上げ、間宮を抱えたまま尻餅をついた。

間宮は、大男のこめかみを強く殴って気絶させ、すばやく立ち上がった。

ＢＭＷの方を見返ると、バンダナの男はまだ路上に倒れたまま、もがいている。どうやら、笙子に手を出す余裕はなかったようだ。

間宮は車にもどり、運転席に体を入れた。

「すみません、てこずっちまって」

そう言いながら、後部シートに目をやった間宮は、どきりとした。

笙子の姿が、見えなかった。

あわてて体を起こし、あたりを見回す。人影はない。

「お嬢さん。どこですか」

呼んでみたが、返事もなかった。冷や汗がにじむ。

車の周囲を一回りし、アスファルトに身を伏せて車体の下も確かめたが、笙子はどこにもいなかった。

そのとき、突然後方で目のくらむような光がつき、間宮を照らし出した。

少し離れた電柱の後ろに、いつの間にかひっそりと駐車していた車が、ヘッドライトを点灯したのだった。

はっと身構えると、車はそのまま猛烈なスピードで駒沢通りの方へ、バックし始めた。ヘッドライトが、見るみる遠ざかる。

間宮は反射的に、車を追って走り出した。

車は三、四十メートルバックすると、今度はタイヤをきしらせて右手の路地へ、頭から突っ込んで行った。黒いボディが、視野をよぎる。

「くそ」

間宮は、急いでＢＭＷに駆けもどった。

起き上がって来た、顔中血だらけの大男の顎にもう一発拳を入れて、運転席に転がり込む。ギヤを入れ、逃げた車と同じようにアクセルを踏み込み、一気に路地の入り口までバックした。

ハンドルを左に切り、あとを追って路地に曲がり込む。すでに、車の姿はない。

間宮は半ばパニックに陥りながら、暗い住宅街を猛然と突っ走り、テールランプを探した。二つ目の十字路を通り過ぎたとき、左手に駒沢通りの方へ向かう赤いランプが、ちらりと見えた。急ブレーキをかけ、バックしてその車を追う。

駒沢通りに出ると、車はゆっくり左折した。街灯の光で、ボディの色が赤だと分かり、間宮は悪態をついた。

車は左に寄って停まり、髪にカーラーを巻いたパジャマ姿の女が、助手席からおりた。ガードレールをまたぎ、たばこの自動販売機に向かう。間宮は、停まった車のそばを走り抜けながら、中をのぞいた。

運転席にすわっているのは、不機嫌そうな顔をした中年の男だった。後部シートには、だれも乗っていない。

間宮は、ハンドルに拳を叩きつけた。車を間違えたようだ。体中に、汗が噴き出す。アクセルを踏み、スピードを上げた。碓氷のマンションにつながる道に、もう一度はいって行く。

襲われた現場に近づくと、間宮は絶望のあまり唇を嚙み締めた。

大男とバンダナの男は、白い車とともに影も形もなくなっていた。

32

「ばかやろう。なんのために、てめえがついてやがったんだ」

応接室にはいって来るなり、谷岡俊樹が間宮和巳を張り倒した。

床に倒れた間宮をかばうように、坂崎悟郎が大きな体で割ってはいる。

「申し訳ありません。間宮の不始末は、わたしの責任です。わたしを叱ってください」

「あらゆる事態に備えるのが、おまえたちボディガードの仕事だろうが。まったく、ガキみてえなどじを踏みやがって」

谷岡はどなり、奥のソファにどかりとすわった。

野田憲次が、地獄からもどったばかりのような暗い顔で、ぼそりと言う。

「悪いのは、自分です。お嬢さんを先に送っていれば、むざむざ拉致されることはなかった。間宮一人には、荷が重すぎました」

間宮は床に正座し、膝の上で拳を震わせている。ズボンにぽたぽたと、涙がこぼれ落ちる。

水間英人は、体を乗り出した。

「間宮と坂崎の不始末は、総務部長の不始末です。自分に責任があります」

それを追うように、乾いた笑い声が流れる。

水間は、部屋の隅のパイプ椅子にすわった、禿富鷹秋を見た。

禿富はトレンチコートを着たまま、野放図に足を組んでふんぞり返っている。

「だれの不始末だとか、だれに責任があるとか、ごりっぱなことだ。そんな議論をしてるより、これからどうするかを考えるのが先決じゃないのか」

応接室が、しんとなった。

時間はすでに、午前三時を回っている。

水間が聞いたところでは、坂崎は碓氷嘉久造のマンションに詰めているとき、間宮からつい目と鼻の先で笙子が何者かに拉致された、と連絡を受けたらしい。

坂崎は、すぐに谷岡ら三人の幹部に急を知らせ、谷岡は渋六興業の事務所に集まるように、指示を出した。

坂崎は、碓氷の警備を配下の若い者に任せて、事務所へ急行した。熱を出して寝ている碓氷には、とりあえず何も知らせずにおいた、という。

杉並区の久我山に住む谷岡は、事務所へ来るのにいちばん時間がかかった。

野田は、笙子に送ってもらったあとシャワーを浴び、ベッドに潜り込んだところを呼び出されたらしい。

水間は水間で、禿富と《キングズヘッド》でしたたかに飲んだあと、二軒目のバーで坂崎からの電話を受けた。

事情を知ると、禿富も一緒に事務所へついて行く、と言い出した。昼間の、ホテル天王でのいきさつを聞いていたので、水間も断ることができなかった。

しかし、ここで禿富にあれこれ口を出されるのも、なんとなく業腹だった。

水間は、禿富に言った。

「間宮は、お嬢さんを連れ去ったやつを見てないし、車のナンバーも覚えてない。ミラグロのしわざかどうかも、分からないんですよ」

禿富が、鼻で笑う。

「ミラグロの仕事に、決まってるだろう。ボス以外の幹部も、標的にされる可能性があるから気をつけろ、と前に警告したはずだ」

「しかし、お嬢さんにまで手を出すとは、思わなかった。やくざの世界にも、仁義はあるんだ」

「マスダのろくでなしどもに、そんな甘い考えが通用するものか。自分の母親だって売りかねない、けだもの以下の連中なんだぞ」

また応接室に、重い沈黙が漂う。

野田が、あまり気の進まない口調で、谷岡に声をかけた。

「どうします、専務。やはりこの際、サツに届けますか」

「ばかやろう、今さらサツなんかに」

谷岡はそう言いかけて、禿富に視線を向けた。ばつが悪そうに、口をつぐむ。

また、禿富が笑う。

「今さら、サツなんかに頼んだりしたら、渋六のメンツにかかわるか。もっとも、手がかりが全然ないとすれば、こっちも探しようがない。証拠もなしに、ミラグロを手配するわけにも、いかないからな」

水間は、人ごとのように言う禿富に、むっとした。

「それじゃ、何かいい考えがあるんですか」

「ない。ミラグロを始末する機会が二度あったのに、どちらもおまえのせいでやりそこなった。今度はおまえが、自分でやつを探し出す番だ」

水間は、唇を嚙み締めた。いつもながらの嫌みに、はらわたが煮える思いだったが、何も言い返すことができない。

禿富が、言葉を継いで言う。

「用心棒兼運転手が、お守りをする相手を残して車から離れるとは、しゃれにもならんぞ。その上、逃げた車の型も分からなけりゃナンバーも見てない、とくる。ど素人もいいとこだな」

間宮は正座したまま、ますます身を縮めた。

野田が、険しい表情で言い返す。

「間宮は、いちゃもんをつけてきた暴走族を、叩きのめしたんですよ。そのすきに、お嬢さんを拉致されたんだ。おれが一緒に乗っていたら、そういうことにはならなかった。間宮だけが悪いんじゃない」

「腕に覚えのあるやつにかぎって、目の前のことしか見えないんだよ。まして、その暴走族とやらにも、まんまと逃げられたんだろう。おっと、そんなことは気にしなくていい。とっつかまえたところで、ミラグロの居場所なんか知ってるわけがない。どうせ、金で雇われたちんぴらだからな」

間宮がうつむいたまま、肩をぶるぶる震わせる。

水間はそれを、哀れみの目で見た。

間宮のような、経験の浅い若者に笙子の身柄を任せたことが、どだい間違いだったのだ。間宮は確かに、ボクシングや少林寺拳法の心得があるが、修羅場をくぐった経験がほとんどない。目先の喧嘩に気を取られ、背後にまで注意が行き届かなかったのは、しかたのないことだ。

谷岡が、口を開く。

「しかし社長に、なんと言えばいいんだ。おれには、自宅のすぐそばでお嬢さんを誘拐されました、などとはとても言えないぞ」

「とりあえず、急に旅行に出かけました、とでも言いますか」

水間が応じると、谷岡は眉をしかめた。

「冗談だろう。父親が、熱を出して寝てるっていうのに、旅行に出かける娘がいるか。いくら、あのお嬢さんでもな」

また室内に、静寂が訪れる。

野田は、いても立ってもいられない様子で、手のひらに拳を叩きつけた。

水間は、禿富に声をかけた。

「ミラグロのしわざだとして、やつはお嬢さんをどうするつもりだろう。取引の材料にでも、使うつもりですかね」

禿富が、片頰をゆがめる。

「ボスの命と引き換えに返す、とでも言ってくるかもしれんな」

水間は絶句して、谷岡や野田と目を見交わした。

谷岡が、言葉を絞り出す。

「ボスを出すわけにはいかない。そうなったら、渋六はマスダの手に落ちてしまう」

「しかし、娘の命と引き換えだと言われたら、ボスは自分から出て行くだろう」

禿富が言うと、谷岡は眉を吊り上げた。

「それはまずい。ボスだけは、行かせちゃいかん。そうなったら、身代わりを出すしかない」

間宮が顔を上げ、叫ぶように言う。

「だったら、おれが行きます。おれに行かせてください」

野田が、割ってはいった。

「だめだ。おまえみたいな若僧じゃ、向こうが納得しない。そのときは、おれが行く」

「しかし、それではおれの」

言いかける間宮を、水間は押しとどめた。

「まあ待て、二人とも。それは総務部長の、おれの仕事だ。おれが行く」

秃富がさもおかしそうに、くっくっと笑い出した。

「おいおい、またか。いいかげんにしておけよ。おまえたちの話を聞いてると、何十年も前の東映の任俠映画を思い出すぜ。時代遅れもいいところだ。そんなふうに格好ばかりつけてるから、マスダみたいな仁義知らずに、シマを横取りされるんだ。やめとけ、やめとけ」

水間はその口ぶりに、少なからずむっとした。

「だったら、どうしろというんですか」

食ってかかると、秃富は急に目をきらきらさせた。

「ボスかじゃじゃ馬か、どちらかをあきらめるしかないだろう。両方やられる可能性も、考えておいた方がいい」

「黙って見てるつもりですか。ミラグロは、だんなにとってもかたきのはずだ」

「やつが、じゃじゃ馬を餌に接触を図ってきたとき、チャンスができる。それまでは、待つしかないな」

そのとき、室内に携帯電話の呼び出し音が、小さく流れた。

水間は急いで、ポケットを探った。ほかの連中も、それにならう。

水間の電話ではなかった。

「もしもし」

そう応じたのは、禿富だった。

水間は肩の力を抜き、携帯電話をポケットにもどした。

何も言わずに、禿富の様子をうかがう。

受話口を耳に当てた禿富の顔が、しだいに険しくなった。飛び出た頬骨と、そげた顎の間の筋がぴくぴくとうねり、宙を睨む目が深い眼窩の奥で暗く燃える。

禿富は、ほとんど口を動かさずに、低い声で応じた。

「どこにいる。……こっちは今、渋谷だ。……だれと一緒にいる。……分かった。十五分以内に行く」

水間は、禿富が妙にのろい動作で携帯電話を折り畳み、ポケットにしまうのを見た。

禿富は、その場にいる者たちの視線を跳ね返すように、ひとわたり視線を巡らした。

「じゃじゃ馬からだ」

それを聞くと、水間もほかの者もいっせいに色めき立ち、禿富の方に乗り出した。

谷岡が、急き込んで言う。

「どこにいるんだ、お嬢さんは」

禿富は、軽く肩を揺すった。

「分からん。そばに、だれかいるような雰囲気だったが、はっきり言わなかった。おそらく、ミラグロだろう」

一瞬応接室が、凍りついたようになる。

野田が言った。

「お嬢さんは、なぜだんなの携帯にかけてきたんだろう。お嬢さんに、番号を教えてあったんですか」

「いや、教えてない。おまえが教えたんじゃないのか」

「教えてませんよ、おれは」

水間は、二人のやり取りに割ってはいった。

「今は、金さえ出せば携帯の番号でもなんでも、簡単に調べられるんだ。そんなことより、お嬢さんはなんと言ってるんですか」

禿富が、一呼吸おいて言う。

「碑文谷六丁目の、パラシオ碑文谷へ来てくれ、とさ」

「パラシオ碑文谷。なんですか、それは」

「おれが住んでるマンションだ。ミラグロの差し金だろう」

水間は驚き、野田と顔を見合わせた。

野田が言う。

「だんなのマンションで、お嬢さんとミラグロが待ってる、というんですか」

「そうだ。しかし、部屋で待ってるということは、ないはずだ。おれのマンションは、セキュリティが厳しいから、たとえミラグロでもそう簡単には忍び込めない。二人して、どこか近くに潜んでるに違いない」

「どっちにしても、ミラグロはだんなの住まいや携帯の番号まで、調べ上げたんだ。こいつは、油断できないぞ」

水間が言うと、いきなり谷岡が立ち上がった。

「よし、みんなでだんなのマンションへ、乗り込もうじゃねえか」

その言葉につられたように、ほかの者もいっせいに席を蹴る。

禿富が、両手を上げた。

「待て、待て。マイクロバスでも、仕立てるつもりか。こんな大人数で行けば、出て来るものも出て来なくなる。おれに任せておけ」

「そういうわけにはいかない。おれも連れて行ってください」

野田が言うと、間宮も負けずに懇願した。

「おれも、おれもお願いします」

「だめだ。ことにおまえたち二人は、頭に血がのぼってるからな」

それを聞いて、水間は一歩前に出た。

「だったら、おれがお供しましょう。だんな一人に、任せておくわけにはいかない」

禿富は少し考え、しぶしぶのようにうなずいた。

「懲りないやつだな。まあいい。おまえ一人なら、かまわんだろう。すぐに、車を出すんだ」

水間は、なおも言い募ろうとする野田や間宮を、手で制した。

「ここは、おれに任せてくれ。何かあったら、すぐに電話するから」

33

五分後、水間英人は助手席に禿富鷹秋を乗せて、地下駐車場を出た。

深夜の道は、がらがらにすいている。

「このまま明治通りを、まっすぐ行くんだ。並木橋を右折して、鎗ヶ崎へ抜けてくれ。駒沢通りにはいったら、あとは一本道だ」

駒沢通りから行けば、碑文谷は東急東横線学芸大学駅の少し先を、左にはいる見当になる。ほぼ並行する目黒通りを挟んで、広く南北にまたがる閑静な住宅街だ。

どうやらミラグロは、碓氷笙子を車で拉致したあと駒沢通りに抜け、碑文谷へ回ったらしい。しかし、禿富の携帯電話に連絡してくるまで、いくらかブランクがある。その間にいろいろと、知恵を巡らしたに違いない。

ミラグロは笙子の命と引き換えに、何を要求するつもりだろうか。

禿富を呼び寄せたところをみると、ボスの碓氷にねらいを定める前に、禿富と決着をつけるつもりかもしれない。

しかし禿富が、おめおめとミラグロの言うままになる、とは思えなかった。その場合、水間は自分の身を犠牲にしてでも、笙子を取りもどす覚悟でいた。もとはと言えば、自分の優柔不断が招いたことなのだ。

駒沢通りと交差する、東横線のガードをくぐったところで、禿富が言った。

「次の信号を、斜め左にはいってくれ」

事務所を出てから、まだ十分しかたっていない。水間は、禿富が出す指示どおりにハンドルを切り回し、住宅街の奥深くはいって行った。一方通行が多く、道を知っている者でなければ、すぐにも迷ってしまいそうだ。

やがて右手に、こんもりした木立が見えてきた。公園か何からしい。

前方に目をこらしていた禿富が、わずかに身を乗り出した。

「そこの、一方通行の道を右にはいって、すぐのところで停めろ」

水間は、言われたとおりに右折して、街灯の光が届かない木立のわきに、停車した。

「ここから、歩いて行く」

禿富はそう言って、ドアをあけた。

水間もエンジンを切り、車をおりる。

禿富は周囲に目を配りながら、石垣に沿って歩き始めた。足音を立てないように、気を配っている。水間も、それにならった。

石垣が切れて、十字路を過ぎると左側が金網のフェンスになり、その内側に水を張っていないプールが見えた。少し先に、グレイのタイルを外壁に貼り回した、四階建ての小ぶりのマンションがある。

禿富は、あれがそうだというように、身振りで知らせた。

どの窓も真っ暗だが、街灯の光でかなりの高級マンションらしい、と察しがつく。通りから少し引っ込んでおり、短いながらも入り口から玄関ホールまで、コンクリートのアプローチがついている。

二人は、通りの前後に目を走らせた。どこにも人影はない。

「とりあえず、中にはいってみよう」

禿富はささやき、先に立って入り口をはいった。

アプローチを玄関へ向かうと、左側の暗がりに赤や黄色の花が咲き乱れた花壇があり、コンクリートの上に二つ三つ、花びらが散っていた。

通り過ぎようとして、ふと禿富が足を止める。

しばらく花壇を見ていたが、やおらコートのポケットからペンライトを取り出し、花に光の輪を向けた。

人の形に折りしだかれた、色とりどりの花の間に埋まる白い女の顔が、光輪の中に照らし出された。

水間は、息が止まるほど驚いた。

光を失った目で、無表情に宙を見つめるその女は、碓氷笙子だった。

「お嬢さん」

水間は、われを忘れて花壇に踏み込もうとしたが、禿富に腕を引きもどされた。

「落ち着け。もう死んでるよ。あの血を見ろ」

赤い花と見えたのは、ピンクのシャツの上に流れ出た、血の染みだった。

笙子の首が、喉元から右の耳にかけて切り裂かれ、ぱくりと口をあけている。確かに、生きている気配はなかった。

水間は腕をつかまれたまま、呆然と笙子の死体を見つめた。

経堂のマンションの居室で、同じように喉を切り裂かれていた青葉和香子の顔が、まぶたの裏をよぎる。あのような凄惨な光景を、ふたたび目にするとは思わなかった。

しだいに、体に震えがくる。

ミラグロが、取引もせずに笙子の息の根を止めるとは、予想外のことだった。それも、笙子が禿富の携帯電話に連絡してきてから、まだ三十分とたっていないのだ。

「くそ」

体の力が抜け、水間はへなへなとコンクリートの上に、膝をついた。

谷岡や野田に、そしてボスであり笙子の父親である碓氷嘉久造に、なんと説明したらいいのだろう。

ショックとやり場のない怒りで、水間は正気を失いそうになった。コンクリートに体を打ちつけ、地面の中にわが身を埋めてしまいたくなる。

禿富が、水間を引き起こした。

「事務所へもどるんだ。ここにいても、どうしようもない」

「しかし、お嬢さんをこのままにしておくわけに、いかないでしょう」

水間は抗議したが、禿富は取り合わなかった。

「おれたちが第一発見者になると、何かとめんどうだ。とにかくこの場を離れよう」

水間は、禿富に腕を引きずられるようにして、車のところへもどった。

禿富は、水間の手から車のキーをもぎ取り、みずから運転席に乗り込んだ。

「早く乗れ」

禿富に言われて、考える気力も失せた水間は黙ってドアをあけ、助手席に体を預けた。

禿富はエンジンをかけ、ことさらゆっくりと車をスタートさせた。

マンションを通り過ぎ、数十メートル走ったところでにわかにスピードを上げ、深夜の道を疾走し始める。

水間は、耐え切れずに顔を押さえた。

指の間から、熱い涙があふれ出ていることに気づいたのは、だいぶたってからだった。

第七章

34

間宮和巳が、まるで母親の臨終にでも立ち会ったように、体を震わせて号泣する。

水間英人の報告を聞いた谷岡俊樹、野田憲次、坂崎悟郎らは、怒りとショックのあまり言葉もなく、事務所は重苦しい沈黙に包まれた。水間の話をだれも信じていない、というより信じたくないようだった。

ようやく谷岡が、喉から声を絞り出す。

「しかし、水間。お嬢さんをそのままにして、よく帰って来られたな。いくら、ハゲタカがそうしろと言ったからって、あんまりじゃねえか」

水間は膝に手をつき、頭を下げた。

「すみません。しかし、自分たちが第一発見者になったら、事情聴取やら何やらで長時間警察に拘束されるでしょう。その場合、みんなとも自由に連絡が取れないし、ミラグロの行方を追うこともできなくなる。残念だが、ハゲタカの言うとおりにするしか、方法がありませんでした」

野田が、そばから助け舟を出す。

「水間を責めないでください、専務。こいつだってお嬢さんを、ほったらかしにしてきたくはなかったでしょう。これからのことを考えると、やむをえなかったと思います。警察に駆け込んだところで、お嬢さんが生き返るわけじゃありませんからね」

「そりゃまあ、そうだが」

憮然とした谷岡の様子に、水間は言った。

「もちろん、もどる途中公衆電話から一一〇番を入れて、通報だけはしておきました。ハゲタカは、それすらやめておけと反対しましたが、ほうっておくわけにいかなかった」

谷岡は、顎を引いた。

「一一〇番か。あれをかけると、自動的に声を録音されちまうんだろう。どこからかけたかも、分かると聞いたぞ。だいじょうぶか」

「だいじょうぶです。碑文谷六丁目のパラシオ碑文谷で、争うような物音と女の悲鳴を聞いた、と伝えただけですから。むろん名前は言わなかったし、電話機やボックスに指紋を残さないように、気をつけました。ただ、声を録音されるのは、どうしようもなかった。気休めに、作り声を出しましたがね」

みんな、口をつぐんだ。

少しの間、間宮のすすり泣きだけが流れる。

また、谷岡が口を開いた。

「すると、おっつけ警察がお嬢さんの死体を発見して、身元の割り出しに取りかかるわけだ。朝になったら、社長やおれたちのところへ事件を知らせに、やって来るだろう。となると、社長への報告も含めてどう対応すればいいか、考えておかなきゃなるまいな」

水間は、背筋を伸ばした。

「さっき別れ際に、ハゲタカのだんなとそのあたりのことを、いろいろ話し合いました。というより、ハゲタカの一方的な指示ですが」

「どんなことだ」

「ゆうべお嬢さんが何者かに拉致されたことと、われわれ幹部がその対策を立てるために集まったことは、警察に話してもいいと言いました。ただし、その場にハゲタカのだんなが同席したことは、黙っていろということだった」

谷岡は鼻を鳴らし、唇をゆがめた。

「よく言うぜ、まったく」

「とにかく、お嬢さんがだんなの携帯電話に呼び出しをかけてきたこと、そのあとだんなと自分がパラシオ碑文谷へ出向いて、死体を発見したことだけは絶対にしゃべるな、とそれだけはくどく、口止めされました」

「やはりあいつは、自分のことしか考えてねえな」

谷岡がぶつぶつ言うのを、水間は無視して続けた。

「念のため、社長にもそのことは知らせない方がいい、とも言いました。お嬢さんが亡くなった事実は、警察から連絡がいくまで知らなかったことにしろ、ということでした」

谷岡が、あいまいにうなずく。

「それは、その方がいいだろう。おれの口から、社長にお嬢さんが亡くなりましたなどとは、とても言えんからな」

野田が口を挟んだ。

「これでおれたちも、青葉和香子をミラグロに殺されたハゲタカ同様、やつに大きな貸しができたわけだ。このかたきは、おれたちの手で討つ。警察をあてにするのはやめようぜ」

水間もうなずく。

「当然だ。あまり気はすすまないが、ハゲタカと個人的に共同戦線を張るしか、しかたがないだろう」

谷岡が腕を組んで、いまいましそうに言う。

「ミラグロの野郎がお嬢さんを拉致したのは、おれたちになんらかの取引を持ちかけるためだ、と思っていた。まさか、ハゲタカや水間の目の前に、いきなりお嬢さんの死体を投げ出すとは、予想もしなかった。まったく、とんでもねえ野郎だぜ」

それきり、みんな口をつぐんでしまった。

夜が明ける前、谷岡は水間や野田を引き連れて碓氷の自宅へ行き、とりあえず笙子が何者かに拉致された事実だけを、手短に報告した。

前日から風邪を引き、ずっとベッドにこもっていた碓氷は、それを聞いたとたん病状を悪化させ、掛かりつけの医者を呼ぶ騒ぎになった。とても、笙子が殺されたことを報告できるような、生やさしい状況ではなかった。水間は、碓氷に事実を隠すことで気がとがめなくもなかったが、その役を警察に任せることにしたのは正解だった、とつくづく思った。

朝になって、笙子の身元を洗い出した所轄の中目黒署の刑事が、碓氷の自宅へ事件を知らせにやって来た。

水間にとって、自分のボスが一人の哀れな父親にもどるのを見るのは、考える以上につらいことだった。心臓に持病のある碓氷のことだから、もしかすると発作を起こすのではないか、と強い不安を覚えた。

幸い、そこまでの事態にはいたらなかったが、碓氷の悲嘆は並たいていのものではなかった。体中の怒りと悲しみを絞り尽くし、短時間にげっそりとやつれ果てた。

碓氷は、むろん遺体確認に出向く気力も体力もなく、すべての手続きを谷岡や水間たちに任せると、そのまままた寝込んでしまった。

35

「あっけないものだな」

野田憲次が、煙突から立ちのぼる薄い煙を見つめながら、ぽつりと言う。

「まったくだ。あのじゃじゃ馬が、あんな煙になっちまうとはな」

水間英人はそう応じて、野田の顔をさりげなく見やった。野田の目に、新たな涙が光るのを見て、暗然とした気分になる。

野田は、顔をそむけた。

碓氷笙子の葬儀は、台東区谷中にある碓氷家の菩提寺、永承寺で執り行なわれた。

碓氷嘉久造は、娘を失ったショックから立ち直ることができず、がくりと落ち込んだままだった。とはいえ、さすがに筋金入りの渡世人らしく、公の場で取り乱すことはなかった。

逆に専務の谷岡俊樹は、笙子を子供のときから知っているせいか、実の娘を失ったように悲しみにくれ、手放しで泣いた。それまで、気丈に碓氷のかわりを務めていたのだが、告別式で糸が切れたようだった。

水間もそれを見て、涙を抑えられなかった。

水間にとって、笙子はわがままいっぱいの扱いにくい娘だったが、座に加わるだけでぱっと花が咲いたようになる、あの華やかな雰囲気がなつかしかった。

一緒になって煙を見送りながら、水間は野田がため息をつくのを聞いた。

野田は笙子の死に、人一倍責任を感じているようだ。事件のあと、思い詰めたように寡黙になり、水間が話しかけても上の空でいることが多かった。現場に居合わせながら、笙子が拉致されるのを阻止できなかった間宮和巳以上に、ショックを受けたように見える。

もともと責任感の強い野田だが、それだけではないような気がした。あるいは野田は、水間がけしかけるまでもなく本気で笙子に惚れ、結婚するつもりでいたのかもしれない。

葬儀は密葬で行なわれたので、会葬者は碓氷のごく近い親戚や組織の者たち、盃を交わした兄弟分などの関係者に限られ、ひっそりとしたものだった。警備という名目で、寺の周囲を固めた地元の警察署員や、神宮署の私服刑事たちも拍子抜けがしたようだ。

一時間ほどして、水間は碓氷とその一族、兄弟分や社員とともに、笙子の骨を拾った。そのとき、必死に涙をこらえる碓氷の様子を見て、胸のつぶれる思いがした。

ボスのために、また野田のためにも、ミラグロに引導を渡さなければならない、と水間は決心した。たとえ、禿富鷹秋と先陣争いをすることになろうとも、これぱかりは譲れない。

骨になった笙子は、碓氷に抱かれて一度自宅へもどった。

恵比寿の家に到着すると、組織の関係者や近所の住民に交じって、神宮署の刑事の姿が何人か見えた。たまたま通りかかったとでもいうような、さりげないふうを装う刑事たちの振る舞いが、どこか滑稽だった。

そうした人の群れから少し離れ、電柱にもたれてたばこを吸うコート姿の男が、水間の目に留まった。

禿富鷹秋だった。

水間の頭に最初に浮かんだのは、以前禿富がたばこを吸うのを見たことがあっただろうか、というくだらぬ疑問だった。見たような気もするし、見なかったような気もする。なぜそんな考えが浮かんだのか、自分でも分からなかった。

だれも禿富に気づいた様子がないので、水間は車をおりて禿富の方へ歩いて行った。禿富は体を起こし、水間に背を向けて歩き出した。避けるつもりがないのは、そのゆっくりした足取りで分かる。

禿富は、ブロック塀の角を右に曲がって、視野から姿を消した。

水間も、同じ角を曲がる。禿富はそこで、塀にもたれて待っていた。

「どうも。寺にも焼き場にも、姿を見せませんでしたね」

「あたりまえだ。現職の刑事が、暴力団関係者の葬儀に顔を出して、線香を上げられるか」

「分かってますよ。だんなの顔を見たら、社長も冷静ではいられなかったでしょうしね」

「まるで、おれに責任があるような口ぶりだな。おれはアドバイザーであって、用心棒じゃないんだ。まして、あのじゃじゃ馬のめんどうをみる筋合いなど、これっぽっちもなかった。おまえたちの油断が、そもそもの原因だ」

それは重々分かっていたが、禿富のものの言い方にかちんとくる。

そっと深呼吸して、話の趣を変えた。

「その後、どうなってますか。ミラグロのことは、捜査線上に上がってますか」

「上がってない。現場付近で、じゃじゃ馬のハンドバッグが見つかったが、現金やクレジットカード、アクセサリーのたぐいは何も残っていなかった。ミラグロが、金目当ての流しの犯行に見せかけるために、持って行ったに違いない」

「お嬢さんの遺体には、薬らしきものをかがされたあとが残っていた、と新聞に出てましたが」

「そのとおりだ。ミラグロはたぶん、間宮がちんぴらとやり合っている間に、じゃじゃ馬を麻酔薬で眠らせて、引っさらって行ったに違いない」

「ちんぴらと一緒に、しつこくお嬢さんのあとをつけ回して、襲うチャンスをねらってたわけですか」

「だろうな。ともかく中目黒署では、ミラグロのミの字もつかんでない。渋六興業とマスダの抗争そのものに、知識も関心もないんだからな。ミラグロのねらいどおり、捜査本部は暴走族のグループが小遣い稼ぎにやったもの、とみているようだ」

　水間は、拳を握り締めた。

「警察はだませても、おれたちをだまし切れないことくらい、ミラグロも承知してるはずだ。これはおれたちに対する、露骨な挑戦ですよ」

「言われなくても、分かっている。やつは警察など、気にもかけていない。眼中にあるのは、おれたちだけだ」

「こうなったら、マスダと全面対決するしかないな」

「それは、やめた方がいい。今の力では、渋六に勝ち目はない。まずミラグロを始末して、マスダの意気をくじくのが先決だ」

確かに、一理ある。

「ところで警察は、青葉和香子殺しとお嬢さん殺しの関連に、目をつけたようですか」

禿富はたばこを落とし、かかとで丹念に踏みにじった。

「殺しの手口が似ているから、当然目をつけただろうな。ただし、二つの殺しに使われたナイフは、別のタイプのものだと鑑識の結果が出た。たぶんミラグロは、一度使ったナイフは見つからないように処分して、その都度新しいナイフに替えるに違いない」

水間は、腕時計を見た。

「今日は、ゆっくり話をしている暇がないんです。都合のいいときに、また《ブーローニュ》に顔を出してください。こっちも、幹部を集めておきます。二、三日中に、携帯に連絡します」

言い残して、背を向ける。

禿富の声が、追いかけてきた。

「ミラグロは、おれの獲物だ。おまえたちには渡さんぞ。覚えておけ」

36

谷岡俊樹が、顔色を変えて詰め寄る。

「社長、それだけは、考え直してください」

碓氷嘉久造は低い声で言い、ブランデーグラスを口に運んだ。

「いや、おれの考えは、もう変わらん。これ以上、むだな血は流したくない」

水間英人は、膝の上で拳を握り締めたまま、じっと碓氷の顔を見た。

この一週間で、碓氷は見る影もなく老け込んでしまい、体も一回り小さくなった。もともと、やくざ渡世には珍しい穏やかな顔つきと、控えめな物腰で知られる男だったが、今では立ち居振る舞いにも生気が見られず、腑抜けたようになってしまった。

言葉を失った水間ら幹部連中を、碓氷は順に眺めながら言った。

「世の中が変わって、おれのような古い渡世人が生きる時代じゃなくなった、ということだ。マスダのような、仁義を知らぬ新興勢力に後れを取るはめになったのが、その証拠だろう。こうなったら、いさぎよく足を洗うしかない」

「しかし、このまま引き下がったんじゃ、おれたちの面目は丸つぶれだ。せめてマスダと一戦交えて、意地を見せようじゃないですか。弔い合戦もせずに城を明け渡すなんて、死んでも死に切れませんぜ」

谷岡が、必死に食い下がる。

「マスダとやり合うにしても、どこへねらいを定めればいいんだ。連中は組織で動くし、その組織を動かしているのはペルーにある、マスダの本部だぞ。しかも、その本部だってペルーのどこにあるのか、まったく分からんとくる」

「何も南米まで、出かけて行こうってわけじゃない。こっちにいるやつらを、あっちへ追い返せばいいんですよ」

「こっちにいる、だれを追い返すんだ。マスダの日本支部の、渋六興業で言えば社長のおれに当たるやつは、いったいだれだか分かっているのか」

碓氷に聞き返されて、谷岡がぐっと詰まる。

碓氷の指摘に、水間もちょっと当惑した。

組織で動くマスダには、日本の暴力団の組長に相当する明確なボスが、いないように見える。組織自体が、複数の幹部の合議制で運営されているらしく、個人の名前はほとんど外へ漏れてこない。

野田憲次が、そばから口を出す。

「コマンダンテの一人に、ホセ石崎という男がいると聞きましたが」

碓氷が、野田に目を向ける。

「コマンダンテ。どういう意味だ」

「スペイン語で指揮官とか、司令官とかを意味するそうです」

「だったら、そいつをまず血祭りに上げよう」

谷岡が割り込んだが、碓氷はそれを無視して野田に尋ねた。

「コマンダンテは、そいつ一人じゃないんだろう」

「ええ。数は知りませんが、何人かいるようです」

碓氷は、谷岡に目をもどした。

「だとすれば、その男を一人始末したところで、マスダは痛くもかゆくもあるまい」

「そいつを手始めに、コマンダンテを全員片付けりゃいいでしょう」

「全部やったところで、南米の本部からまた新手のコマンダンテとやらが、送り込まれて来るだけだ。なんの解決にもならんよ」

クラブ《ブーローニュ》の特別室に、このところ珍しくもなくなった重い沈黙が、ずしりと垂れ込めた。

笙子の初七日を終え、初めて幹部がゆっくり話し合う時間ができたというのに、碓氷が持ち出したのはだれも予想しなかった敗北、引退宣言だった。

水間自身、弔い合戦を覚悟していただけに、これには出端をくじかれた。

水間は口を開いた。

「社長。お気持ちは分かりますが、このまま社長にすんなり引退されたのでは、渋六の意地が立ちません。ここは一つ、考え直してもらえませんか」

谷岡が、同感だというようにうなずく。

碓氷は、頑固に首を振った。

「いや、考えは変わらん。おれは引退するが、渋六を解散するわけじゃない。かたちばかり株主総会を開いて、新しい社長を決めればすむことだ。あとはおまえたちで、うまくやればいい。おれさえ身を引けば、かりに渋六が笙子のかたきを討たずにすませても、義理を欠くことにならん。おれがそう請け合うんだから、ほかの連中もとやかく言わんだろう」

「しかし、社長が引退すればマスダはここぞとばかりに、縄張りを乗っ取りにかかりますよ。このまま引っ込んだら、やつらの思う壺じゃないですか」

水間が言うと、野田も同調した。

「そのとおりです。だいいち、ここで手を引いたら、亡くなったお嬢さんが浮かばれませんよ。自分たちだって、このままじゃ気がすまない。弔い合戦をやろうじゃないですか。せめて自分たちの手で、ミラグロの息の根を止めさせてください」

碓氷は悲しげな目で、二人を見比べた。

「笙子を殺したのはミラグロ、と決まったわけじゃない。警察だって、流しの暴走族のしわざかもしれん、と言ってるじゃないか」

水間は乗り出した。

「今さら、それはないでしょう、社長。あの手口を見れば、ミラグロのしわざ以外に考えられない。社長のガードが固いので、やつは卑怯にもお嬢さんを標的にして、こっちに打撃を与えようとしたんです。あの男をやらなければ、自分たちの気が収まりませんよ」

「こっちがやれば、向こうもやり返してくるだろう。そうなったら、またこっちもやり返す。これじゃ、いつまでたってもきりがない。この渋谷の街に、血の雨を降らせるわけにはいかん。おれが引退すれば、万事丸く収まるんだ。その結果、縄張りを取られるはめになれば、おれがいてもいなくても早晩そうなる運命だった、ということさ」

碓氷はすっかり、運命論者になってしまったようだ。

そのとき、ドアにノックの音がしたので、水間は振り向いた。

坂崎悟郎がソファを立ち、用心深く内鍵をあける。裏口に詰めていた、警備の荒垣が緊張した顔をのぞかせ、坂崎に何かささやいた。

その荒垣を押しのけるようにして、禿富鷹秋が戸口にぬっと姿を現す。

坂崎は一歩引き、禿富を中に入れてドアを閉じた。

禿富は、トレンチコートの前をはだけたまま、いつもの肩を上下に揺する独特の歩き方で、ソファにやって来た。

腕時計を示して、水間は言った。

「遅いじゃないですか」

約束の時間を、二十五分も過ぎている。

禿富は、碓氷の斜め前のソファにどかりとすわり、水間を見返した。

「わざと遅れてきたんだ。たぶん、内輪もめでしばらく取り込むだろう、と思ってな」

水間は、それとなく野田と顔を見合わせて、苦笑を漏らした。禿富にかかると、なんでもお見通しだ。

碓氷も、力ない笑いを浮かべる。

「それなら、あんたにも察しがついているだろう。わたしは、引退することにしたんだよ、禿富さん。これでもう、あんたに目を光らせてもらわなくても、よくなったわけだ」

禿富は無表情に、碓氷を見返した。

「半年前なら、おれもその判断に賛成しただろうが、今は反対だ。引退はさせない」

水間は驚いて、禿富を見た。

碓氷の顔から、笑いが消える。

「させない、とはどういうことだ。これは、わたし個人の問題だぞ」

「あんただけの問題じゃない」

禿富が決めつけると、谷岡もそのとおりだというように、二度うなずいた。

碓氷が、不快そうに眉をひそめる。

「渋六内部の問題には、口を出さないでもらいたい。わたしは別に、会社をほうり出すわけじゃない。谷岡以下の連中が、ちゃんとあとを継いでくれるはずだ」

野田が、ブランデーをグラスに注いで、禿富の前に置く。

禿富は匂いだけかぎ、グラスを宙に浮かせたまま、薄笑いを浮かべた。

「渋六興業が現に存在し続けているのは、あんたがボスの座にすわっていればこそだ。

あんたが引退したら、組織はがたがたに崩れる。谷岡には、あんたの代わりは務まらん。野田でも、水間でもだめだ」

谷岡は顔を赤くしたが、何も言わなかった。

碓氷の眉が、ぴくりと動く。

「あんたは、わたしを買いかぶると同時に、谷岡を見くびっているようだな。心配する必要はない。谷岡には、それだけの力がある。野田と水間が支えれば、渋六はそう簡単につぶれんさ」

「そうは思わんね。渋六がこの街を押さえられるのは、あんたがボスでいる間だけだ。引退したら、街の流れは一挙にマスダの方へ傾く。渋六など、あっという間につぶれるだろう。マスダは労せずして、この街を手に入れるという寸法だ。そうなれば、ミラグロは日本にいる必要がなくなって、国へ帰ってしまう。おれはやつを追いかけて、南米くんだりまで行く気はない」

碓氷も谷岡も、禿富の真意を測りかねるように、口をつぐんだままでいた。

野田が、咳払いして言う。

「だんなはいったい、何を言いたいんですか。おれにはだんなが、ミラグロを引き留めるために社長を引退させずにおく、と言ってるように聞こえるが」

「まさにおれは、そう言ったつもりだ」

禿富は言い捨て、ブランデーをぐいと飲んだ。

ソファの肘掛けをつかんだ、野田の指の関節が白くなる。

「おれたちも、社長の引退には反対だが、それはちょっと言い過ぎですよ」

秃富は冷たい目で、野田をじろりと見た。

「なぜだ。おまえたちも、このまま引っ込んでるつもりはないだろう。ミラグロは、じゃじゃ馬を殺されたボスがかっとなって、隙を見せるのを待ちかまえてるんだ。あの南米野郎は、戦い方を知っている。死中に活を求める、というやつさ。おまえたちが、必死になってやつの行方を探すことは、とうに計算ずみのはずだ。そういうとき、やつは遠い土地へ逃げたり、へたに地下へもぐったりしない。金井国男のことを考えてみろ。やつは、わざわざおれたちの先回りをして、罠を仕掛けたじゃないか」

水間は、唇の裏を嚙み締めた。

確かに、秃富の言うとおりだった。ミラグロは、無謀といってもいいくらい大胆で、人の意表に出る男だ。あの男は、何をするにも一度こうと決めたら、迷うことはない。和香子を殺すときも、笙子を殺すときも躊躇した気配はなく、一思いに仕事をやってのけたではないか。

水間は、碓氷を見た。

「だんなの言うとおりですよ、社長。ミラグロの野郎は、まだどこかこの界隈をうろうろして、社長をやる機会をねらってるかもしれない。かりに、社長が引退のお披露目をしたところで、やつを油断させるためのお芝居だ、と思われるのがおちでしょう。ここは一つ肚を据えて、ミラグロと対決しようじゃないですか。かりに引退するにせよ、それからでも遅くありません」

野田も、膝を乗り出す。

「自分も、水間の意見に賛成です。今度の不始末は、間宮一人にお嬢さんを送らせた自分に、全責任があります。かたきを討つ機会を、自分に与えてください」

谷岡が、そのあとを続けた。

「二人の言うとおりだ。おれも、このままボスのあとを継いだんじゃ、後味が悪い。やるだけのことは、やってみようじゃありませんか」

碓氷は少し顔を紅潮させ、水間たちを一人ずつ見渡した。

「つまりおれに、ミラグロを誘い出すおとりになれ、というわけか」

野田が、激しく首を振る。

「社長には、指一本触れさせません。その前に、自分がやつを片付けます。自分がやられても、あとには坂崎や水間が控えている。社長に手が届くまでに、やつの体は蜂の巣になってるでしょう」

「かりにこいつらがやられても、まだおれが残ってます」

谷岡はうそぶいて、指の関節をぽきぽきと鳴らした。

秃富が、鼻先で笑う。

「また東映の、任俠物のまねか。やめろ、やめろ。そんな時代遅れの格好をつけるから、ミラグロにしてやられるのさ。やると決めたら、どんな汚い手をつかってでもやってのけるのが、極道の本筋ってものだ。扇子で腹を切ってみせても、だれも驚きはしないぜ」

碓氷は目をぎょろりとさせて、禿富を睨みつけた。

「笙子がやられたことに、あんたはまったく痛痒を感じていないようだな。むろん、あんたは笙子の用心棒じゃなかったから、責任があるとは言わない。しかし笙子は、あんたに惚れていたんだ。今でも信じられんし、信じたくもないことだがな」

禿富の表情は、石のように変わらなかった。

「あのじゃじゃ馬には、手を焼かされたよ。これで、つきまとわれずにすむかと思うと、ほっとするね」

テーブルを鳴らして、野田が立ち上がった。

「その言いぐさはなんだ。だんなだからって、言っていいことと悪いことがあるぞ。ボスの気持ちにもなってみろ」

野田の顔から血の気が引き、頰の筋がぴくぴくとうねる。

禿富は動じるふうもなく、ブランデーグラスをゆっくりと回しながら、野田を見返した。眉の下に引っ込んだ暗い目が、ひときわ暗さを増したようだった。

「言っていいことか悪いことかは、おれが自分で決める。ボスの娘一人守れないで、でかい口を叩くんじゃない」

禿富の言葉が終わらないうちに、水間はソファを飛び立って野田の肩を押さえた。

「落ち着け、野田。だんなとやり合って頭にくるようじゃ、ミラグロと対等には戦えないぞ。お嬢さんの恨みは、ミラグロに返してやれ」

野田は、固く締まった二の腕をぶるぶる震わせ、自分と戦っていた。

やがて体の力を抜き、かたちばかり水間の腕を振り放す。

野田がすわり直すのを見届け、水間もあらためて腰をおろした。

「ここでだんなと、いがみ合っても始まらない。ミラグロをやるには、互いに協力するしかないでしょう。だんなはだんなで、やつの行方を追ってください。こっちはこっちで、網を張り巡らしますから」

「やつの居場所を突きとめても、抜け駆けはしないと約束しろ」

「それは、お互いさまでしょう」

水間が言い返すと、禿富は人差し指を立てた。

「この前も言ったとおり、やつはおれの獲物だ。始末はおれがつける」

「それはどうかな。抜け駆けするつもりはないが、始末をつけるときは一緒だ。だんなだけに、やらせるわけにはいかない」

禿富は、少しの間水間を睨みつけていたが、ふっと力を抜いてうつろに笑った。

「狸をつかまえないうちに、皮の数をかぞえても始まらんな。よし、おれの方もネットワークを利用して、あちこちに探りを入れてみる。おまえたちも、さっそく仕事にかかれ」

「心配はいらない。間宮が中心になって、もう狩り込みを始めてますよ」

水間はそう応じて、小さく武者震いをした。

37

「あの野郎ですけど」

髪を金色に染め、右の耳たぶにプラチナのイヤリングをした樋口潤が、ガラス越しにパチンコセンターの中を指さす。

樋口は、渋六興業が養っている使い走りの一人で、渋谷のことなら隅から隅まで知る、役に立つ若者だ。

間宮和巳は店内をのぞき、革ジャンのポケットの中で拳を握り締めた。

ベレーのような戦闘帽をかぶり、迷彩服を着た髭面の大男の横顔が、ガラスの中に浮かび上がる。

間違いない。

百八十センチ近い背丈と、百キロほどもありそうな大きな体が、椅子の中に窮屈そうに収まっている。殴りつけたときの重い手応えが、握り締めた拳によみがえった。

「よし、よくやった。あとは、おれが引き受ける」

間宮は、樋口のポケットに五千円札をねじ込み、肩を叩いた。

樋口が人込みに消えるのを待って、ガラスの自動ドアから店内にはいる。玉を買い、台を探すようなふりをしながら、さりげなく髭面の男の様子をうかがった。

大男は自分のまわりに、玉の山を築いていた。しばらくは、腰を上げる気配がない。

間宮は、慎重に店内を一回りしてみたが、赤いバンダナを巻いた相棒の姿は、見当たらなかった。おそらく、あの夜間宮の回し蹴りを食らって肋骨が折れ、まだ動きがとれないのだろう。

三日前に、水間英人の指示を受けた間宮は、集められるだけの使い走りを総動員して、ミラグロとその手伝いをした二人の暴走族を、探し始めた。マスダの勢力が大きい新宿を中心に、新大久保や池袋にも捜索隊を送り込んだ。

暴走族の二人については、中目黒署の担当刑事の事情聴取に際して、まったく異なる人相を伝えた。警察に先を越されたら、二人を独自に締め上げる機会が失われる、という水間や野田の判断に従ったのだ。

それにしてもわずか三日目に、しかもお膝元の渋谷で標的の一人が見つかったのは、信じがたい僥倖だった。理由はどうあれ、事件の直後に渋六興業の縄張りをうろうろするとは、この大男もかなり大胆不敵か、とんでもない間抜けか、どちらかに違いない。

あるいは禿富鷹秋が指摘したとおり、二人の暴走族は金で雇われたちんぴらにすぎず、新聞に出た人相風体が自分たちとひどく違ったことで、安心しただけなのだろうか。だとすれば、この能天気な大男がミラグロの居場所を知っている、とは考えにくい。

しかし、念のためということもある。何かヒントになるような、ちょっとした手がかりを目にしたり、耳にしたりしている可能性が、ないとはいえない。今のところ、この大男だけがミラグロにつながる、唯一の糸なのだ。

三十分後、大男は大量にはじき出した玉をたばこやコミックに替え、店を出た。すでに午後九時を回っている。

大男は袋を小わきに抱え、肩を揺すりながら道玄坂を上がって行った。通行人は、その図体に恐れをなしたように、みんなわきへよけて歩く。

大男が、左側のビルの地下駐車場へはいるのを見て、間宮は坂を駆け上がった。生前、笙子が開いていた輸入アクセサリーの店の前に、自分のバイクが停めてある。

エンジンをかけ、ヘルメットをかぶった。

二分ほど待機していると、見覚えのある白い車が地下駐車場から飛び出し、間宮の方へやって来た。例の、地上すれすれまで車体を低くし、太いタイヤをはかせた改造車だ。

間宮は車をやり過ごし、わずかに間をおいてあとを追い始めた。

万が一、まかれたり見失ったりしたときのために、すぐナンバーを頭に叩き込む。間宮には、ナンバーから車の持ち主を突きとめ、さらに住所や携帯電話の番号まで割り出す、独自のルートがある。

車は旧山手通りを左折し、駒沢通りに抜けて恵比寿駅の方へ向かった。

山手線のガードをくぐり、最初の交差点を右折する。恵比寿駅の東口の信号を、今度は左へ折れた。そのまま、道なりにまっすぐ東へ向かう。道はさほど混んでいなかった。

二キロほど走ると、桜田通りにぶつかった。車はそれを左に取り、慶応大学の方へ向かった。三田二丁目のT字路で、長い信号に停められる。

その待ち時間を利用して、間宮は水間英人の携帯電話に連絡した。

暴走族の一人を発見し、三田方面までバイクで追跡してきたことを告げると、水間は興奮を隠さずに言った。

「よし、絶対に見失うなよ。おれと野田は、これから車でおまえのあとを追いかける」

「分かりました。また連絡を入れます」

「そうしてくれ。それから、おれたちが追いつくまで、絶対に手を出すんじゃない。焦って逃げられでもしたら、せっかくのチャンスがふいになるからな」

「自重します。動き出しました」

間宮は電話を切り、アクセルをふかした。

もう一人、知らせなければならない相手がいる。

しかし、今はその余裕がなかった。


野田憲次が運転する車は、渋六興業のビルを出てまっすぐ明治通り沿いに、南へ向かった。

道は恵比寿のあたりで東に方向を変え、外苑西通りを越えて古川橋につながる。

水間英人は携帯電話をつかみ、ハンドルを握る野田に言った。

「ハゲタカに、知らせなくていいかな」

野田はまっすぐ前を見たまま、ちょっと肩をすくめるしぐさをした。

「ほうっておけよ。ミラグロが見つかってからでも、遅くはない」

水間はうなずいた。

「そうだな。そのちんぴらが、ミラグロの居場所を知ってるかどうか、まだ分からんしな」

「だいいちハゲタカに知らせたら、またそのちんぴらを始末する恐れがある。痛めつけるのはいいとしても、直接手をくだしてもいない野郎の息の根を止めるのは、どうも後味が悪い」

「とにかくくたばらない程度に、そいつをかわいがってみよう。手がかりになることを、何か知ってるかもしれん」

そのとき、携帯電話が鳴った。

「水間だ」

「間宮です。車は第一京浜を越えて、芝浦の方へ抜けました。モノレールが走っているのが見えます」

車内灯をつけ、手元の地図を調べる。ＪＲ田町駅の、南側にあたる地区だ。

「もうすぐ、広い通りにぶつかる。地図によれば、旧海岸通りだ」

「今、それらしい通りを、左折しました。右手に、ホテルが見えます」

「ああ、ホテルニューサテライトだ。どこへ行く気かな。このまま直進すると、芝浦埠頭へ出ちまうが」

「すみません、見失うといけないので、一度切ります。あとでまた、かけ直します」

電話が切れた。

水間は地図を見直し、相手の車がどこへ行こうとしているのか、探ろうとした。芝浦埠頭の手前を右折すれば、そのまま道は海上をループしてレインボーブリッジにいたる、臨港道路につながる。

水間は顔を上げた。

「レインボーブリッジを渡って、お台場にでも行くつもりかな」

野田は返事をせず、黙って運転を続けた。

水間は、野田が緊張しているのを感じた。そういうとき野田は、極端に口数が少なくなる。

むろん水間も、緊張していないわけではない。しかし、この程度で神経を磨り減らしていたのでは、ミラグロと対決するときに後れを取る恐れがある。

野田もふだんは冷静な男だが、今度ばかりは感情の抑えがきかないらしく、怒りや緊張をそのまま出してしまう。水間はそこが少し、不安だった。

それからしばらく、間宮からの連絡が途絶えた。

車は三田を過ぎ、札の辻で第一京浜国道を横切ると、ＪＲの陸橋を越えて芝浦運河の方へ向かった。

　野田が、やっと口を開く。

「そろそろ、間宮が電話を切ったあたりに来るぞ。何をしてるのかな」

「バイクだから、かけにくいんだろう」

「次の信号を左折だ」

　左へ曲がると、すぐ右手にホテルニューサテライトが見えた。

「連絡があるまで、ここで待機しよう。むだな動きは、しない方がいい」

　野田は車を左に寄せ、ホテルの真向かいで停めた。

　エンジンをかけたまま、二人は間宮からの連絡を待った。

　電話があったのは、それから十分後だった。

「間宮です。すみません、遅くなって。今、どのあたりですか」

「ホテルニューサテライトの、真向かいだ。そっちは」

「お手元に、地図はありますか」

「ああ、見てるところだ」

「それじゃ、その道をまっすぐに進んでください。信号のある十字路を越えると、モノレールが見えます。それをくぐって、橋を渡ります」

「分かった。芝潟橋と書いてある。それから」

「百メートルほどで、また信号にぶつかります。左からくる、旧海岸通りの広い道と交差しますが、右は数十メートルで行き止まりになります」

地図で確認すると、右へ行く道は突き当たりに細長い橋がかかっており、その先の埋立地らしい大きな島と、つながっていることが分かる。

「今、そこにいるのか」

「はい。やつはここに車を停めて、運河の橋を歩いて渡りました。その先は、だだっ広い空き地になっていて、ところどころ仮設の作業所が建ってるだけです。やつは、その中の一つにはいりました。窓にブラインドがおりていて、明かりはほとんど漏れてきませんが、中にいることは確かです。話し声がしましたから、もう一人のやつも一緒だと思います」

「まさか、ミラグロも一緒ということは、ないだろうな」

「話し声は、二人だけでした」

「分かった。そのあたりで、待機してくれ」

水間は電話を切り、野田に行く先を説明した。

ほどなく、車はモノレールの高架線の下をくぐって、橋を渡った。広い交差点が、待ち構えている。

「その信号を右だ」

明るい街灯の下にずらりと並ぶ、冷凍庫を積んだ大型トラックの列が見える。水産関係の運搬車の、駐車場になっているらしい。左側は冷蔵関係の会社の、大きなビルだった。

野田はライトを消し、トラックの間をゆっくりと奥へ進んだ。

突き当たる前に、トラックとトラックの間から間宮が体をのぞかせ、そこへ車を誘導した。間宮のものらしいバイクが、端の方に停めてある。

車をおりると、間宮は二人にぺこりと頭を下げた。

「すみません、こんなところまで出張っていただいて」

野田は、それをさえぎった。

「そんなことより、やつらに気づかれてないだろうな」

「だいじょうぶです。行き止まりとは知らなくて、この道にはいったときはちょっと焦りましたけど、トラックの陰に隠れたので気づかれなかったと思います」

水間は、間宮の肩を叩いた。

「よし、よくやった。やつがはいった作業所は、どのあたりだ」

「橋を渡ってから、左斜めの方向に五、六十メートルはいったあたりです。立て看板に、再開発事業用地と書いてありました。とにかく、だだっ広い空き地です」

「地図によると、埋め立てた人工の島らしい。すぐに案内してくれ」

水間はそう言って、ベルトから拳銃を抜いた。野田も、それにならう。

間宮は先頭に立ち、行き止まりになった道のはずれを越えて、細長い橋を渡り始めた。

暗い水面から、よどんだ水のにおいが立ちのぼってくる。左手の対岸に、倉庫と思われる大きな黒い建物が建ち並び、それを縫うようにして首都高速一号線の光の帯が、南北に走っている。右手には、モノレールの高架線が延びる。

橋を渡り切ると、三人は草むらの間に捨てられたがらくたや、自動車や船舶の部品らしい廃棄物をよけながら、静かに奥へ向かって歩き始めた。腐った魚と、錆びた金属がまじったような異様なにおいが、あたりに漂っている。

間宮の言うとおり、仮設の作業所らしい小さな建物の黒い影が、いくつか見えた。あたりに街灯はなく、ほかの夜間照明もない。二百メートルほど離れた、首都高速を走る車のヘッドライトの明かりが、かえって周囲の闇を深くした。

「あそこです」

間宮がささやき、闇の一角を腕の振りで示す。

そこに建つ、作業所の窓とおぼしきあたりから、かすかな光の筋が漏れてくる。

三人は、建物のそばまで忍んで行き、その場にうずくまった。

間宮が、二人にささやく。

「おれに、一分だけ時間をください。話を聞き出しやすいように、二人をおとなしくさせてきますから」

野田が、不安そうに応じた。

「だいじょうぶか。相手がチャカでも持ってると、逆にやられるぞ」

「いや、やらせてください。やつらに、借りを返したいんです」

水間はうなずいた。

「よし、おまえに任せる。万一のことがあったら、おれたちが骨を拾ってやる。始末をつけてこい。ただし、話ができる程度に、とどめておけ」

「分かりました」

間宮は立ち上がると、まるで公衆便所でも見つけたような軽い足取りで、建物へ向かった。

38

作業所の壁が揺れ、罵声と悲鳴が漏れる。

そのたびに、水間英人と野田憲次は闇の中で目をむき、建物を見つめた。

約束どおり、一分とたたないうちにドアが開いて、蛍光灯の光の中に間宮の姿が浮かんだ。

何ごともなかったように言う。

「すみました。はいってください」

水間と野田は、建物の中にはいった。

リノリウムの床と、安物の合板建材の壁に囲まれた、殺風景な事務所だった。デコラの横長のテーブルに、折り畳み式の椅子が三つ。かすかな、残飯のにおい。

窓と反対側の壁の隅に、簡易ベッドが二つ見える。

そこに、迷彩服を着た顔中血だらけの男が二人、仰向けに横たわっていた。手負いの獣のように、苦しげなうめき声を放つ。ブーツをはいた四本の脚が、ベッドからだらしなく床に投げ出され、まるで捨てられたマネキン人形のように、奇妙な形にねじれている。

間宮が言った。

「逃げられないように、膝をつぶしてやりました。二人とも、武器は持っていません」

男たちを、じっくり眺める。

一人は、カストロのような髭を生やした、ベッドが小さく見えるほどの大男だった。坂崎悟郎と、いい勝負だろう。

もう一人は、茶色に染めた髪に赤いバンダナをした男で、これも決して小柄な方ではない。二人とも、間宮とさして変わらぬ若者だ。当分、自分の力では立てそうもないくらい、徹底的に痛めつけられている。間宮の腕もたいしたものだが、その深い怒りをのぞいたような気がした。

野田が間宮に目を向け、感情を殺した声で言った。

「よし。あとは、おれたちが引き受ける。おまえは、外で見張ってるんだ。何かあったら、声を出して合図しろ」

「分かりました」

二人をぶちのめしたことで、間宮はいくらか気持ちが落ち着いたのか、おとなしく外へ出て行った。

ドアが閉じるのを確かめ、水間と野田はベッドに近づいた。

野田が拳銃をのぞかせ、大男に向かって口火を切る。

「名前は」

「いったい、どういうことだ。こんな目に、あわせやがって」

大男が、うめきながら言った。

野田が靴のかかとで、男の砕けた膝を踏みつける。男は悲鳴を上げ、体をよじった。

「や、やめてくれ。おれは、お、尾関だ、尾関ってんだ」

「おまえは」

もう一人の男に声をかけたが、答えは返ってこなかった。野田が爪先を蹴ると、かすかに身じろぎしたものの、やはり返事がない。

尾関と名乗った男が、震える手で額をこすりながら、かわりに答える。

「荒木だ。こいつはもう、口がきけねえ。あの野郎に、半殺しにされたんだ」

「あたりまえだ。おまえたちのおかげで、若い娘が一人殺されたんだぞ」

野田はどなり、また尾関の膝を蹴りつけた。

「か、勘弁してくれ。おれたちは、金で手伝いを頼まれただけで、やつがだれかを殺すなんて、考えもしなかったんだ」

尾関は切れぎれに言い、折檻を免れようとする子供のように、両腕で顔をおおった。

野田が念を入れるように、荒木と呼ばれた男の腰のあたりを、ぐいと踏みつける。

荒木は、弱よわしいうめき声を漏らしただけだった。鼻がつぶれたらしく、真っ赤になっているのが見える。

水間は、尾関に声をかけた。

「おまえに手伝いを頼んだのは、どんな野郎だ」

「日本語の達者な、南米から来た男だ。三十かそこらで、黒い髪をやけにぺったりなでつけた、きざな野郎だった」

「名前は」

「パコ、とだけ言った。ほんとかどうか知らない」

野田が、水間を見る。

水間も野田を見返し、黙ってうなずいた。ミラグロに、間違いなさそうだ。

尾関に目をもどす。

「おまえ、マスダを知ってるか」

「ますだ。そんな野郎は、聞いたこともねえ」

「人の名前じゃない。マフィア・スダメリカナのことだ」

「スダメリ——なんのことか、分からねえ。ほんとだよ」

尾関は、すっかり縮み上がっていた。

「おまえ、パコとどこでどうやって、知り合ったんだ」

「ジュクで、やつからシャブを買ったのが、きっかけだった。そのときに、車であとをつけ回す仕事を、頼まれたんだ。携帯で指示を出すから、目当ての車の鼻先に回り込んで、運転手を袋叩きにしろ、と言われた。例の、ＢＭＷのことだ」

ＢＭＷは、碓氷笙子の車だった。

「いくらで雇われた。それと、金はいつ受け取った」

「一人十万だ。半分先払いで、あとの半分は仕事の翌日、ジュクで受け取った」

「ジュクのどこだ」

「伊勢丹の横の通りにある、《モーニングスター》という喫茶店だ」

「連絡方法は」

「あっちがいつも、おれの携帯に連絡してくるんだ。向こうの番号は知らない。いつも、非通知なんだ」

矛先をかわそうと、先回りしている。

野田が割り込む。

「やつの居場所を、知ってるんだろう」

そう言いながら、膝のあたりを軽く蹴る。

尾関は体を縮め、必死に首を振った。

「知らない。ほんとなんだ。金さえちゃんとくれれば、居場所なんか聞く必要はない。分かってくれよ」

野田は口をつぐみ、水間に目を向けた。

まともに考えれば、ミラグロがこんなちんぴらに居場所を教えることなど、ありえないとみてよい。

携帯電話が普及してから、どこにいても連絡を取り合うのが容易になり、いちいち居場所を明らかにする必要がなくなった。したがって、かりにミラグロの携帯の番号を聞き出しても、当人をつかまえることはできない。

水間は、あらためて質問した。

「ここにもぐり込んだのは、おまえたちの判断か」

「違う。パコの指示だ。昼間はこの格好で渋谷をうろうろして、夜はここへもどって来るように言われた。毎晩遅く、電話がはいるんだ」

「ちょっと待て。渋谷をうろうろしろ、とやつに言われたのか」

「そうだ。やばいかなと思ったけど、また金をくれるって言われてよ。新聞を読んだら、手配された二人はおれたちと別の人相のように、書いてあった。だから、たぶん面が割れてないんだろうと思って、引き受けることにしたんだ」

「やつは、なんだっておまえに渋谷をうろつけ、などと言ったんだ」

「分かんねえよ、そんなこと。おれは、言われたとおりにしただけだ」

水間は、わけもなく背筋に冷たいものを感じて、野田を見た。

野田も、同じことを考えているようだった。もしかすると、これは水間や野田をおびき寄せるための、罠だったかもしれない。

そのとき、どこかでくぐもったコールサインが鳴った。携帯電話だ。

尾関が、のろのろと迷彩服のポケットに手を入れ、電話を取り出す。

水間は一歩踏み込んで、尾関の手からそれを奪い取った。

ボタンを押し、耳に当てる。

「もしもし。尾関か」

まぎれもない、ミラグロの声だ。

「水間だ。よくも、ボスのお嬢さんをやってくれたな、このいたち野郎」

前後の見境もなく、ののしった。

ミラグロは、まるでそれを予期していたように、笑い声を立てた。

「ああ、おまえか。意外に早く、尾関をつかまえたな。ほめてやる」

「黙れ。抵抗もできない女を殺すのが、マスダの殺し屋のやり方か」

「目的を達するためには、手段を選ばないのがおれのやり方だ」

ミラグロが、挑発するようにうそぶく。

水間は、怒りを抑えるのに苦労した。

「だったら、決着をつけてやる。場所を言え。どこへでも、出向いて行くぞ」

「もう一人の、野田とかいうやつも一緒か」

「むろんだ。野田もおまえには、たっぷり借りがある。どこにいるのか、さっさと言え」

「少しは、頭を使ったらどうだ。なぜおれが、そこにいるちんぴらをおとりにして、おまえたちを遠くへ引っ張り出したと思う。ボスの警護を、手薄にするためさ。今ボスのそばには、あのプロレスラー上がりのボディガードと、子分が二、三人いるだけだろう」

水間は、受話器を握り締めた。

「それがどうした。坂崎は、おまえなんかにやられるほど、やわな男じゃない」

「今度はおれも、一人じゃ行かないさ。女を片付けるのとは、わけが違うからな。マスダの若いのを、何人か連れて自宅に乗り込む。トミーガンを持たせてな。トミーガンを知ってるか」

小型の軽機関銃のことだ。そんなものが、用意できるのか。

「はったりはやめろ。恵比寿の住宅街で、トミーガンなんかぶっ放せるか」

「自分の目で、確かめるんだな。もっとも、こっちはもうおまえのボスの家のそばで、待機しているところだ。どう急いでもどって来ても、二十分や三十分はかかる。間に合うかどうか、やってみるか」

「嘘を言うな」

水間がどなると、ミラグロは愉快そうに笑って、電話を切った。

野田が、二人のやり取りから話の中身を察したらしく、もどかしげに言う。

「どうした。やつは、ボスをねらうつもりか」

「そうだ。はめられたらしい」

「くそ、こいつらはやはり、おとりだったのか」

「しかし、そう簡単にボスをやれるはずがない。坂崎がついてるんだ」

野田はベッドの二人を、顎でしゃくった。

「ここで、こんなちんぴらを相手にしていても、しかたがない。とにかく、もどってみよう」

水間は、ちょっとためらったが、すぐに肚を決めた。

「よし、そうしよう。とりあえず坂崎に電話して、警戒するように伝えなきゃ」

「それは、間宮にやらせりゃいい。急ごうぜ」

野田はそう言って、出口へ向かった。水間も、急いであとを追う。

外で見張りをしていた間宮に、野田が手短に事情を話す。

「すぐに坂崎の携帯に連絡を入れて、近くでミラグロがボスをねらっているから、警護を固めるように言え。とくに家の周囲に、目を配るようにな。おれたちも、車に乗ったらすぐにかけてみる」

「分かりました。連絡がすんだら、おれもバイクであとを追いかけます」

急き込んで言う間宮を、水間はさえぎった。

「おまえはここに残って、ちんぴらを見張れ。あとでまた、連絡する」

水間と野田は、右手に見える遠い高速道路の明かりを目印に、橋の方へ急いだ。

橋を渡り、車の方へ向かおうとして、水間はふと足を止めた。

野田が振り向く。

「どうした。急ごうぜ」

「待て。どうも、いやな感じがするんだ」

野田も足を止め、水間のそばへもどった。

「どういう意味だ」

「本気でボスをやる気なら、ミラグロは電話なんかかけずにやるだろう。かけてくるにしても、やったあとでいいはずじゃないか」

野田の目にも、疑惑の色が浮かぶ。

「確かに、そのとおりだ。しかしそれが、ミラグロのやり方じゃないのか」

「かもしれんが、どうも気になる。おれは、作業所へもどってみる。間宮を相手に、やつが何か企んでるとしたら、ほうってはおけない。おまえは、ボスの方を頼む」

「おまえがもどるなら、おれも一緒だ」

「いや、どちらか一人は、恵比寿へ行かなきゃまずい。車から坂崎に電話して、様子を聞きながら行ってくれ。ハゲタカにも、おまえから直接状況を報告しろ」

野田はうなずいた。

「分かった。あまり、無理するな」

39

草いきれと金属臭で、息苦しくなる。

水間英人は身をかがめると、念のため左の運河の方へ大きく迂回して、横手から作業所へ向かった。

建物の影が見えたとき、なんの前触れもなく乾いた銃声が連続して数発、耳をつんざいた。

水間はとっさに拳銃を引き抜き、闇の中を建物に向かって走った。

ドアがあいており、内側から蛍光灯の明かりが漏れている。近くにいるはずの、間宮和巳の姿はどこにもなかった。

「間宮」

呼びかけたが、返事はない。

ここでひるんだら、二度とやくざの道は歩けなくなる。

水間は一呼吸おき、思い切って頭から建物の中へ、転がり込んだ。

部屋の奥で銃が唸り、水間は左の肘に焼けるような痛みを感じた。

転がりながら、ベッドを目の隅にとらえる。

半身を起こして拳銃を構える、尾関と荒木の姿が見えた。二つの銃口が、猛然と火を噴く。

水間は臆せず、床に腹這いになったまま腕を伸ばして、荒木に二発銃弾を浴びせた。

荒木は、あっけなく拳銃を落とし、上体をのけぞらせた。後ろの壁に頭がぶつかり、いやな音を立てる。

尾関は、ベッドの外に脚を投げ出したまま、必死の形相で撃ちまくった。しかし弾は全部、床に伏せた水間の頭上をすり抜けた。

水間は拳銃を両手で握ると、尾関の大きな体の中心部にねらいをつけ、思い切り引き金を絞り込んだ。

銃が手の中ではね、尾関の迷彩服の胸が突風を食らったように、ずしんとへこんだ。同じところをねらって、なおも弾を撃ち込む。

冷静なつもりだったが、やはり頭に血がのぼっていたらしく、水間は弾を撃ちつくしたあとも二度、三度と引き金を引き続けた。

ようやく、自分が空撃ちをしていることに気づいて、体を起こす。

尾関は、とうにベッドの上に崩れ落ち、動かなくなっていた。

あたりに目をやると、間宮がデコラのテーブルの下にもぐるようにして、仰向けに倒れているのが見えた。

水間は急いで、そばに這い寄った。左肘がうずいたが、かまっていられない。

「間宮。間宮、しっかりしろ」

革ジャンの下に着た、白いハイカラーのシャツの胸が真っ赤に染まり、まだ血が流れ出している。心臓のど真ん中を、ぶち抜かれたようだ。

脈に触れてみたが、すでに反応はない。

間宮は、目を見開いたまま、死んでいた。

水間は呆然として、間宮の死に顔を見つめた。

尾関たちが拳銃を隠していた、とは予想もしなかった。最初に間宮が、二人とも武器は持っていないと言ったので、すっかり油断してしまったのだ。当然間宮は、二人の体を探ってそれを確かめたもの、と思っていた。

しかし、どこかおかしい気がする。いくら間宮が経験不足でも、身体検査をして拳銃を見落とす、とは考えられない。

だいいち、もし尾関が拳銃を持っていたなら、間宮にぶちのめされたときに、取り出そうとしたはずだ。

いったい、どこに隠してあったのか。どう考えてもおかしい。

そのとき水間は、背後から喉元に冷たいものを突きつけられるのを感じて、ぎくりとした。

「動くな。銃を床に落とせ」

ミラグロの声だった。

水間は体をこわばらせ、銃を捨てようとした。

しかし、指がしっかりとグリップに食い込んで、なかなか手から離れない。これまで、このようなすさまじい撃ち合いを経験したことがなく、よほど緊張していたらしい。

振り捨てるようにして、ようやく銃を床に落とした。弾を撃ちつくしたので、どうせ役に立たないことは分かっている。しかし武器を捨てたことで、急に体の力が抜けた。

やはり、勘が当たった。

ミラグロは、電話で碓氷嘉久造を襲うようなことを言いながら、その実すぐ近くに潜んで様子をうかがっていたのだ。

ミラグロが、上着の襟首をつかむ。

「てっきり、ボスの家へすっ飛んで行ったと思ったら、よくもどって来たな」

水間は、自嘲の笑いを漏らした。

「まったく、悪知恵の働く野郎だな。尾関たちにチャカを渡したのは、おまえのしわざだろう」

「そうだ。おれはそこの若僧を脅して、この中へ押し込んだだけさ。あとは、二人に銃を投げ渡して、それで終わりだ。ドアの陰で、ゆっくり見物させてもらった。もっとも、流れ弾がこっちへ飛んできて、ちょっとひやひやしたがね」

水間はミラグロがしゃべっている間、床に身を投げてナイフをかわすことができるかどうか、頭の中で間合いを計った。

それを察したように、ミラグロがぐいと襟首を引き寄せ、ナイフを肌に食い込ませる。

「妙な考えを起こすな。おれも、おれのナイフも気が短いんだ。このまま、ベッドの方へ這って行け。荒木が落とした銃を、おれによこすんだ」

「銃なんか使わずに、このままナイフで喉を掻き切ったらどうだ」

「それが望みなら、そうしてやってもいいぞ。しかしおれとしては、おまえたちが尾関や荒木と撃ち合って相討ちになった、と見せかけたいのさ。そうすれば、おれと接触した証人もいなくなるし、一石二鳥というわけだ。そのためには、銃で始末をつけなきゃならん。警察の連中も、その方が分かりやすくて助かるだろう」

悪知恵の塊だ。

「日本の警察は、おまえの国の警察とはわけが違うぞ」

水間が言うと、ミラグロはせせら笑った。

「違わないさ。日本の警察も、噂ほど優秀じゃない。おれは日本へ来てから、一度もやつらに目をつけられてない」

「それはおれたちが、おまえのことを密告しないからだ」

「だから感謝しろ、とでも言いたいのか。さあ、拾え」

襟首を押され、水間は言われるままに床の上を這い進んで、荒木が落とした銃に手をかけた。スペイン製の《スター》だった。

「人差し指を立てて、引き金のところへ入れろ。そのまま床を滑らせて、おれの方へよこせ」

指示を出すたびに、喉元に当てられたナイフの感触が鋭くなり、冷たい痛みが走る。細身の刃が、肌を切り裂いたようだ。

どうせやられるなら、せめて一矢を報いたいところだが、これでは小細工もできない。絶望感が突き上げてくる。

一瞬、ナイフが喉元を離れたかと思うと、ミラグロが後ろへ下がる気配がした。

水間は立ち上がり、ゆっくりと振り向いた。

ミラグロは、薄手の黒いブルゾンに黒のシャツを襟元からのぞかせ、濃いグレイのスラックスをはいていた。靴も黒っぽい、ジョギングシューズだ。

ミラグロの右手には、すでにナイフのかわりに拳銃が握られていた。

水間は、薄笑いを浮かべた。

「そいつには、もう弾がはいってないぞ」

はったりをかましたが、ミラグロは動じなかった。

「いや、おれの計算では荒木は七発のうち、四発しか撃ってない。尾関の方は空かもしれんが、こっちにはまだ三発残っている」

そう言うなり、無造作に銃口を床に向けて、引き金を絞る。リノリウムが裂け、はねた弾が水間のスラックスの裾をかすめて、背後の壁に当たった。

「あと二発だ。覚悟しろ」

ミラグロは、銃口を水間にもどした。

いきなり銃声が轟き、水間は反射的に後ろへ倒れた。

ミラグロの体が、背後から押されたようにつんのめり、それから横へたたらを踏んだ。手から拳銃が落ち、ミラグロはそばに横たわる間宮と並んで、どうと床に倒れ伏した。

ブルゾンの背中が裂け、たちまち血が噴き出す。

水間は尻餅をついたまま、戸口に立った野田憲次を見上げた。

野田の手には、拳銃が握られていた。

驚きのあまり、なかなか言葉が出ない。

野田は中にはいり、ざっと室内に目を配った。修羅場を見て、さすがに頰をこわばらせたが、声を抑えて水間に言う。

「間宮は、やられたのか」

水間はわれに返り、なんとか立ち上がった。

「ああ、やられた。ミラグロが、尾関たちにチャカを渡して、やらせたんだ」

「だいじょうぶか。肘から、血が出てるぞ」

肘を抑えると、しびれるような痛みが走る。

「だいじょうぶだ。かすっただけで、たいしたことはない。それより、どうしてもどって来たんだ」

野田は、左手の袖で額の汗をふいた。

「走り出してすぐに、坂崎に電話してみたんだ。そうしたら、間宮から連絡がはいった様子がない。変だと思って、念のため若い者に家の周囲を見回りに行かせたら、だれもいないし異変もない、というんだ。これは何かあると思って、もどって来たわけさ。やはり、この野郎に振り回されたようだな」

そう言って、倒れたミラグロに顎をしゃくる。

「おれたちがもどって来ることも、計算に入れていたようだ。しかし、二人が別々に時間をおいてもどる、とは考えてなかったんだろう」

「まあ、けがの巧妙だな」

野田は、ミラグロが落とした拳銃を蹴りのけ、そばに近づいた。背中から噴き出した血で、床に血だまりができつつある。

野田は拳銃をベルトに挟み、ミラグロの体を仰向けにした。

弾は貫通しなかったとみえ、胸には血がついていない。喉がぜいぜい鳴り、口から血のまじった唾液が垂れる。まだ、息はあるようだ。

野田はひざまずき、ミラグロのブルゾンのポケットを、両手で軽く叩いた。

ジッパーを開き、内ポケットに手を入れる。革製の、小さな巾着が出て来た。

紐を緩めて逆さにすると、クレジットカードやアクセサリーのようなものが、手のひらにこぼれ落ちた。

野田が、ため息をつく。

「お嬢さんのだ」

水間はもっとよく見ようと、野田の方に乗り出した。

そのとき、突然戸口から声がかかった。

「そいつを見せろ」

水間も野田も、ぎくりとして体の向きを変えた。

秃富鷹秋が、トレンチコートのポケットに手を突っ込んだまま、そこに立ちはだかっていた。少しの間、その場に沈黙が漂う。

水間は唾をのみ、やっと言葉を絞り出した。

「どうして、ここが分かったんですか」

秃富はすぐには答えず、二人の顔を交互に睨みつけた。

「あれほど、抜け駆けするなと言ったのに、約束を破ったな」

野田が立ち上がる。

「そうじゃない。ここにミラグロがいるとは、おれも水間も知らなかった。おれたちは、ちんぴらを追って来ただけですよ」

「そんなに簡単に、ちんぴらの行方が分かってたまるか。最初から罠だ、と考えるのが常識だ。間宮が知らせてくれなかったら、おまえたちにしてやられるところだった」

「間宮が」

水間は絶句して、野田と顔を見合わせた。

野田が、秃富に目をもどす。

「間宮が、だんなに知らせたんですか」

「そうだ。おれが保険をかけない、とでも思ったのか」

間宮が裏で、秃富とひそかに通じていたとは考えもしなかったので、水間はさすがに驚いた。秃富は、冷たい笑いを浮かべた。

「おれに知らせずにことを運んだら、おまえたち幹部を全員殺人罪でムショにぶちこむ、と脅かしてやったのさ。間宮は、おまえたちを裏切ったわけじゃない。おれに通報するのは、あくまで幹部と組織を救うためだ、と信じていたはずだ。死んだやつの名誉は、守ってやらなけりゃな」

水間はあらためて、間宮の死体を見やった。間宮の目は、何も見ていなかった。

「さあ、それをこっちによこせ。ミラグロが持ってたものだろう」

禿富が言い、野田に近づいた。

野田はわずかにためらい、手に出した小物をそのまま巾着にもどして、禿富に渡した。

禿富はそれを、もう一度手のひらにあけた。

一つひとつ丹念に調べたあと、いらだちのこもった目で野田を見る。

「もう一つあったはずだ。右手をあけてみろ」

野田はたじろぎ、右手を強く握った。

「どういう意味ですか。おれが何か、隠しているとでも」

禿富は中身をもどし、巾着ごと野田に投げ返した。

野田はそれを、左手で受け止めた。相変わらず、右手は握り締めたままだった。

禿富は一歩踏み込み、ミラグロが床に落とした拳銃を拾い上げた。

野田に銃口を向けると、ひときわ固い声で言う。

「おれは本気だ。右手に隠しているものを、こっちへ投げろ」

水間は、禿富の厳しい口調にひやりとして、野田の様子を見た。

野田の白い顔から、いっそう血の気が引いたようだった。

野田は喉を動かし、しばらくためらった様子をみせていたが、やがてあきらめたように右手を振って、何かを禿富にほうった。

禿富はそれを左手で受け、蛍光灯の下にかざした。

白と赤のきらめきが、水間の目を鋭く射た。

見たところ、それはリングのようだった。光り方からすると、ダイヤにルビーをあしらったらしい、ぜいたくなものだ。

禿富が言う。

「これはなんだ」

野田はうつむき、ふてくされたように応じた。

「お嬢さんのリングでしょう」

禿富は、手のひらに載ったリングをじっと見つめ、それから力を入れて握り込んだ。

無言でミラグロに近づき、脇腹を思い切り蹴りつける。

ミラグロはうめき、かすかに首を動かした。意識を取りもどしたように、目を弱よわしくしばたたかせる。

禿富がもう一度蹴ると、ミラグロはうっすらと目を開いた。

ミラグロの視線が揺れ、やがて禿富の顔に留まる。

それを待っていたように、禿富は憎しみのこもった声で言った。

「覚悟するんだな、ミラグロ。野田に撃たれたのは、碓氷笙子を殺した報いだ。今度はおれが、青葉和香子を殺した罰を与えてやる。楽に死ねると思うなよ」

ミラグロは、唇の端から赤いよだれを垂らし、気味の悪い笑いを浮かべた。

しゃがれ声で言う。

「死に際に、ほんとうのことを教えてやる。おまえの女を殺したのは、おれじゃないぞ」

エピローグ

「嘘をつけ」

　禿富鷹秋はののしり、ミラグロの脇腹をまた蹴った。

　ミラグロが、うめきながらも首を振る。

「嘘じゃない。おれが行ったときは、あの女はもう死んでいたんだ」

「黙れ。今さら、逃げを打つ気か」

　ミラグロは、黙らなかった。

「あの夜、だれかが柴田の携帯に電話をかけてきて、女の住所を教えてくれた。それでおれたちは、例のマンションへ飛んで行ったんだ。部屋まで上がったら、ドアがあいていた。中にはいると、女は首をすっぱり切り裂かれて、すでに息がなかった。おれは大あわてで、マンションから逃げ出した。はめられた、と分かったからな。それだけの話だ」

　禿富は狂ったように、ミラグロを蹴り続けた。

「黙れ、黙れ。どこのだれが、和香子の住所を教えたと言うんだ。そんな嘘をつくくらいなら、命乞いをする方がまだましだぞ」

水間英人は耳を疑い、ミラグロがもがくのを見つめた。

青葉和香子を殺したあの手口は、ミラグロのしわざ以外の何ものでもない、と思っていた。

ところが、ミラグロはそれを否定したのだ。

禿富の怒りを、そらすつもりなのか。いや、この期に及んで嘘をついても、なんの足しにもならないはずだ。

マンションから駆け出て来た、ミラグロの様子がふと頭によみがえる。

あのときミラグロは、妙に落ち着きを失った様子だった。もし、最初から殺すつもりで部屋へ上がったのなら、あんなあわて方はしないのではないか。

ミラグロが、よだれを垂らしながら笑う。

「嘘だというなら、そうしておくさ。まあ、おれもおまえの出方によっては、あの女を始末するつもりでいたから、同じことだ」

禿富は大きく息を吐き、握り締めた左手を開いた。

例のリングを指先につまみ、ミラグロの顔の上に突きつける。

「よく見ろ。こいつは、おれが和香子に買ってやったリングだ。和香子はこれを、四六時中身につけていた。和香子を殺したのでなけりゃ、どうしてこのリングがおまえの巾着の中に、はいってたんだ」

ミラグロの目が、かすかに光る。

血で汚れた唇をなめ、不思議そうに言った。

「それは妙だな。そのリングは、碓氷の娘のハンドバッグにはいってたんだ。息の根を止めたあと、ただの強盗のしわざに見せかけるために、ほかのアクセサリーと一緒に持って来たのさ」

禿富が、あっけにとられたように口をあけ、聞き返す。

「なんだと。あのじゃじゃ馬のバッグに、これがはいってたと言うのか」

「そうだ。信じられんというなら、別に信じなくてもいいがね」

禿富は、なおも呆然とした様子で、リングを見つめた。

ミラグロが、からかうように追い討ちをかける。

「てっきり、あの娘のものだとばかり思っていたが、違ったのか。だとしたら、どういう筋書きになるのかね」

禿富はもう一度、リングを手に握り込んだ。

「でまかせを言うな。往生際が悪いぞ」

そう決めつけたものの、声にさっきまでの勢いがない。

ミラグロは、にっと笑った。

「そうかね。あんたにも、筋書きが分かったんじゃないのか」

「うるさい」

禿富はどなり、それまでよりはるかに容赦のない勢いで、ミラグロの脇腹に何度目かの蹴りを入れた。

ミラグロは一声うめき、体をこわばらせた。

そのまま、動かなくなる。また、意識を失ったようだ。

禿富はのろのろした動作で、野田憲次の方に向き直った。

「なぜさっき、これを手の中に隠した。正直に言ってみろ」

野田は唇を引き締め、返事をしなかった。

禿富は、握った拳を野田の目の前に突きつけ、なおも詰め寄った。

「まさかおまえが、和香子をやったんじゃないだろうな」

野田が、反射的に言い返す。

「おれはやってない」

「だったら、だれがやった。どうしてこれを、おれの目から隠そうとしたんだ」

野田は喉を詰まらせ、じっとその場に立ち尽くしていた。禿富も身じろぎ一つせず、野田の顔を睨みつける。

長い時間がたち、やがて野田の肩ががくりと落ちた。

野田は下を向き、かすれた声で言った。

「やったのは、お嬢さんだ」

か。

水間は愕然として、野田の顔を見つめた。

自分の耳が信じられない。碓氷笙子が、青葉和香子をあんな目にあわせた、というの
秃富が、地獄をのぞき見たような声で、聞き返す。

「どうして、そうと分かる」

野田が答える前に、長い間があった。

「直接聞いたんだ。お嬢さんが殺される前に、恵比寿のホテルで」

死のような沈黙が、あたりを支配した。

やがて秃富が、ぼそりと言う。

「どういうことだ。説明しろ」

野田はため息をつき、ぼつぼつと話し始めた。

「お嬢さんは、水間がボスに提出した、だんなに関する報告書を盗み見て、青葉和香子の存在を知ったんだ。むろん、仕事や住所も」

秃富の視線を感じて、水間は先に言った。

「サツのだんなと付き合いを始めるとき、事前に身辺を洗うのは当然でしょう」

秃富は野田に目をもどし、無言で続けるように促した。

「お嬢さんは、だんなに一目惚れしたんだ。なぜかは、分かりませんがね。とにかく、だんなと結婚すると言って、ボスを困らせていた。ところが、あんたには別に惚れた女

がいる、と分かった。それでお嬢さんは、青葉和香子のマンションへ押しかけて行って、だんなと別れてくれと頼んだ。あのとおりの性格だから、やることが一直線なんですよ」

野田が言葉を切ると、禿富は握り締めた拳を見つめた。

「そうか。それで分かった。和香子が、なぜドアをあけて犯人を中へ入れたか、どうしても納得がいかなかった。あれは用心深い女だから、チェーンをかけずにドアをあけたりすることは、絶対にないはずだ。まして、見知らぬ男を部屋に上げるなど、考えられないことだった」

一度口を閉じ、今度は自分に言い聞かせるように、言葉を続ける。

「それなのに、和香子が訪ねて来た相手を招き入れたのは、それが笙子だったからなんだ。同じ見知らぬ相手でも、女からおれのことで話があると言われれば、ドアをあけるだろう」

野田が、そのあとを引き取った。

「ところが、青葉和香子はお嬢さんの懇願に、耳を傾けない。それでお嬢さんは、業を煮やしたんでしょう。脅かすつもりで、テーブルの上にあった果物ナイフを取って、青葉和香子の喉元に突きつけた。ところが、彼女も予想以上に気の強い女だったようで、だんなを譲る気は毛ほどもない、とはねつけたらしい。指にはめたリングを見せて、このとおり婚約もしているというようなことも、口にしたそうです。それでお嬢さんは、かっとなってナイフを振り回した。そこへ、ナイフを取り上げようとして、相手が上体を乗り出したものだから、切っ先がもろに当たった。はずみというのは恐ろしいもので、まるで熟れたスイカに包丁を入れるように、すぱりと喉首を切り裂いてしまったそうです」

秃富は言葉を失ったように、凝然とその場に立ちすくんだ。

「お嬢さんは、血だらけになったコートをナイフと一緒に丸めて、マンションを逃げ出した。そのときに青葉和香子の指から、リングを抜き取ったんです。そのリングが、お嬢さんにとっては青葉和香子に対する、憎悪の象徴になったわけだ」

野田は、そこで一度ため息を漏らし、なおも続けた。

「そのあと、現場を離れたお嬢さんは公衆電話を見つけて、柴田というちんぴらに青葉和香子の住所を教えた。うまくすれば連中を罠にかけて、罪をなすりつけることができるかもしれない、と思ったそうです」

水間は口を開いた。

「ちょっと待て。お嬢さんはどうやって、ミラグロや柴田のことを知ったんだ」

「ハゲタカのだんなをつけ回すうちに、同じようにだんなを見張るミラグロの車に気がついた、と言っていた。その車のナンバーから、持ち主の柴田の名前と携帯電話の番号を、調べ出したらしい」

「携帯の番号まで、調べられるのか」

「そう聞いた。間宮がそのルートを持っていて、やつに調べさせたそうだ」

水間は首を振って、間宮の死体を見下ろした。

野田が、禿富に言う。

「お嬢さんを、許してやってくれませんか。お嬢さんは、だんなのことが好きだったんだ。あの子は、自分の気に入ったものを独り占めせずにいられない、子供みたいな女だった。青葉和香子だって、殺すつもりなんかなかったと思います。ほんのはずみだったんだ。お嬢さんもミラグロにやられて、もう十分に罰を受けたじゃないですか」

禿富は腑抜けたように、そこに立ったままでいた。

やがてその口から、低い笑いが漏れ始めた。

それはしだいに高くなり、とうとう禿富は肩を揺すりながら、大声で笑い出した。

唇を皮肉にゆがめ、水間と野田を交互に見やりながら、自嘲めいた口ぶりで言う。

「するとおれは、やってもいない殺しの罪をきせてミラグロを追い回し、ちんぴらを二人あの世へ送り込んだわけか。とんだ茶番だな」

水間は、拳を握り締めた。

禿富が、柴田と金井を手にかけたことを認めたのは、これが初めてだった。

二人が黙っていると、禿富は押しつけがましく続けた。

「あのちんぴらたちも、どうせなんの役にも立たない、社会の屑だ。ほうっておいたら、連中はミラグロと一緒に、おまえたちやおれの命をねらって、めんどうを起こしただろう。早めに始末して、手間が省けたくらいのものだ。違うか」

同意を求められたが、水間は素直にうなずけなかった。

「どっちにしても、寝覚めが悪いことに変わりはありませんよ。だんなはそれで、平気かもしれないが」

禿富の頬が、ぴくりと動く。

「きれいごとを言うな。もともとは、おまえたちがマスダとの勢力争いに負けそうになって、おれに助けを求めたのが始まりだろう」

水間が言い返そうとすると、野田がとっさに割ってはいった。

「待ってくれ。ここでそんな議論をしても、しかたがない。この始末をどうつけるか、それを考えるのが先だ」

言われてみれば、そのとおりだ。

水間は少し考え、口を開いた。

「間宮の死体だけ、かついで帰ろうじゃないか。ここで撃った拳銃は、全部残していけばいい。おれたちの指紋をふき取って、適当にこいつらに握らせておくんだ」

「しかし、ミラグロの野郎はまだ息があるぞ。こいつをなんとか——」

野田が言いかけたとき、床に転がっていた当のミラグロが突然身じろぎして、ぬっと起き上がった。右手に握られた細身のナイフが、蛍光灯の明かりにきらりと光る。

「危ない」

水間が叫んだときには、ミラグロは斜め前を向いた禿富の背中目がけて、体ごとぶつかるように襲いかかった。

秃富がはっと息を詰め、上体をのけぞらせる。奥に引っ込んだ目が、何かに驚いたように大きく見開かれた。

野田が拳銃を引き抜いたが、秃富の体がじゃまになって、ミラグロを撃てない。

ミラグロはわめき、あたりに自分の血をまき散らしながら、目一杯秃富の背中にナイフを突き立てた。

「くそ、殺してやる」

秃富が歯をむき出し、苦痛の声を漏らす。

ミラグロはなおも執拗に、秃富の背中をえぐり立てる。弾を食らいながら、いったいどこにそんな力が残っていたのか、あきれるほどの執念だった。

「くそ、くそ」

われに返った水間は、とっさに腕を伸ばして秃富のコートのベルトをつかみ、一息に引き寄せた。

秃富の体がミラグロから離れ、水間の足元にどさりと倒れ込む。

次の瞬間、秃富は倒れたまま、くるりと体を返し、よろめくミラグロに拳銃を向けた。

銃口が、立て続けに二度火を吐き、ミラグロは後ろざまに吹っ飛んだ。

リノリウムの上をすべり、デコラのテーブルの脚に頭をぶつけて、やっと止まる。

ミラグロはそれきり、ぴくりともしなかった。

水間は膝を折り、禿富の体を後ろから支えた。

コートの背中にいくつも穴があき、その一つにナイフが突き立っている。

しかし、傷口の深さはたいしたことがなく、血もほとんど出ていない。柄に手をかけると、ナイフはすぐに抜け落ちた。

禿富がうめき声を上げ、自分からごろりとうつ伏せになった。

息を途切らせながら言う。

「まったく、とんでもないナイフ使いだ。刃の先が、背中に届きやがった」

何を言っているのか分からない。

「背中に届いたって、どういう意味ですか」

「シャツの下に、防刃ベストを着てきたのさ。それを突き破るとは、たいした腕だ」

水間は一瞬啞然とし、それからゆっくりと首を振った。

「だんなには、負けましたよ。おれも、そこまでは考えなかった」

「感心している場合か。刺されたことに、変わりはないんだ」

ミラグロの様子を見ていた野田が、そばへもどって言う。

「今度はさすがに、くたばった。長居は無用だ。後始末をして、引き上げよう」

水間は、ぶつぶつ言う禿富のトレンチコートをはぎ取り、間宮の死体をしっかりくるんだ。

それを野田が、肩にかつぎ上げる。

水間は、撃たれた左肘をかばいながら、禿富を助け起こした。

明かりを消して、作業所を出る。

水間は傷ついた禿富に肩を貸し、野田は間宮の死体をかついで、闇の中を橋へ向かった。

右手の高速道路を、光の列が何ごともなかったように、移動して行く。

水間は、その光の流れに、胸をつかれた。

ふと、門馬渓谷の岩屋観音の急階段を、息を切らしながらのぼって行った金井の母親の姿が、まぶたの裏に浮かぶ。

それは自分にとって、もはや無縁の世界だと思った。

水間は光から目をそらし、途方もなく暗い闇に向かって、歩き続けた。

解　説

柚月裕子

いやあ、痺れる！

今回、解説を書くにあたり再読したが、やっぱりハゲタカはすごい！

本作は初出から二十年以上経っているが、面白さはかわらない。いや、さまざまなコンプライアンスが叫ばれるいまの時代において、さらに魅力を増している。

じつは、この解説のお話をいただいたとき、お引き受けしていいものかどうか迷った。仰ぎ見る大先輩の傑作を、作家の末席にいる私が解説していいのだろうか、と逡巡した。加えて、このシリーズの面白さやハゲタカの魅力は、すでに刊行されている文庫解説ですべて語られている。いまさら私が出る幕ではないのではないかと思った。しかし、私が作家デビューに至ったのは逢坂氏ともうひとりの大先輩作家、志水辰夫氏のお言葉があったからであり、これもなにかのご縁なのだろうとお引き受けした（これはのちに書かせていただく）。

本編の主人公の禿富鷹秋は、通称ハゲタカと呼ばれる神宮署生活安全特捜班の刑事だ。この男がとんでもない。ヤクザも慄くほど冷酷で暴力的。かと思うと、惚れた女には感情を素直に見せるかわいらしい一面も持っている。小説の視点はすべて、ハゲタカ以外の人物で書かれているため、彼がなにを考えているのかわからない。最初から最後までミステリアスな人物なのだ。

物語は、渋谷を拠点とする暴力団渋六興業と、近年、勢力を増してきた南米マフィアのスダメリカナ、通称マスダの勢力争いを軸に進む。

ハゲタカは渋六興業に取り入り、持ちつ持たれつの関係となる。この時点でハゲタカは渋六側につくのだが、自分が惚れている和香子という女が殺されたことで、マスダが雇った殺し屋ミラグロへの報復を誓う。

先に述べたように、物語はハゲタカの内面が描かれていない。そう言われると「ハゲタカはつかみどころのない人間なのか」と思うかもしれないが、物語を読み進めていくと「これほど信用できる人間はいない」と思えてくる。

以前、なにかの人生相談で「彼を信じていいかわかりません。どうすれば彼の本心がわかりますか」との質問を目にしたことがある。回答者の答えは「言葉ではなくその人の行動を見てください。そうすれば、彼の本心がわかります」というものだった。それを読んだとき「たしかに！」と膝を打ったのだが、その答えを用いるならば、ハゲタカはまさに信用できる人間だ。

ハゲタカは神出鬼没で、あまり多くは語らない。しかし、一度口にしたことは、必ず実行する。誰もが「それは無理だ」と思うことでもやり遂げるのだ。これほど信用できる人間がいるだろうか。ハゲタカに、社会に通底する正義や善といったものはない。あるのは自分の覚悟だけだ。敵に回したら恐ろしいが、味方にすればこれほど力強い者はいない。

　ストーリー展開は、冒頭からアップテンポで進む。ひとつの場面の終わりに次の謎が出てきて、読者の読む手を止まらせない。過分な説明がなく削がれた文章はまさにリーダビリティのお手本で、逢坂氏の小説を読むと私はいつも「いつかこんな文章を書いてみたい」と思う。

　さて、ここで冒頭に書いた逢坂氏とのご縁を少し書かせていただく。

　私が逢坂氏とお会いしたのは、とある小説家講座だった。当時、私は作家を目指しているわけではなく、ひと目作家の方にお会いしたい、との思いで講座に通っていた。講座は毎月、作家の方と編集者を講師にお迎えして、受講生が書いた作品を講評していただくシステムだった。そしてあるとき、志水辰夫氏と逢坂剛氏が講師としていらっしゃることになった。

　いまにして思えば、怖いもの知らずというか無鉄砲というか。それを知った私は「こんなすごい作家の方に自分の文章を読んでもらえる機会なんて二度とない！」と思い、原稿用紙二十枚ほどの作品を提出したのだ。

　テキストは、提出すれば必ず選ばれるものではない。落とされることもある。しかし、私の作品は幸運にも、当日講評してもらえる数本のなかに選ばれた。

当日、講座は満員で、受講生たちは大作家を前にみんな緊張しつつも心を弾ませていた。おふたりの一言一句聞き逃すまいと、みんなが耳を澄まし話に聞き入っていた。

そして、私のテキストの番になったのだが、そのときの自分がどんな様子だったか、いまはもう覚えていない。緊張と怖さで頭が真っ白になっていたのだろう。

「こんなの小説になっていない」とか「数行でもう読めなかった」などと言われるのではないかと怯えていたが、講評は自分が思っていたよりひどいものではなかった。

おふたりは熱心に細やかに作品に対する意見をたくさんくださった。そのなかで、いまでも忘れられない言葉がふたつある。

ひとつは逢坂氏の、視点に関するご指摘だ。

講座で逢坂氏は私の作品のなかにある、視点のブレに気づかれた。その箇所は、同行していた編集者やほかの人たちは見逃していたほどわずかなもので、逢坂氏だけが見つけられた。

私も言われてすぐにはわからなかったが、改めてご説明していただくと、たしかに視点人物からはそうは見えない描写だった。そのとき私は「プロの作家はここまで視点に気をつかっているのか」ととても驚いた。そして、視点がいかに大切かを学び、デビューしてからもずっと視点がブレないよう意識している。

もうひとつは志水氏の「この人はがんばればいいところまでいけるんじゃない？」とのお言葉だ。その言葉に逢坂氏も「そうだね」と同意してくださった。

私は良くも悪くも素直で、言葉を額面通りに捉える。おふたりの世辞を真に受けて「そうか、がんばればいいところまでいけるのか！」と投稿作品を書きはじめた。

結果、このはじめて書いた作品がデビュー作となるのだが、いまになれば、あのときの両氏の言葉は、大いなるリップサービスだったとわかる。「指摘してばっかりだとかわいそうだから、ちょっとはいい気分にさせてあげようかな」という優しさだったのだ。

それを証拠に、デビューした後、とあるパーティでおふたりにお会いしたとき「その節はありがとうございました。あのときいただいた言葉でデビューに至りました」と伝えると、おふたりとも「え？　なんの話？」といった感じで覚えていらっしゃらなかったのだ。そのときの気恥ずかしさといったら。

どうしていいかわからず、しどろもどろになりながら事の経緯を説明すると、おふたりは思い出してくださったらしく「ああ、あのときの。なにを言ったかは覚えてないけれど、嘘は言わないから本当にそう思ったんだよ」と言ってくださった。

あの言葉の真意はどうなのかいまだに定かではないが、結果、私はいまこうして作家として活動している。おふたりの言葉がデビューを目指したきっかけであることに間違いはない。この場を借りて心から御礼申し上げたい。

さて、脱線した話を戻すが、本書の面白さは登場人物の魅力だけではない。二転、三転するストーリーも読みごたえがあり、最後の最後まで気を抜けない。いったいなにがあるのか。それはぜひ、その目でお確かめいただきたい。誰もが度肝を抜かれるはずだ。

この禿鷹シリーズ、二〇二二年春の時点で五作品が刊行されている。どの作品もハゲタカの傍若無人ぶりは健在で、読み手をハラハラワクワクさせてくれる。

いつの時代も、人は面白い物語を求めている。かっこいいヒーロー（ハゲタカは悪漢ともいえるが）を待っている。

コロナや様々なコンプライアンスで、少々、窮屈を覚えるいまの時代だからこそ「俺は俺のやり方で行く」という生き方を貫き通すハゲタカが輝いて見える。読み終えた後、心がスカッとすることをお約束する。

（作家）

単行本　二〇〇〇年五月　文藝春秋刊
本書は二〇〇三年六月に刊行された文春文庫の新装版です。

ＤＴＰ制作　言語社

文春文庫

禿鷹の夜（はげたかのよる）

定価はカバーに表示してあります

2022年5月10日　新装版第1刷

著　者　逢坂　剛（おうさか ごう）
発行者　花田朋子
発行所　株式会社 文藝春秋

東京都千代田区紀尾井町 3-23　〒102-8008
TEL 03・3265・1211(代)
文藝春秋ホームページ　http://www.bunshun.co.jp

落丁、乱丁本は、お手数ですが小社製作部宛お送り下さい。送料小社負担でお取替致します。

印刷製本・凸版印刷

Printed in Japan
ISBN978-4-16-791878-1

（　）内は解説者。品切の節はご容赦下さい。

大沢在昌
極悪専用
やんちゃが少し過ぎた俺は、闇のフィクサーである祖父ちゃんの差し金でマンションの管理人見習いに。だがそこは悪人専用住居だった！　ノワール×コメディの怪作。　（薩田博之）
お-32-9

大沢在昌
心では重すぎる（上下）
失踪した人気漫画家の行方を追う探偵・佐久間公の前に、謎の女子高生が立ちはだかる。渋谷を舞台に描く、社会の闇を炙り出す著者渾身の傑作長篇。新装版にて登場。　（福井晴敏）
お-32-12

奥田英朗
イン・ザ・プール
プール依存症、陰茎強直症、妄想癖など、様々な病気で悩む患者が病院を訪れるも、精神科医・伊良部の暴走治療ぶりに呆れるばかり。こいつは名医か、ヤブ医者か？　シリーズ第一作。
お-38-1

奥田英朗
空中ブランコ
跳べなくなったサーカスの空中ブランコ乗り、尖端恐怖症で刃物が怖いやくざ……。おかしな症状に悩める人々を、トンデモ精神科医・伊良部一郎が救います！　爆笑必至の直木賞受賞作。
お-38-2

奥田英朗
町長選挙
都下の離れ小島に赴任することになった、トンデモ精神科医の伊良部。住民の勢力を二分する町長選挙の真っ最中で、巻き込まれた伊良部は何とひきこもりに！　絶好調シリーズ第三弾。
お-38-3

奥田英朗
無理（上下）
壊れかけた地方都市・ゆめのに暮らす訳アリの五人。それぞれの人生がひょんなことから交錯し、猛スピードで崩壊してゆく様を描いた傑作群像劇。一気読み必至の話題作！
お-38-5

荻原　浩
幸せになる百通りの方法
自己啓発書を読み漁って空回る青年、オレオレ詐欺の片棒担ぎ、リストラを言い出せないベンチマン……今を懸命に生きる人々を描いたユーモラス＆ビターな七つの短篇。　（温水ゆかり）
お-56-3

荻原　浩
ギブ・ミー・ア・チャンス
漫才芸人を夢見てネタ作りと相方探しに励むフリーターを描く表題作ほか、何者かになろうと挑み続ける、不器用で諦めの悪い八人の短篇集。著者入魂の「あと描き」（イラスト）収録。
お-56-4

大崎　梢
夏のくじら
大学進学で高知にやって来た篤史はよさこい祭りに誘われる。初恋の人を探すために参加するも、個性的なチームの面々や踊りの練習に戸惑うばかり。憧れの彼女はどこに!?　（大森　望）
お-58-1

大崎　梢
プリティが多すぎる
文芸志望なのに少女ファッション誌に配属された南吉くんと新見佳孝・26歳。くせ者揃いのスタッフや10代のモデル達のプロ精神に触れながら変わってゆくお仕事成長物語。　（大矢博子）
お-58-2

大崎　梢
スクープのたまご
週刊誌編集部に異動になった信田日向子24歳。「絶対無理！」怯える気持ちを押し隠し、未解決の殺人事件にアイドルのスキャンダル写真等、日本の最前線をかけめぐる！　（大矢博子）
お-58-3

大山誠一郎
赤い博物館
警視庁付属犯罪資料館の美人館長・緋色冴子が部下の寺田聡と共に、過去の事件の遺留品や資料を元に難事件に挑む。超ハイレベルで予測不能なトリック駆使のミステリー！　（飯城勇三）
お-68-2

太田紫織
あしたはれたら死のう
自殺未遂の結果、数年分の記憶と感情の一部を失った遠子。その時に亡くなった同級生の少年・志信と自分はなぜ死を選んだのか——遠子はSNSの日記を唯一の手がかりに謎に迫るが。
お-69-1

太田紫織
銀河の森、オーロラの合唱
地球へとやってきた、慈愛あふれる宇宙人モーンガータ（見た目はほぼ地球人）。オーロラが名物の北海道陸別町で宇宙人と暮らす日本の子どもたちが出会うちょっとだけ不思議な日常の謎。
お-69-2

（　）内は解説者。品切の節はご容赦下さい。

尾崎世界観
祐介・字慰
クリープハイプ尾崎世界観、慟哭の初小説！　売れないバンドマンが恋をしたのはピンサロ嬢――。「尾崎祐介」が「尾崎世界観」になるまで。書下ろし短篇「字慰」を収録。（村田沙耶香）
お-76-1

垣根涼介
午前三時のルースター
旅行代理店勤務の長瀬は、得意先の社長に孫のベトナム行きの付き添いを依頼される。少年の本当の目的は失踪した父親を探すことだった。サントリーミステリー大賞受賞作。（川端裕人）
か-30-1

垣根涼介
ヒート アイランド
渋谷のストリートギャング雅（みやび）の頭（ヘッド）、アキとカオルは仲間が持ち帰った大金に驚愕する。少年たちと裏金強奪のプロフェッショナルたちの息詰まる攻防を描いた傑作ミステリー。
か-30-2

角田光代
ツリーハウス
じいさんが死んだ夏、孫の良嗣は自らのルーツを探るべく、祖父母が出会った満州へ旅に出る。昭和と平成の世相を背景に描く、一家三代のクロニクル。伊藤整文学賞受賞作。（野崎　歓）
か-32-9

角田光代
かなたの子
生まれなかった子に名前などつけてはいけない――人々の間に昔から伝わる残酷で不気味な物語が形を変えて現代に甦る。時空を超え女たちを描く泉鏡花賞受賞の傑作短編集。（安藤礼二）
か-32-10

角田光代
拳の先
ボクシング専門誌から文芸編集者となった那波田空也は、一度は離れたボクシングの世界へ近づく。ボクシングを通して本気で生きるとは何かを問う青春エンタテインメント！（中村　航）
か-32-15

加納朋子
モノレールねこ
デブねこを介して始まった「タカキ」との文通。しかし、そのネコが車に轢かれ、交流は途絶えるが……。表題作「モノレールねこ」ほか、普段は気づかない大切な人との絆を描く八篇。（吉田伸子）
か-33-3

加納朋子
少年少女飛行倶楽部

中学一年生の海月が入部した「飛行クラブ」。二年生の変人部長・神ことカミサマをはじめとするワケあり部員たちは果たして空に舞い上がれるのか？　空とぶ傑作青春小説！　（金原瑞人）

か-33-4

加納朋子
螺旋階段のアリス

憧れの私立探偵に転身を果たしたものの依頼は皆無、事務所で暇をもてあます仁木順平の前に、白い猫を抱いた美少女・安梨沙が迷いこんでくる。心温まる7つの優しい物語。（藤田香織）

か-33-6

加納朋子
虹の家のアリス

心優しき新米探偵・仁木順平と聡明な美少女・安梨沙。『不思議の国のアリス』を愛する二人が営む小さな事務所に持ちこまれる6つの奇妙な事件。そして安梨沙の決意とは。（大矢博子）

か-33-7

加納朋子
トオリヌケ キンシ

外に出られないヒキコモリのオレが自由を満喫できるのはただ夢の世界だけ――。不平等で不合理な世界だけど、出口はある。かならず、どこかに。6つの奇跡の物語。（東　えりか）

か-33-8

川村元気
億男

宝くじが当選し、突如大金を手にした一男だが、三億円と共に親友の九十九が失踪。「お金と幸せの答え」を求めて、一男の旅がはじまる！　本屋大賞ノミネート、映画化作品。（高橋一生）

か-75-1

川越宗一
天地に燦たり

なぜ人は争い続けるのか――。日本、朝鮮、琉球。東アジア三か国を舞台に、侵略する者、される者それぞれの矜持を見事に描き切った歴史小説。第25回松本清張賞受賞作。（川田未穂）

か-80-1

北方謙三
杖下に死す（じょうか）

剣豪・光武利之が、私塾を主宰する大塩平八郎の息子、格之助と出会ったとき、物語は動き始める。幕末前夜の商都・大坂を舞台に至高の剣と男の友情を描ききった歴史小説。（末國善己）

き-7-10